Theodor J. Reisdorf

MORD IM FISCHERHAFEN

Kriminalroman

BASTEI LÜBBE

BASTEI-LÜBBE-TASCHENBUCH
Band 19602

Erste Auflage:
Dezember 1995
Zweite Auflage:
Mai 1997

Titelbild: Soltau Kurier, Norden
Umschlaggestaltung:
Dieter Kreuchauff
Satz: Fotosatz Steckstor,
Bensberg
Druck und Verarbeitung:
Clausen & Bosse, Leck
Printed in Germany

ISBN 3-404-19602-3

1

Über die ostfriesische Küste trieb ein aufgebrister Seewind tiefhängende graue Wolken. Es war naßkalt an diesem Freitg nachmittag. Häßling steuerte seinen Wagen in Marienhafe über die Hein-Janssen-Straße. Nur einige wenige schlichte Bungalows und rotgeklinkerte Einfamilienhäuser säumten die Straße, die danach durch landwirtschaftlich genutztes Weideland führte, auf dem eine wäßrige Schneedecke lag.

Auf der Straße schmolz der Schneematsch. Häßling fuhr langsam. Am Ende der Hein-Janssen-Straße, kurz vor der Einmündung in die Störtebekerstraße, befand sich der häßliche Wohnblock. Pfützen bedeckten den Rasen vor dem Haus. Ein vergessener Container mit Bauschutt erinnerte an die aufgeschobenen Renovierungsarbeiten. Kinder in warmer Winterkleidung und mit Gummistiefeln an den Füßen warfen Steine in die Pfützen und bauten Brücken.

Häßling lenkte seinen Passat Variant an den Straßenrand. Er blickte durch das Autofenster auf die Fassade des Hauses. Gardinenfetzen hingen hinter den Scheiben. Einige Fenster waren mit Brettern vernagelt.

Häßling nahm seine Fototasche vom Nebensitz. Die Uhr im Armaturenbrett zeigte 16.05 Uhr an. Er stieg aus und schritt über die nassen Waschbetonplatten der Haustür entgegen. An der Hauswand lehnten ein paar alte Fahrräder. Einige Albaner kamen ihm entgegen und grüßten ihn höflich.

Der Hauseingang wirkte abgewohnt. Ein schmutziger Kinderwagen stand unter den Briefkästen, deren Metalltürchen herausgerissen waren. Um die Sauberkeit des Treppenhauses schien sich niemand zu kümmern. Es stank nach Kot und Urin.

Holger Häßling hatte das auch nicht anders erwartet. Er arbeitete seit einem halben Jahr für die Ostfriesen-Post und war es satt, Ostfriesland immer nur mit bunten Schönwetterfotos in harmonischen Berichten darzustellen.

Er beabsichtigte, mit einer großangelegten Reportage den Lesern die Armut der Unterprivilegierten und Asylanten vor

Augen zu führen. Doch seine Bemühungen um eine gerechtere und wirksamere Sozialpolitik der Gemeinde waren nicht ohne Eigennutz. Der Weser-Kurier in Bremen, die Nord-West-Zeitung in Oldenburg und die Neue Osnabrücker Zeitung hatten einen überregionalen Ruf, und Häßling verfolgte ehrgeizige Ziele. Sein Traum war ein Job beim »Stern«, und er nutzte jede Gelegenheit, auf sich aufmerksam zu machen.

Häßling war klein von Gestalt. Er wirkte blaß und verklemmt. Er war hager und reagierte bissig, wenn er bei Pressekonferenzen übersehen wurde, denn Häßling war ein Mann von hohem Intellekt und konnte seine Zeilen überzeugend und stilistisch perfekt füllen. Häßling hatte recherchiert. Die Familie Componga besaß alle Voraussetzungen, um in der Ostfriesen-Post den Lesern vorgestellt zu werden.

Häßling schritt die Treppe hoch. Er fand das kleine Namensschild. Die Tür hatte kaum noch Farbe. Seitlich an der schmutzigen Putzwand befand sich die Klingel. Häßling wollte gerade den Klingelknopf bedienen, als er überrascht am Ende des Flurs die offene Klotür bemerkte. Er fühlte das aufsteigende Kribbeln in sich und schritt drauflos. Das Sitzbecken trug keine Brille. Es war wacklig, wie er bemerkte, als er mit dem Stiefel gegen das Becken stieß. Fetzen von alten Zeitungen lagen auf dem ausgetretenen Betonboden. Die Halteöse für den Einhängehaken fehlte.

Häßling bediente seine Kamera und schoß ein paar Bilder. Solche Fotos machten Eindruck auf die verwöhnten Leser. Er ging zurück zur Tür der Compongas und drückte den Klingelknopf.

Der Mann, der die Tür öffnete, mußte Componga sein. Er war um die Fünfzig. Sein Bauch schwabbelte über einer Trainingshose. Das Gesicht war aufgedunsen, das Haar grau.

»Sie wünschen?« fragte Componga mißtrauisch. Sein Atem roch nach Alkohol.

»Ich schreibe für die Ostfriesen-Post«, sagte Häßling. »Ich habe gehört, daß man Sie nach der Zwangsversteigerung Ihres Hauses hier eingewiesen hat.« Er lächelte gewinnend. Seine angenehme Stimme zeigte Wirkung.

Componga blickte den Besucher ernst an. »Das ist eine lange Zeit her«, sagte er, »um uns hat sich niemand gekümmert. Ich war in der Gewerkschaft und in der SPD.« Ein verärgerter Tonfall schwang in seiner Stimme mit.

»Für sozial Schwache ist die Presse zuständig, Herr Componga. Ich werde mich für Sie einsetzen. Dazu benötige ich einige Fotos für mein Magazin«, sagte Häßling.

»Kommen Sie mit.« Componga drehte sich um und führte Häßling durch den Korridor. An einem Haken hingen abgetragene Klamotten. Componga öffnete die Stubentür.

»Meine Frau«, sagte er und zeigte auf eine schlampige Endvierzigerin, deren angegrautes Haar ungepflegt wirkte. Ihr wuchtiger Oberkörper steckte in einem ausgeweiteten Wollpullover. Sie trug wie ihr Mann eine Trainingshose, in der sich ihr fülliger Leib und die breiten Schenkel abzeichneten.

Die Compongas wohnten auf engstem Raum in Armut. Das Mobiliar war abgewohnt, überall fehlte es an Pflege.

Der einzige Lichtblick für den Pressemann war die hübsche Tochter. Das Mädchen hatte langes dunkles Haar. Sie trug Jeans und einen selbstgestrickten Pullover. Ihr Gesicht war schön und ihr Körper schlank. Sie schaute den Reporter mißtrauisch an.

Ein kleiner Junge saß auf dem Pott und spielte ohne Interesse an dem Besucher mit den Seiten eines Quellekatalogs. Im Zimmer hing ein abgestandener Geruch.

»Ich finde Ihre Wohnungssituation unmöglich und möchte Ihnen helfen«, sagte Häßling mit seiner sympathisch klingenden Stimme.

»Ich koche einen Tee«, sagte Frau Componga.

»Danke, ich habe bereits Tee getrunken«, log Häßling beim Anblick der schmuddeligen Alten. Außerdem haßte er die stete Teetrinkerei in Ostfriesland. Schließlich kam er aus Hessen, wo man Kaffee trank.

Häßling legte einen Fünfzigmarkschein auf den Tisch. »Ich beginne mit der Familie«, sagte er, öffnete seine Fototasche und entnahm ihr die Kamera. Die Tochter sprang entsetzt auf, als sie bemerkte, daß der Reporter, den sie auf Anhieb nicht mochte, sie bereits fotografierte. Sie sah, wie ihr Vater den Geldschein an sich zog. »Lassen Sie das«, sagte sie, verließ das Zimmer, zog im Korridor ihren Anorak an und rannte davon.

»Helga hat sich nie gern fotografieren lassen«, sagte die Alte, als müsse sie das Verhalten ihrer Tochter entschuldigen.

Dem Bericht mit der fetten Überschrift »Armut im Lande der Dünen und Deiche« in der Ostfriesen-Post fehlte es nicht an Bissigkeit. Der Reporter griff in ironischem Ton die zuständigen Beamten der Gemeindeverwaltung an. Sein Beitrag irritierte die Leser. Auch ihnen war die Armut in ihrer Gemeinde nicht unbekannt geblieben. Sicherlich fühlten sie mit der Familie Componga, die sich in einer extremen Notlage befand. Das abgelichtete »Stille Örtchen« erinnerte an längst vergessene Zeiten. Erst recht erweckte das Foto mit dem kleinen Jungen auf dem Topf in der Notunterkunft die Herzen der Leser. Auch der hübschen Tochter wünschten sie eine bessere Zukunft.

Aber die Beamten der Gemeindeverwaltung hatten diese Schelte nicht verdient. Das Thema Wohnungsnot blieb aktueller denn je, weil der Zustrom von Aussiedlern und Asylanten nicht abbrach. Im Hotel »Altkant« wohnten zwölf Libanesen in überbelegten Zimmern. Im alten Pfarrhaus fristeten acht Afrikaner ein bescheidenes Dasein. Es waren meist junge Menschen, denen es an Betätigung in der gewonnenen Freiheit fehlte. Arbeitsplätze waren auch in Ostfriesland sehr knapp. Das VW-Werk in Emden hatte angekündigt, zweitausendfünfhundert Entlassungen vorzunehmen.

Ein weiterer Grund, der Häßlings Anliegen, für die Familie Componga eine Besserung ihrer Wohnsituation zu erreichen, im Wege stand, war die Mitschuld des Familienvaters an der mißlichen Lage.

Alkoholismus ist eine Krankheit. Componga war krank. Er trank und war deshalb nicht auf dem Arbeitsmarkt zu vermitteln.

Häßlings Bemühungen, den Compongas zu helfen, hatten für Helga Componga ernste Folgen. Sie war sehr labil und litt unter ihrer sozialen Herkunft. Sie besuchte in Marienhafe die Realschule. Sie schämte sich, eine Componga zu sein, und hatte es nie gewagt, Mitschülerinnen zu sich nach Hause einzuladen. Ihr kleiner Bruder blieb oft ohne Pflege, während die Eltern sich stritten.

Helga blickte auf ihr Foto in der Ostfriesen-Post, das der häßliche, blasse Reporter ohne ihre Zustimmung geschossen hatte. Sie fühlte sich abgestempelt zu einer asozialen Person.

Was hatte es auf sich mit der Pressefreiheit? fragte sie sich naiv. Lehrer Claussen hatte viel Zeit aufgewandt, ihnen die Pressefreiheit als tragende Kraft der Demokratie darzustellen. Und nun? Helga weinte. Sie zerriß die Seiten des Magazins, nahm ihren kleinen Bruder vom Topf und wischte ihm mit den Fetzen den Po sauber. »Bonno, du bist groß genug. Ab morgen mußt du die Toilette aufsuchen. Zieh dich an!« sagte sie böse. Bonno setzte sich auf den Boden und spielte mit den Plastikspielsachen.

Die Mutter mischte sich nicht ein. Sie saß am Tisch, trank Bier und sah im Fernsehen »Der Preis ist heiß«. Der Vater hatte sich auf dem Weg zum Zigarettenautomaten begeben. Helga trug den Topf zur Toilette, leerte ihn und wusch ihn im Waschbecken sauber. Als sie das Wohnzimmer wieder betrat, sagte sie zur Mutter: »Ich gehe heute in die Disco.«

»Bringst du mich vorher noch ins Bett?« fragte Bonno und schob ein Plastikmüllauto über den ausgetretenen, speckigen Fußbodenbelag.

»Komm nicht so spät zurück, Helga, Vater mag das nicht«, sagte die Mutter und goß sich einen Klaren in das bereitgestellte Gläschen.

»Hilf mir lieber, ihn mir vom Leib zu halten«, stöhnte Helga und nahm Bonno an die Hand. »Bonno, komm mit. Ich lese dir noch eine Geschichte vor.«

2

Onno freute sich auf den Abend. Es war eine Scheißwoche gewesen, stellte er fest, während er einen Parkplatz für seinen Golf suchte. Er hatte sich etwas verspätet. Er schaute sich um, denn er wollte seinen Wagen nicht neben einem aufgemotzten Manta abstellen. Er fand eine Parklücke zwischen einem Mercedes und einem neuen Polo. Am Himmel leuchteten die Sterne. Es war Vollmond. Vor dem Eingang der Disco standen Jugendliche und rauchten. Onno hatte sich mit Helga Componga verabredet. Er betrat die Disco.

Er fand Helga. Sie stand am Rande der Tanzfläche. Er ging zu ihr.

»Hallo, mein Herz«, rief er und stutzte.

Helga schaute ihn verärgert an.

»Was ist mit dir?« fragte Onno überrascht. Er vermißte ihr Lächeln. Ihr Gesicht blieb ernst. Helga näherte sich ihm und lehnte sich an ihn.

»Gehen wir nach draußen«, sagte Onno. Er nahm Helga an die Hand und verließ mit ihr die Disco. Sie gingen schweigend an den abgestellten Autos entlang zu der kleinen Baumgruppe, die ihnen Schutz vor neugierigen Blicken bot.

Helga begann zu weinen und berichtete von dem häßlichen Artikel in der »Ostfriesen-Post«.

»Helga, das ist schnell vergessen«, sagte Onno. Er lockerte den Armverschluß seiner Jacke und trocknete ihr mit dem Pulloverrand die Tränen.

»Ich bin eine Asoziale. Meine Mitschülerinnen und die Lehrer haben den Bericht gelesen«, sagte sie und heulte.

Helga war seine erste große Liebe. Onno interessierte sich für keine andere mehr, seit er Helga kennengelernt hatte. Onno war groß und schlank.

Er sah gut aus, hatte eine sportliche Figur und war stolz auf seine Muskeln, denn er liebte das schweißtreibende Bodybuilding im Apollo-Studio.

Im Gegensatz zu Helga kam Onno aus einem »guten« Hause.

Er hatte die Schule geschmissen, eine Zeitlang nichts gemacht und hatte nun einen Arbeitsplatz am Band bei VW in Emden. Er war nur wenige Jahre älter als Helga. Onno neigte sich zu Helga hinab, legte seine Arme um sie und küßte sie.

»Helga, du bist schön, ich liebe dich. Vergiß alles andere«, sagte Onno. Er küßte Helga lange und heiß.

»Ich brauche dich, Onno«, sagte Helga, »du mußt zu mir halten, was auch passiert!«

Onno öffnete ihren Anorak. Er schob seine Hand unter ihren Pullover und berührte ihre festen Brüste.

»Mir ist eisig kalt«, flüsterte Helga und griff nach seinem Arm.

»Komm, wir schmusen im Auto«, schlug Onno vor. »Danach fahren wir zu Max. Bei ihm kannst du deinen Kummer loswerden.«

Sie hielten sich an den Händen und schritten schweigend zum Parkplatz, ohne den Blick auf den Mond und die Sterne zu richten.

»Ist Max dein Freund?« fragte Helga, als sie zu Onno in den Golf stieg.

»Mehr als nur ein Freund«, sagte Onno.

»Mir ist lausig kalt«, sagte Helga.

»Die Heizung kommt gleich auf Touren«, sagte Onno. Er legte sich den Gurt um und startete den Motor. Auch Helga griff zum Gurt.

Onno fuhr über die Torfkanalstraße in Richtung Greetsiel. Kurz vor dem Fischerdorf in der Leybucht lenkte er den Wagen auf den Parkplatz, der direkt vor dem Deich zwischen Weiden lag.

Onno stellte den Motor ab. Der Parkplatz war leer. Er schaltete die Scheinwerfer ab. Auf den Deich fiel fahles Mondlicht. Helga blickte auf die Sterne am Himmel. Im Wagen war es angenehm warm.

Sie legten die Gurte ab, und Helga neigte sich vor, als Onno die Lehne des Beifahrersitzes nach unten schraubte.

»Hier sind wir allein«, sagte Onno erregt und begann Helga zu entkleiden.

Gußeiserne Straßenlaternen säumten den im alten Stil erneuerten Ortskern von Marienhafe. Ihr Licht fiel auf die Pflastersteine und roten Bodenplatten. Die Schaufenster waren beleuchtet. Nur wenige Menschen bummelten durch die Einkaufsstraße. Auf die rissige Backsteinfassade der Kirche mit dem Störtebekerturm bündelten sich die Strahlen der Scheinwerfer, die an der Friedhofsmauer installiert waren.

Onno fuhr den Wagen langsam über den Marktplatz und bog in die Bürgermeister-Focken-Straße ein.

Helga schaute wehmütig durch das Wagenfenster. Das friedliche Bild irritierte sie. Sie hatte das Gefühl, als müsse sie sich verstecken. Sie liebte Onno, und solange er in ihrer Nähe war, vergaß sie ihr kümmerliches Zuhause.

Onno fuhr in Richtung Osteel. Seitlich der Straße hatten anspruchsvolle Bungalows mit zum Teil üppigen Vorgärten die Äcker und Weiden verdrängt. Hinter großen Terrassenfenstern brannte Licht. Friedliches Licht. Helga dachte an das häßliche Loch, das ihr Zuhause war. Sie weinte. Dieser scheußliche Journalist, dachte sie. Er hatte sie in seinem Magazin als Tochter eines Asozialen abgestempelt und ein Foto von ihr veröffentlicht, und ihr Vater hatte das Judas-Honorar eingesteckt und in Schnaps umgesetzt.

»Hör auf zu flennen, Helga! Vergiß den Scheiß! Ich hoffe, Max ist zu Hause«, sagte Onno.

Die Straße führte an einigen Höfen entlang, von denen man nur die schattenhaften Umrisse sah. Kurz vor Osteel verließ Onno die Straße und lenkte den Wagen in einen mit Zementplatten belegten landwirtschaftlichen Versorgungsweg.

»So einsam wohnt Max?« fragte Helga und beobachtete durch die Scheibe das Gelände, während die Scheinwerfer des Golfs über die Zementsteine huschten.

Doch dann tauchte das alte Bauernhaus vor ihnen aus der Dunkelheit auf.

»Max ist Aussteiger«, sagte Onno. »Er züchtet Schafe und lebt bescheiden. Er hat sein Studium geschmissen. Ihn interessieren weder die Asylantenfrage noch die Bundesligaergebnisse, erst recht nicht die Beiträge in der Ostfriesen-Post.« Er steuerte seinen Wagen im kleinen Gang, denn der Winter hatte auf den Plattenweg Frostschäden hinterlassen.

»Hat er eine Freundin?« fragte Helga.

»Sozusagen. Sie hat sich zusätzlich in Emden ein Zimmer genommen. Ihr Vater ist Arzt. Sie will in Emden an der Fachoberschule für Sozialwesen das Fachabitur machen.«

»Und ist sie heute bei ihm?«

»Ich denke schon.«

Sie näherten sich dem alten Bauernhof. Aus einem Fenster fiel Licht. Über dem seitlichen Tor brannte eine Lampe. Onno parkte den Wagen vor dem Tor. Sie stiegen aus. In die kalte klare Luft mischte sich der Dunggeruch. Dreck und Mist bedeckten die Waschbetonplatten. Von Reifen ausgewalzte Schafkötel lagen überall herum.

Ein Hund schlug an.

»Läuft der frei herum?« fragte Helga ängstlich.

»Pax tut keinem was. Er ist der ständige Begleiter von Max«, sagte Onno und schritt an die Tür. Er klopfte an.

Hier möchte ich auch nicht wohnen, dachte Helga.

Max öffnete die Tür. Helga hatte sich Max als einen kräftigen, über dreißigjährigen Mann vorgestellt. Doch der Aussteiger, der sie begrüßte, war schlank und knochig. Er trug auch keinen verwilderten Bart. Max mochte tatsächlich um die Dreißig sein. Seine Beine steckten in diesen modernen Leggings. Er trug dazu unpassend Wanderschuhe. Um seinen schmächtigen Oberkörper hing ein ausgebeulter Norwegerpullover. Sein Hund hob den Kopf, bellte zwei-, dreimal, wedelte mit der Rute und beschnüffelte die Besucher.

»Pax, das sind Freunde«, sagte Max und bat die Besucher, einzutreten. Der Hund senkte den Kopf und tapste ins Haus. »Nina ist da«, sagte Max zu Onno und schritt den Besuchern voran.

Der Korridor war weiß getüncht. Eine Neonröhre strahlte von der Decke. Seitlich lag Gerümpel auf dem Boden. Max führte sie zum Wohnzimmer. Er öffnete eine schlichte Holztür und zeigte nach innen.

Helga folgte eingeschüchtert. Pax verkroch sich in eine Ecke des Zimmers. Das Zimmer war gemütlich. Eine brennende Kerze fußte in einem Tonständer, der auf einem klotzigen Holztisch stand. Auf alten Sesseln und Stühlen lagen mollige Schaffelle. Ein Stereoturm stand auf dem Fußboden.

Helga beobachtete die junge Frau, die sich von einer Couch erhob und sich ihr näherte. Sie trug ebenfalls die modernen Leggings und darüber einen Minirock aus Jeansstoff. Ihr Haar hatte sie schreiend rot gefärbt. Auch ihr Oberkörper steckte in einem groben Norwegerpullover. Sie hatte ein schönes, herbes Gesicht.

»Ich bin Nina.«

Helga spürte die Selbstsicherheit, die diese Frau ausstrahlte.

»Sucht Euch einen Platz«, sagte Max. Zigarettenschachteln lagen herum. Der Aschenbecher war halb angefüllt mit Kippen.

Nina legte ihren Arm um Helgas Schulter. »Ein netter Besuch«, sagte sie.

»Ich bin Helga«, sagte Helga und bemühte sich um ein Lächeln.

»Onno, Bier, Schnaps oder einen Tee?« fragte Max.

Onno blickte Helga an. Sie nickte. Max verließ das Wohnzimmer. Onno sah, wie Helga sich mit Nina anzufreunden begann und sich verlegen auf die Couch zu Nina setzte. »Meine Helga hat Ärger«, sagte er und setzte sich in einen Sessel.

»Wohnst du noch zu Hause?« fragte Nina.

»Ja«, antwortete Helga.

»Na, das kenne ich. Da gibt es stets Ärger. Ich habe meine Erziehung und mein Leben in die eigenen Hände genommen, ohne Frust.« Nina fischte sich eine Zigarette aus der Packung und steckte sie an.

»Nun übertreibe nicht. Du besuchst wieder die Schule«, sagte Onno.

»Ich besuche die FOS, weil ich das will. Früher wollte das der Herr Papa. Ich will Sozialpädagogin werden und denen helfen, die so spießig kastriert wurden wie ich damals.« Nina blies den Rauch aus.

Helga schwieg. Ihr Zuhause war anders. Da gab es ernstzunehmendere Probleme.

»Ist dein Papa auch etwas Besseres?« fragte Nina und lächelte.

»Nein«, sagte Helga den Tränen nahe.

»Das ist auch kotzegal. Löse dich von zu Hause. Du mußt leben, Helga, nichts als leben und mitnehmen, was dir geboten wird«, sagte Nina überzeugt.

Helga dachte an ihren kleinen Bruder. Doch da war noch mehr, über das sie selbst mit Onno nicht sprechen konnte. Helga begann zu weinen.

Onno bemühte sich, Helga zu beschwichtigen. Er war froh, als Max den Tee brachte.

»Das Geschirr hat Max selbst hergestellt«, sagte Nina stolz, bemüht, Helga von ihrem Kummer abzulenken.

»Das finde ich toll«, sagte Helga und nahm ein Tempotuch von Onno entgegen. Sie trocknete ihre Tränen und riß sich zusammen. Sie schwiegen und tranken Tee, der Helga kräftiger als zu Hause schmeckte. Als Onno auf den Bericht in der Ostfriesen-Post zu sprechen kam, heulte Helga erneut los.

»Ich wohne im Block. Man hält mich für eine Asoziale«, schluchzte sie.

»Wir leben in einer miesen Zeit, Helga«, sagte Max und schob seine Tasse von sich.

»Dieser schräge Vogel gibt vor, helfen zu wollen, dabei sackt er nur das Zeilengeld ein und macht sich auf anderer Leute Kosten einen Namen«, sagte Onno.

»Hole den Stoff aus dem Safe, Max«, forderte Nina Max auf. »Wir nehmen einen Joint und begeben uns auf einen Trip.«

Max erhob sich. Er schritt in die Ecke des Zimmers und lockerte ein Brett des Fußbodens.

»Nein, ich möchte das nicht«, wandte Helga ein, ohne ihrer Stimme Nachdruck zu verleihen.

»Helga, vergiß den Scheiß«, sagte Onno. »Hasch ist harmlos. Ich habe hier mit Nina und Max schon manchen Joint gehabt, wenn ich die Schnauze so richtig voll hatte.«

Nina lächelte Helga an. »Onno hat recht. Das Zeug ist harmlos. Mach mit, du fühlst dich danach wohl.«

»Sei kein Spielverderber. Du wirst schon sehen«, sagte Max.

Der anschwellende Piepton des Weckers riß Lehrer Claussen aus dem Schlaf. Er legte das Taschenbuch beiseite, bei dessen Lektüre er eingeschlafen war, und stand auf.

Er betrat das Badezimmer, hob den Deckel des WC-Beckens und urinierte. Als er die Spülung drückte, schaute er in den Spiegel. Sein Haar hatte die junge Friseuse seinem Wunsch entsprechend mit der Haarschneidemaschine auf zehn Millimeter gestutzt.

Claussen lächelte sein Spiegelbild an und ging zurück zum Wohnzimmer. Er war zweiundvierzig. Claussen war zufrieden mit seinem Leben. Schwierigkeiten hatte es vor Jahren genügend gegeben. Er ordnete die Überdecke der Couch, ging zum Arbeitszimmer und überzeugte sich, daß er die für die Konferenz notwendigen Unterlagen in die Tasche gesteckt hatte.

Er mochte die Zeugniskonferenzen nicht. Er schaute auf das Fenster, gegen das ein starker Wind die Schneeflocken wirbelte. Es war mollig warm im Zimmer, und er fühlte die innere Abneigung gegen die Kälte und Nässe, die ihn draußen erwartete. Den Tee servierte er heute traditionsgemäß im Lehrerzimmer, denn das gehörte zu den Obliegenheiten des Klassenlehrers.

Es gab Kolleginnen, die zu den Konferenzen Teekuchen mitbrachten. Er hatte nie etwas davon gegessen. Denn diese Frauen waren es, die ihn stets mit schiefem Blick betrachteten, wenn sie sich prahlerisch über ihre Kinder unterhielten, als sei es etwas Sündiges, Junggeselle zu sein. Mit ihrer oberflächlichen, von den Familienbelastungen geprägten Hektik, vermuteten sie, daß er, der keinen Nachwuchs heranzog, dem kein Streit über finanzielle Sorgen die Ruhe störte, ein paradiesisches Leben führte. Doch dem war nicht so. Er fühlte sich vom Leben betrogen. Er hatte sich Kinder gewünscht, um nicht »sinnlos« durch das Leben zu »stolpern«. Doch er hatte sich nach vielen Enttäuschungen mit seinem Schicksal versöhnt und in der pädagogischen Betreuung junger Menschen seine Erfüllung gefunden.

Claussen nahm seine Diensttasche, betrat die Garderobe und zog seine dicke Wetterjacke über. Er setzte die Baskenmütze auf sein kurzes, stoppeliges Haar, griff nach dem Schlüsselbund

und verließ sein Haus. Als er die Auffahrt betrat, duckte er sich gegen den aufgebristen Schneesturm, lief zu seinem BMW, warf die Tasche auf den Rücksitz, schlug die Tür zu, startete den Wagen und fuhr los. Er schaute auf die Uhr. Ihm blieb genügend Zeit, den Tee zuzubereiten, bevor die Kollegen, die Elternvertreter und die Klassensprecher zur Halbjahresnotenkonferenz erschienen. In einer Woche gab es die Zeugnisse.

Claussen hatte das Lehrerzimmer, das von grellem Neonlicht erleuchtet wurde und den Plastikschränken Glanz verlieh, nie sonderlich gemütlich empfunden. Doch beim Blick durch die breiten Fenster auf das nicht nachlassende Schneetreiben kam es ihm wie ein vertrauter und liebgewordener Ort seines Lebens vor. Seit mehr als fünfzehn Jahren saß er an einem der Tische, bemüht, während der Pausen den Streß abzubauen, mit den Kollegen zu plaudern und zu diskutieren.

Claussen brühte in der neben der Garderobe liegenden Küche Tee auf, füllte ihn in die Warmhaltekannen, verteilte das Geschirr, ein Sammelsurium von Tassen und Untertassen mehrerer Stilrichtungen, von der großmütterlichen Sammeltasse bis hin zu Tassen mit dem Ostfriesenmuster, auf die zu einem Rechteck zusammengeschobenen Tische. Stellte Kluntjebecher und Milchkännchen bereit.

Die Kollegen und Kolleginnen nickten ihm freundlich zu, als sie das Lehrerzimmer betraten. Sie frotzelten miteinander und waren recht aufgeräumt. Die Korrekturen der Klassenarbeiten lagen hinter ihnen, und sie hatten sich nach dem vielen Hickhack mit ihren Schülern auf die nun feststehenden Noten geeinigt. Die von der Elternpflegschaft gewählten zwei korpulenten Mütter, denen mehr an den Zensuren ihrer Kinder als an dem bürokratischen Verlauf der Konferenz lagen, nahmen unsicher Platz.

Claussen eröffnete die Konferenz. Die Teilnehmer griffen nach den Kannen und bedienten sich. Der heiße Tee sorgte für eine ausgeglichene Stimmung. Claussen hatte die Notenliste kopiert. Er reichte die Abzüge rund und füllte die Zeilen des vorbereiteten Protokolls aus. Er bat die Teilnehmer zu unterschreiben.

»Wir gehen die Leistungen der Schüler durch. Ich bitte Sie, wenn es um Problemfälle geht, um Ihre Stellungnahme«, sagte Claussen.

Die Klasse hatte sich soweit ganz gut behauptet, doch als er den Namen Helga Componga laut las, legte er eine Pause ein beim Anblick der sich aneinanderreihenden Fünfer. Es entspann sich eine Diskussion. Claussen hörte aufmerksam zu. Die Schülerin hatte nicht nur schlechte Arbeiten geschrieben, sondern häufig gefehlt und an den meisten Klausuren unentschuldigt nicht teilgenommen.

Claussen wandte sich an die beiden Klassenvertreterinnen. »Dagmar und Anja, wie verhält Helga sich der Klasse gegenüber?« fragte er.

Die Mädchen schauten sich an.

Dagmar entschied sich für eine Antwort. »Helga meidet uns«, sagte sie.

»Sie läßt keinen an sich rankommen«, sagte Anja.

»Gut, ich werde mit ihr reden«, sagte Claussen. »Was schlagen Sie vor?« Er blickte die Konferenzteilnehmer der Reihe nach an.

»Helga ist noch keine achtzehn«, sagte der Mathelehrer. »Ich schlage vor, daß Sie die Eltern per Brief mit der Bemerkung, daß der Realschulabschluß stark gefährdet ist, benachrichtigen. Wie üblich listen wir die Fächer auf, in denen sie eine Fünf hat.«

Claussen ließ die Konferenz abstimmen.

Die weiteren Schülerinnen boten keinen Anlaß zur Besorgnis, und Claussen konnte pünktlich seine Konferenz beenden. Claussen nickte den Elternvertreterinnen zu, die, wie er wußte, noch einmal gerne ein Lob aus seinem Munde erfahren hätten.

Die Kollegen und Kolleginnen verließen das Lehrerzimmer. »Dagmar und Anja, helft mir doch bitte, das Geschirr in die Küche zu bringen«, sagte Claussen zu den Klassenvertreterinnen. »Ich stelle es in die Spülmaschine. Nachher finden hier noch weitere Konferenzen statt.«

Die Mädchen räumten das Geschirr ab.

»Na, ihr habt der Konferenz doch einiges verschwiegen. Was ist mit Helga?« fragte Claussen nach einer Weile.

»Ihnen können wir es ja sagen«, antwortete Anja. »Sie hat zu Hause Probleme.«

»Wegen eines Freundes?« fragte Claussen.

»Schlimmer«, sagte Dagmar. »Ihr Vater war betrunken und hat im Dienst eine alte Frau überfahren. Die Baufirma hat ihn entlassen. Die Compongas mußten ihr Haus verkaufen und in den Block ziehen, wo die Asylanten wohnen.«

Claussen stellte das Geschirr in die Spülmaschine und schaltete sie ein. So, als quäle ihn das brummende Geräusch der Maschine, stand er vor den Schülerinnen und blickte sie verkniffen an. »Das ist eine schwere Belastung für die Familie«, sagte er ernst.

»Herr Claussen, Helgas Vater ist Trinker«, sagte Anja.

»Hat sie noch Geschwister?« fragte er nachdenklich.

»Ja, einen kleinen Bruder und einen älteren Bruder. Aber der ist nach einer Schlägerei mit dem Alten auf und davon. Er hatte nach dem BGJ-Metall bei Mercedes KFZ-Schlosser gelernt. Er war Fußballer. Sein Trainer hat ihn nach Süddeutschland vermittelt«, sagte Dagmar.

»Vielleicht können wir Helga helfen. Ich danke fürs Kommen und Gehen«, sagte Claussen und lächelte, als die Mädchen ihm die Hand reichten und das Lehrerzimmer verließen.

Claussen schaltete die elektrische Schreibmaschine ab, zog den frisch verfaßten Blauen Brief aus der Halterung und las ihn noch einmal kontrollierend durch. Dann unterschrieb er und steckte ihn in das vorbereitete Kuvert. Für Sekunden verharrte er am Schreibtisch. Er erinnerte sich an den Bericht in der Ostfriesen-Post.

»Es ist meine Pflicht, mich um das Wohlergehen meiner Schüler zu kümmern«, sprach er entschlossen vor sich hin.

Er verließ den Schreibtisch, betrat die Garderobe, schob den Brief in seine Wetterjacke, zog sie über, verließ sein Haus und stieg in seinen Wagen. Dicke schwarze Wolken trieben am Himmel. Die Straße war bedeckt mit fettem Schneematsch. Ein naßkalter Wind fegte ihm entgegen. Claussen fuhr los. Der Wohnblock lag in der Nähe der Störtebekerstraße, am Ortsrand von Marienhafe. Er parkte vor dem schmucklosen Klinkerbau. Junge Menschen standen in Gruppen zusammen. Es waren Asylanten.

Claussen verließ seinen Wagen und schritt an den Fremden, die sich in ihrer Landessprache unterhielten, vorbei zur Haustür. Er blickte auf den Klingelkasten und fand im kleinen Feld den Namen Behrend Componga. Er drückte den Klingelknopf. Das Türschloß knackte. Claussen schob die Tür auf und betrat das schmuddelige Treppenhaus. Die Leuchter an der Putzwand schienen düster, als hielte die Trägergesellschaft sie auf Sparflamme. Einige Kinder huschten wie Schatten durch das Treppenhaus. Auf der zweiten Etage entdeckte er das Namensschildchen der Compongas. Er drückte den Klingelknopf. Sekunden später öffnete eine Frau die Tür. Sie mochte um die Vierzig sein. Ihr stumpfes Haar wirkte ungepflegt. Ihr Körper war füllig. Sie blickte ihn mit geröteten Augen an, als hätte sie geweint.

»Sie wünschen?« fragte sie.

»Mein Name ist Claussen. Ich bin der Klassenlehrer Ihrer Tochter. Ich habe einen Blauen Brief. Ich wollte ihn nicht mit der Post abschicken«, sagte Claussen und zog den Brief aus seiner Jacke, während der muffige Geruch ihm entgegenströmte.

Die Frau hielt die Tür offen. Claussen sah den beleibten Mann, der zu ihr trat. Sein Bauch quoll über die Jeans. Er trug Socken und sah ihn mit flackernden Augen an. Sein Haar war grau und wuchs ihm ungepflegt in den Nacken. Frau Componga nahm den Brief an.

»Ein Lehrer«, sagte der Mann und verzog sein Gesicht. »Hier bei uns ein Pauker. Ich dachte, ich hätte diese Scheißer vergessen, die mich gepeinigt haben, als ich jung war.«

»Mein Mann, er ist zur Zeit nicht gut drauf«, sagte Frau Componga entschuldigend.

»Ihre Tochter kommt der Schulpflicht nicht nach und bringt nicht die nötigen Leistungen, um den Realschulabschluß zu erlangen. Unsere Schule verschickt die Blauen Briefe per Post. Ich wollte nicht das Porto sparen, sondern mit Ihnen sprechen, um Helga zu helfen«, sagte Claussen und lächelte freundlich.

»Pauker, dein Vortrag gefällt mir. Du bist im Amt und bekommst Gehalt und die Ferien«, sagte Componga angewidert. Sein Trinkergesicht war rot angelaufen.

»Entschuldigen Sie, es geht nicht um mich, sondern um Ihre Tochter«, sagte Claussen ärgerlich und begann seine Bemühungen zu bedauern.

»Hast du schon einmal eine Frau totgefahren, Pauker?« fragte der Mann gereizt.

Claussen störte nicht das vertraute Du. Auch nicht die versteckte Alibilüge des Trinkers. »Nein, doch ich meine, daß es genügend Anlaufstationen gibt, die Hilfe bieten, mit dem Problem leben zu können.«

»Du hast wahrscheinlich gebaut, und das Haus gehört dir. Ich hatte ein Haus ...« Componga rülpste.

»Behrend, hör auf damit«, schrie Frau Componga hysterisch.

Er schob seine Frau mit seinen kräftigen Armen beiseite. »Pauker, hast du schon einmal die Schnauze voll gehabt?« fragte Componga mit lallender Stimme. Sein Gesicht glich einer Fratze.

»Schon öfter«, antwortete Claussen und trat einige Schritte zurück.

»Ich habe meinem Chef, dem gierigen Hund, ein paar Zähne gelockert, und wenn du nicht gleich diese Notunterkunft verläßt, wirst du für die Zeit deines Lebens vor deinen Klassen lispeln«, schrie Componga. »Halt dich da raus, Pauker! Helga ist meine Tochter, hörst du?«

Frau Componga fing an zu heulen. Claussen wandte sich ab. Er war entsetzt. Er hörte, wie die Tür ins Schloß fiel, und hastete nach unten.

Er verließ das Haus, stieg in seinen BMW und fuhr enttäuscht nach Hause.

Helga Componga schielte hin und wieder auf die Leuchtziffern ihrer Armbanduhr. Der Film, der so viele Kinobesucher anlockte, hatte Überlänge. Das großartige Panorama des »Wilden Westens«, das das Epos »Der mit dem Wolf tanzt« so recht nach dem Geschmack des Publikums auf der Leinwand entfaltete, entführte Helga nur zum Teil aus ihren Kümmernissen. Es tat ihr gut, als ihr Freund liebevoll ihre Wangen berührte und in ihr schulterlanges Haar griff. Helga war zum Weinen zumute. Sie dachte an ihr Zuhause. Sie haßte es, ständig in den Streit ihrer Eltern hineingezogen zu werden. Der Ruf, eine Tochter asozialer Eltern zu sein, belastete sie sehr.

»Feuerwasser« nannten die Indianer den Alkohol. Feuerwasser trank auch ihr Vater, und das Feuerwasser hatte ihn unberechenbar, brutal und rücksichtslos gemacht. Sie hatte ihn geliebt, doch nun begann sie ihn zu fürchten. Sie ekelte sich vor ihm und konnte das Verhalten ihrer Mutter kaum nachvollziehen, wenn sie ihm hündisch untergeben, mit den Spuren der Handgreiflichkeiten der Nacht, das Frühstück zubereitete. Auch sie gab das Geld, das das Sozialamt nur spärlich zahlte, für Alkohol, Naschwerk und Illustrierte aus, um ihren Kummer und ihre Enttäuschungen zu vergessen. Tammo, ihr Bruder, hatte die Konsequenzen gezogen. Doch auch er hatte sie enttäuscht.

Helga neigte sich vor und küßte ihren Freund auf die Wange, während er fasziniert auf die Leinwand blickte, wo eine donnernde Büffelherde durch ein weites Tal jagte. Sie liebte Onno und wollte mit ihm zusammenziehen, wenn sie achtzehn wurde. Der Film endete kurz vor Mitternacht. Onno nahm Helga an die Hand und verließ mit ihr im Strom der Besucher das Kino. Ein kühler Wind rief sie in die Wirklichkeit zurück. Onno führte Helga zum abgestellten Golf. Er drehte die Sitze nach hinten und begann mit Helga zu schmusen. Er entblößte Helgas Brüste und strich mit seinen warmen Händen begierig über ihre Schenkel. Er wünschte sich mehr als nur ihre Küsse. Helga griff nach seinen Händen und bedauerte, daß sie sich ihm nicht hingeben konnte, um zu genießen und zu vergessen oder den Traum der Prärie hier im abgedunkelten Golf auszuträumen. Sie dachte an die schon fast zur Gewohnheit gewordene Hölle, die sie erwartete, wenn sie allzu spät nach Hause kam. Sie widersetzte sich seiner Wollust.

»Onno, laß das! Mein Alter!« sagte sie bittend.

Onno gab enttäuscht nach. Ohne Murren richtete er sich her, drehte die Sitze zurück und fuhr los.

Vor dem Block standen Bewohner in der frischen Luft und rauchten. Helga verließ den Golf und eilte zur Haustür. Sie hastete die Treppen hoch, schloß die Wohnungstür auf und betrat das abgewohnte Wohnzimmer. Ihre Mutter kam ihr verheult entgegen. Ihr Vater saß am Tisch. Vor ihm stand die Flasche.

»Du hast uns deinen Pauker auf den Hals gehetzt«, empörte er sich. Seiner Stimme war anzuhören, daß er wieder getrunken hatte.

»Das hat sie nicht«, brüllte die Mutter zurück und stellte sich schützend vor Helga.

Er stierte sie an. Sein verwaschenes kariertes Hemd hing ihm über die Hose.

»In der Schule reden sie über mich!« rief sie und ließ sich von der Mutter in ihr Schlafzimmer bringen, in dem auch ihr kleiner Bruder schlief. Die Mutter strich Helga über das Haar und ging davon. Helga verschloß die Tür, setzte sich aufs Bett und heulte drauflos, während das Schluchzen ihrer Mutter in das Zimmer drang. Der Alte quälte sie wieder einmal, stellte sie fest. Sie sehnte sich nach einem Joint und nach Onno. Helga schlief sehr spät ein.

3

Frau Hanna Hayenna stand am Herd und hantierte mit den Kochtöpfen, als ihr Sohn die Küche betrat und sich an den gedeckten Tisch setzte. Onno schnupperte hungrig. »Grünkohl?« fragte er.

»Ja, die Grünkohlzeit nähert sich dem Ende. Ich esse mit Vater, wenn er vom Dienst kommt«, sagte sie und bediente Onno mit Speck, Kasseler und Pinkel und stellte die Schüsseln mit dampfendem Kohl und Kartoffeln ab. »Laß es dir gut schmecken«, sagte sie und setzte sich zu ihm an den Tisch.

Onno war bereits zweiundzwanzig und hatte ihr und ihrem Mann viele Probleme im Laufe der Jahre aufgebürdet. Seine Schulfaulheit hatte zum Verlassen des Gymnasiums geführt. Der Besuch einer teuren Internatsschule war ohne Erfolg geblieben. Seine gescheiterten Versuche, einen Beruf zu erlernen, hatten besonders ihrem Mann hart zugesetzt. Hajo Hayenna arbeitete beim Finanzamt in Emden als Steuerdirektor. Der korrekte Beamte hatte unter der Laschheit seines Sohnes sehr gelitten. Schließlich, nach vielen Enttäuschungen, hatten sie sich damit abgefunden, daß Onno sich gefangen und im VW-Werk in Emden eine Arbeit am Band bekommen hatte.

Hanna Hayenna war ihrem Gott dafür dankbar, daß Onno kein Bummelant geworden war, sondern ohne unnützes Fehlen seinen Arbeitsschichten exakt nachkam.

Dabei ging es nicht um das Geld. Hayenna war in Gehaltsstufe A 15, das reichte ihnen. Onno durfte seinen Lohn behalten, und sie schritten auch nicht ein, wenn er das Geld für das Tuning seines teuren Golfs ausgab.

Erst vor wenigen Tagen hatten die Hayennas entsetzt von einer mit ihnen befreundeten Familie erfahren, die wie sie nur einen Sohn großgezogen hatte, daß dieser in Hannover statt zu studieren an der Spritze hing und der äußerst gefährdeten Szene angehörte, für die es keine Rettung gab.

Frau Hayenna löste sich aus ihren Gedanken. »Es freut mich, daß es dir schmeckt«, sagte sie.

»Hervorragend, Mutter«, antwortete Onno und lud sich Grünkohl auf den Teller.

»Du bist sehr spät nach Hause gekommen. Vater konnte nicht einschlafen«, sagte sie vorwurfsvoll.

»Mein Leben bestimmen nicht die Akten des Finanzamtes, Mutter. Ich bin mittlerweile erwachsen.«

»Vater meint es nur gut mir dir.«

Onno sah gut aus. Er hatte, was selbst bei den Friesen nur noch selten vorkam, strohblondes Haar. Onno war schlank und athletisch. Die Ähnlichkeit mit seinem Vater konnte sie nur noch auf alten Fotos bestätigt finden. Auch Hajo, ihr Mann, hatte in jungen Jahren gut ausgesehen. Er war voller Pläne gewesen. Er hatte sich mit ihr in Wilhelmshaven am Geniusstrand in der Sonne geaalt. Sie hatten nach seinem Abitur überlegt, ob er Zahnarzt, Politiker oder Kunsterzieher werden sollte. Er hatte sich für das Studium der Wirtschaftswissenschaften entschieden.

Nach dem Examen hatte sie Hajo in die Beamtensicherung gedrängt, mit der Existenzangst, die ihr stets zu eigen gewesen war. Dabei hatte sie nicht ahnen können, wie sehr der Umgang mit Paragraphen und Zahlen Hajo verändern würde. Aus dem laschen und großzügigen Hajo war ein pingeliger Beamter geworden. Die Errichtung des Eigenheimes mit Krediten, und dann immer wieder Zahlen, Zinserhöhungen, Rückzahlungen und Bausparkassenleistungen.

»Mutter, ich habe eine Freundin«, sagte Onno. »Sie heißt Helga. Sie ist ein feiner Kerl. Ich lernte sie in der Disco kennen.« Onno schob sich genußvoll eine Gabel voll Pinkel in den Mund.

»Und?« fragte Frau Hayenna skeptisch.

Onno pickte mit der Gabel nach einer Kartoffel. »Sie ist sehr schön und hat ein schreckliches Zuhause«, sagte er und blickte vor sich auf den Teller.

»Denk an Vater, Onno. Irgendwie muß sie zu uns und zu dir passen«, sagte die Mutter distanziert.

»Mutter, mein Zimmer oben, dein Bügelzimmer und die leere Kammer. Helga und ich könnten oben wohnen«, sagte Onno. Er blickte die Mutter fragend an.

»Wie stellst du dir das vor? Du kennst Vater! Irgendein fremdes Mädchen hier im Haus?« fragte sie entsetzt.

Onno schwieg. Nach einer Weile sagte er: »Helga hat Probleme. Ich muß ihr helfen.« Er erhob sich, schob den leeren Teller von sich. »Ich habe Fahrdienst, ich muß Jan und Hinni mitnehmen.«

»Gehst du da nicht zu weit?«

»Wenn ich nicht um halb zwei auf dem Parkplatz bin, kostet mich das heute abend eine halbe Stunde«, sagte Onno und verließ die Küche.

Frau Hayenna trug das Geschirr ab und hörte, wie Onno den Wagen anließ und zur Schicht fuhr. »Mein Gott, was wird Hajo dazu sagen«, sprach sie vor sich hin.

Am Morgen schwänzte Helga wie so oft die Schule. Sie suchte den Wochenmarkt auf, dort kaufte sie frische Scharben, das Stück für achtzig Pfennig, und einen preiswerten Salatkopf. Zuhause säuberte sie die Fische, tauchte sie in Eischaum, bestreute sie mit Mehl und briet sie in der Pfanne knusprig. Dazu kochte sie Kartoffeln ab und putzte Salat. Das Fett aus der Pfanne servierte sie als Soße.

Das gute Essen hinterließ bei den Eltern eine oberflächliche Harmonie. Vater und Mutter tranken hinterher genüßlich ein Gläschen gekühlten Corvit und gingen ohne das übliche Gezanke zum Schlafzimmer, um sich auszuruhen.

Als Helga den Tisch abdeckte, fiel die Sonne in das Zimmer. Bonno kuschelte sich an den Rand der Couch und schlief ein. Helga legte die übriggebliebenen Kartoffeln in die Pfanne, in der noch ein Hering lag.

»Für den Alten, am Abend«, sagte sie und steckte die Gräten in eine Plastiktüte.

Während sie spülte, schaute sie hin und wieder auf den kleinen Bruder, der friedlich schlief. Er sah niedlich aus mit seinen struppigen Locken. Er ist blaß, dachte Helga.

Nach dem Spülen weckte sie Bonno. »Wir gehen einkaufen«, sagte sie und langte nach dem Portemonnaie, das im Küchenschrank lag. Sie öffnete es. »Wir werden sehen«, sagte sie enttäuscht. Sie führte Bonno in den Waschraum an das Becken und wischte ihm den Mund sauber, kämmte sein Haar und zog ihn an. Sie nahm ihn an die Hand und verließ mit ihm die Wohnung.

Am Nachmittag deckte Helga den Tisch und bereitete den Tee zu. Die Eltern verließen das Schlafzimmer mißmutig und betraten die Wohnstube. Sie setzten sich in der abgetragenen Kleidung an den Tisch. In ihren Gesichtern lag die tief sitzende Unzufriedenheit.

Sie waren fertig mit sich und der Welt. Abgestumpft, fehlte ihnen die Kraft, sich aus dem Teufelskreis des Alkohols und der durch das Trinken verursachten Armut zu befreien. Sie waren so tief gesunken, daß ihnen an dem Schicksal ihrer Kinder nichts mehr lag.

Helga litt unter ihrer Rolle als Aschenbrödel der Familie. Doch da war noch mehr, was sie zu verdrängen versuchte. Sie nahm mit den Eltern den Tee ein.

Bonno aß ein paar Kekse. Dann sagte er: »Ich möchte draußen spielen.«

»Tu das«, sagte Helga und half Bonno beim Anziehen.

Als Bonno die Wohnung verlassen hatte, fragte der Vater: »Hast du eingekauft?«

»Ja«, sagte Helga. Sie holte die Plastiktüte und stellte sie auf den Tisch. Der Vater schaute in die Tüte. »Das ist eine Sauerei! Du hast nur eine Flasche gekauft? Die säuft die Alte mir weg!« schimpfte er. Seine Hände zitterten.

Helga stürzte heulend aus dem Wohnzimmer. Sie setzte sich in ihrem Zimmer auf die Bettkante und weinte. »Das halte ich nicht mehr lange durch«, schluchzte sie. Sie dachte an Onno, und der Gedanke, daß sie am Abend mit Onno zur Schaffarm nach Osteel zu Nina und Max fuhr, tröstete sie.

Die Tage waren länger geworden, die Luft roch bereits nach dem sich nähernden Frühling. Onno parkte den Wagen vor der Kate.

Onno und Helga betraten das Wohnzimmer. Die Kerze warf flackerndes Licht. Pax lag friedlich auf dem Boden. Nina und Max trugen die hautengen, poppigen Leggings und bunte, lange Hemden mit Fleckenmuster.

Auf dem Tisch standen eine Schüssel mit Schafskäse und ein

Teller mit geschnittenem selbstgebackenen Vollkornbrot. Es war angenehm warm in der Wohnung. Helga gefiel die friedliche, harmonische Atmosphäre. Auch Onno war gut drauf. Nina schob eine CD in den Player. Helga kannte die Musik nicht. Sie klang feierlich und erhaben.

»Wir sprechen in der Schule über klassische Bildungsgüter. Die Musik ist von Beethoven«, sagte Nina.

»Ich finde die Musik schön. Ich habe sie zu Hause noch nie gehört«, sagte Helga verlegen.

»Aber Nina um so häufiger«, sagte Max. »Ihre Eltern stehen auf Kultur. Sie feiern ihre silberne Hochzeit. Nina soll eine Lobesrede vor hundert geladenen Gästen halten«, sagte Max.

»Vor hundert Spießern«, sagte Nina verächtlich.

»Miese Typen aus Wirtschaft, Verwaltung und Kultur«, fügte Max hinzu und grinste.

Auch Onno gab sich antibürgerlich. Er zog über das Beamtentum her. »Parasiten«, schimpfte er und hatte Lehrer, Polizisten, Postbeamte und erst recht die Faulenzer vom Finanzamt beim Wickel. Er vergaß bei seiner Globalverurteilung, daß sein Vater nicht ohne Vorleistungen in die Gehaltsstufe A 15 aufgestiegen war, nachdem er das Abitur abgelegt hatte und sich danach den Risiken und dem Streß eines Studiums unterzogen hatte. Seine Eltern waren für ihn die Prototypen einer ›hirnrissigen‹ Gesellschaft. Max ging noch weiter. Er lehnte jede Art von Fremdbestimmung ab. Er hielt nichts von den Anpassungszwängen der Schulen und der Arbeitswelt. Er mimte den Grünen und stellte sich als Aussteiger auf den Wochenmärkten hinter den Verkaufsstand, um Naturschafskäse und chemiefreies Lammfleisch zu verkaufen.

Sie waren sich einige in ihrer Philosophie und aßen Brothäppchen mit Schafkäse. Für sie stand fest, daß die Welt mies war und einer Erneuerung bedurfte.

Schließlich öffnete Max bei herunterbrennender Kerze seinen unter Brettern versteckten »Tresor«. Er, Nina und Onno waren heiß auf einen Trip, der ihnen half, für eine Zeitlang alles zu vergessen, was sie bedrückte.

Onno zückte zur Verwunderung von Helga seine Brieftasche

und entnahm ihr einen Hundertmarkschein, den er über den Tisch Max zuschob. »Man gönnt sich ja sonst nichts«, sagte er.

Helga schaute durch das Fenster nach draußen. Im matten Licht des abnehmenden Abendrots grasten die Schafe auf der Weide. Ein friedliches Bild. Sie erinnerte sich an ihre Kindheit, an die kleinen bunten Glanzbildchen mit Hirten und Schafen, die sie geschenkt bekommen hatte. Damals war sie selbst ein Schäfchen gewesen. Damals wohnte sie noch mit Mutter und Vater im eigenen Haus in Pewsum. Damals hatte ihr Vater sie an die Hand genommen und ihr das mit Rosen bestickte Kränzchen über das Haar gestülpt. Damals hatte Mutter schlank, hübsch und glücklich ausgesehen. Damals war Bonno noch nicht geboren. Damals war ihr Bruder Tammo auf sie zugekommen und hatte sie bewundernd auf die Stirn geküßt. Damals ...

Max nahm aus seinem Depot Einwegspritzen. Er legte in Silberpapier verpacktes Rauschgift auf den Tisch.

»Ich möchte nicht«, sagte Helga.

»Helga, vergiß deinen Schiß«, forderte Max sie auf.

»Keine Angst«, sagte Onno und half Max bei der Zubereitung der Lösung. Er und Max präparierten die Spritzen.

Helga ließ sich von Onno widerstandslos den Arm abbinden. Sie fühlte den Einstich der Nadel und lächelte entzückt. So als schwebe sie, fühlte sie sich überirdisch glücklich. Sie liebte Onno und fühlte seine Liebe. Sie war dankbar, daß Nina und Max mehr waren als nur flüchtige Bekannte. Sie boten ihr ein Zuhause. Sie fühlte sich wohler und freier als je zuvor in ihrem bisherigen Leben. Sie griff nach Onnos Hand und preßte sie gegen ihre linke Brust, um ihm anzudeuten, daß sie ihn für ewig in ihr Herz geschlossen hatte, und träumte sich weg in eine Welt von Farben und Musik.

Nach einem heftigen Streit am späten Abend mit ihrem Mann griff Frau Componga nach der Corvitflasche und zog sich heulend in das Schlafzimmer zurück. Sie stellte die Buddel vor dem

Bett auf den Boden, entkleidete sich, zog ihr Nachthemd über und kroch ins Bett. Mit kleinen Schlucken aus der Flasche begann sie sich in den Schlaf zu trinken.

Niemand im Haus hörte ihr Schluchzen. In das Schlafzimmer drangen die Geräusche des laufenden Fernsehers. Ihr Mann wartete auf Helga.

Sie war nicht schuldlos an ihrer Lage. Sie hatte es an Mut fehlen lassen, einzuschreiten, als ihr Mann nach dem Unfall seinen täglichen Alkoholkonsum mehr, als es für alle gut war, gesteigert hatte. Zu schnell hatte sie aufgegeben und sich selbst mit dem Alkohol getröstet.

Sie machte sich Sorgen um Helga, die ihr so aufopferungsbereit die Erziehung des Nachkömmlings abnahm. Gott sei Dank hatte ihr Sohn Tammo sich früh genug auf und davon gemacht. Er hätte seinen Vater umgebracht, wenn er noch mit ihm die Wohnung hätte teilen müssen.

Früher war alles anders gewesen. Ja, früher ...

Frau Componga leerte die Flasche und stellte sie auf den Boden. Sie fiel in einen tiefen Schlaf, in dem sie sich aus ihrer Wirklichkeit davonträumte. Sie vernahm nicht die Geräusche, die der Schlüssel hinterließ, den Helga ängstlich in das Schloß der Wohnungstür steckte und umdrehte. Sie hörte nicht die Vorwürfe ihres Mannes, die er Helga entgegenbrüllte. Helga schluchzte, rannte in ihr Schlafzimmer. Weder das Weinen der Tochter noch das Rauschen des Fernsehgerätes, in das Behrend gelegentlich hineinrülpste, unterbrachen ihren Rausch.

Helga zog sich hastig aus, schlüpfte ins Bett und zog das Bettzeug eng an sich, als suche sie nach Schutz.

Helga fuhr erschrocken aus dem Schlaf, als das abgehobene Bettzeug ihr die Wärme nahm. Sie fühlte entsetzt, daß jemand ihren Körper berührte, und sprang aus dem Bett. Sie drückte den Lichtschalter des Nachttischlämpchens, dessen Schirm zerbrochen war. Sie sah ihren Vater. Er lag nackt auf dem Laken und blickte sie lüstern an. Entsetzt fiel ihr Blick auf sein hochgerichtetes Glied, um das er seine rechte Hand gelegt hatte.

»Nur so ...«, lallte er und blieb liegen. Er wirkte mit seinem dicken Bauch abstoßend und stank nach Alkohol.

»Du Sau!« schrie Helga.

Sie raffte ihre Kleidung zusammen und rannte in die Küche. Dort zog sie sich hastig an und betrat den Korridor. Sie schlüpfte in den gefütterten Anorak und verließ die Wohnung.

Draußen war es naßkalt. Der Himmel war bewölkt. Ein eisiger Nordwind strömte ihr entgegen. Sie schritt hastig über die Betonplatten des Weges den stelzigen Laternen entgegen. Sie dachte an Onno, während sie eilig an den Weiden entlang hastete und sich ängstigte.

Wohin? fragte sie sich und eilte dem Dorf entgegen. Die Straßenlaternen waren eingeschaltet. Die Tankstelle hatte geschlossen. Im Burghotel waren die Fenster erleuchtet. Die Bierreklame warf grünes Licht auf den Bürgersteig. Onnos Eltern wohnten nicht weit entfernt in einem komfortablen Bungalow.

Wie würden sie reagieren, wenn sie ihnen gestehen mußte, daß sie vom Block kam und vor der sexuellen Gier ihres leiblichen Vaters geflohen war, und das mitten in der Nacht.

Helga verwarf den Gedanken, sie aufzusuchen. Sie erreichte die Kirche. Sie blickte auf den Störtebekerturm. Soll ich? fragte sie sich, und ihr war klar, daß sie dort keine Wärme fand. Ihr fröstelte. Der Wind fiel scharf und kalt in die Straße ein. Helga erreichte die Telefonzelle. Sie dachte an Max und Nina. Sie suchte in den Taschen vergeblich nach den notwendigen Groschen.

Helga weinte. In ihrer Hoffnungslosigkeit dachte sie an ihren Lehrer. Claussen war ihr stets hilfreich und herzlich gegenübergetreten und hatte volles Verständnis für ihren Kummer. Er hatte ihr den Leserbrief gezeigt, den er empört an die Redaktion der Ostfriesen-Post geschickt hatte.

Helga sah sich um. Auf dem Markt vor der Bäckerei stand ein Taxi. Der Fahrer hatte sie beobachtet und trat ihr entgegen. »Wohin?« fragte er nur.

»Lehrer Claussen«, sagte sie erschöpft.

»Steigen Sie ein«, antwortete er und hielt ihr die Tür auf.

Es war warm im Mercedes. Der Fahrer setzte sich hinter das Steuer, kippte wortlos die Uhr und fuhr los.

4

Claussen schaltete nach den Nachrichten das Fernsehgerät ab. Er setzte sich an seinen Schreibtisch, beschäftigte sich mit den Klassenaufsätzen, die er schon am Nachmittag bei seiner ersten Durchsicht mit einem Bleistift vorzensiert hatte.

Nach einer Unterrichtsreihe über aktuelle Umweltprobleme hatte er für seine 9a das Thema »Die Umwelt und die Eigenwelt« für die zweistündige Klassenarbeit gewählt.

Er war zufrieden mit den Beiträgen der Schüler und Schülerinnen. Sie hatten begriffen, daß sie selbst mit ihrer individuellen Persönlichkeit Bestandteile der Umwelt waren.

Claussen schrieb mit dem Rotstift die Noten unter die Arbeiten. Danach packte er die Aufsätze in seine Schultasche. Er fuhr überrascht hoch, als er das Läuten der Hausklingel vernahm. Er blickte auf die Uhr. Es war fünf Minuten vor Mitternacht. Fragend hob er die Schultern. Er erhielt ganz selten Besuch.

Claussen verließ das Zimmer. Er schritt zur Haustür, drückte den Lichtschalter und öffnete die Tür. Er erschrak. Seine Schülerin Helga Componga stand im Licht der Hauslampe. Sie sah blaß aus. Ihr langes Haar hing zottelig über ihre Schultern.

»Herr Claussen, Sie müssen mir helfen!« bat das Mädchen aufgeregt.

Claussen bemerkte das Taxi. Der Fahrer stand neben der geöffneten Wagentür.

»Was bekommen Sie?« fragte Claussen ihn.

»Acht Mark.«

»Einen Moment«, sagte Claussen, eilte in das Haus und holte das Geld aus seiner Jacke. Claussen reichte dem Taxifahrer einen Zehnmarkschein an.

»Danke«, sagte der Fahrer, stieg in sein Taxi und fuhr davon.

Claussen musterte Helga verwirrt. »Was ist passiert?«

»Herr Claussen, wenn Sie mich wegschicken, dann lege ich mich auf die Schienen«, schluchzte Helga.

»Um Gottes willen«, antwortete Claussen und dachte an den Tod eines Schülers, der sich vor Jahren auf der Bahnstrecke

Emden-Norddeich unter einen Zug geworfen hatte. »Komm mit rein«, sagte er gefaßt. Er hielt die Tür offen und blickte hinter Helga her. Sie trug Jeans und einen Anorak.

»Wenn du ablegen willst?« fragte der Lehrer und schritt Helga voraus in das Wohnzimmer.

Helga weinte noch, als sie das Wohnzimmer betrat.

»Setz dich dort in den Sessel. Ich mache uns zuerst einmal einen Tee«, sagte Claussen. Er betrat die Küche und setzte Wasser auf. Danach trug er das Geschirr in das Wohnzimmer und deckte den Tisch.

Helga weinte still vor sich hin.

»Du hast Probleme, die du mit mir besprechen möchtest«, sagte Claussen.

Helga nickte. Er ließ ihr Zeit, sich zu sammeln, und bereitete in der Küche den Tee zu. Danach setzte er sich auf die Couch und schenkte den Tee ein. Er griff zur Pfeife und stopfte sie, zündete den Tabak an und rauchte. Helga trank den heißen Tee. Sie schneuzte sich die Nase frei, trocknete ihre Tränen mit einem Tempotuch und schaute den Lehrer verlegen an. Ihr hübsches Gesicht wirkte leidend.

»Herr Claussen, ich weiß nicht ein noch aus. Sie sind der einzige, der mir noch beistehen kann. Ich hielt es zu Hause nicht mehr aus. Ich bin einfach auf und davon.« Helga kämpfte erneut mit den Tränen.

Claussen nickte und rauchte ruhig seine Pfeife.

»Mein Vater wollte mit mir schlafen. Er ist nackt zu mir in mein Bett gestiegen«, schluchzte Helga.

Claussen unterrichtete seit mehr als zwanzig Jahren Schülerinnen ihres Alters. Helgas Erlebnis stellte deshalb für ihn keinen sensationellen Einzelfall dar. »Ich kenne Mädchen, die standen vor dem gleichen Problem«, sagte er beruhigend und trank Tee. Er füllte Helgas Tasse nach.

»Herr Claussen, ich liebe Onno«, sagte sie, wischte sich die Tränen ab und fuhr fort: »Doch da ist noch mehr.« Helga schüttete ihre Seele aus. So als hätte sie Claussen zu ihrem Beichtvater auserkoren.

Ihr Bericht war erschütternd. Vater und Mutter verband nur

noch die Gier nach dem Alkohol. Sie haßten sich und quälten sich. Die Mutter hatte ihrem Mann vertraut und nicht bemerkt, daß er Helga hin und wieder, wenn die Mutter außer Haus war, mißbraucht hatte. Helga litt unter ihrer Mitschuld, da sie den Vater hatte gewähren lassen, nachdem er ihr, als sie vierzehn war, zum erstenmal einen Orgasmus bereitet hatte. Helga hatte es geduldet, geschwiegen und genossen, wenn er zu ihr gekommen war, um mit ihr »Liebe zu machen«. Die Wende ihrer Gefühle war erst eingetreten, als sie Onno kennengelernt hatte, den sie innig liebte.

»Ich schäme mich so sehr. Onno wird mich nie verstehen«, schluchzte sie.

»Kann ich deinen Freund anrufen?« fragte Claussen.

»Onno arbeitet bei VW. Seine Eltern sind feine Leute. Der Vater ist Finanzdirektor oder so. Ich habe sie selbst noch nicht kennengelernt.«

Claussen dachte an den Abteilungsleiter des Finanzamtes in Emden. Nur ihn konnte sie gemeint haben.

»Onno hat Nachtschicht. Ich möchte auch nicht, daß Onno erfährt, was passiert ist«, sagte sie. Sie saß erschöpft und müde mit verweinten Augen Claussen gegenüber.

Claussen hob die Schultern. »In wenigen Stunden beginnt der neue Tag. Dann sehen wir weiter. Du kannst über Nacht hierbleiben. Du schläfst in meinem Schlafzimer. Komm mit.« Claussen erhob sich. Er führte Helga zum Schlafzimmer, zeigte ihr den Weg in das Bad und begab sich mit einer Wolldecke in das Wohnzimmer, wo er sich auf die Couch legte. Er fand nur wenig Schlaf.

Noch bevor der Wecker klingelte, fuhr Claussen aus dem Schlaf. Er stand auf, bereitete in der Küche den Frühstückstee zu, machte sich eine Schnitte, deckte den Tisch für Helga Componga, die noch schlief. Er schrieb auf einen Zettel: »Helga, warte hier, bis ich aus der Schule komme. Claussen.« Er nahm seine Schultasche und fuhr zum Dienst.

Claussen betrat um halb acht das Lehrerzimmer. Direktor Hülsebus saß bereits an einem Tisch und heftete Mitteilungen in die Umlaufmappe. Er schaute kurz auf. »Morgen, Herr Claussen, endlich werden die Tage wieder länger.«

»Herr Hülsebus, da ich mit Ihnen hier alleine bin, will ich mir meine Sorgen von der Seele reden«, sagte Claussen.

»Sie haben Sorgen? Als Junggeselle? Haben Sie erst einmal Kinder und Enkelkinder, dann lernen Sie das Leben kennen«, sagte der Direktor aufgeräumt.

»Meine Sorgen sind dienstlicher Natur.«

»Gut, dann begleiten Sie mich in mein Dienstzimmer.«

Claussen folgte dem Schulleiter durch das Sekretariat. Er rang mit sich, ob er den richtigen Weg gewählt hatte. Als Hülsebus auf den Besucherstuhl vor seinem Schreibtisch wies, wußte Claussen, daß es zu spät war, jetzt einen Rückzieher zu machen.

»Ich hatte eine unruhige Nacht, Herr Hülsebus. Ich mußte notgedrungen einer Schülerin mein Bett überlassen und im Wohnzimmer auf meiner Couch schlafen. Ich bin als Pädagoge zum Mitwisser der Kümmernisse und Probleme einer selbstmordgefährdeten Schülerin geworden«, sagte Claussen schweren Herzens.

»Mensch, Claussen, seien Sie vorsichtig. Menschlichkeit zahlt sich nicht aus. Hinterher sind Sie der Dumme.« Hülsebus verzog das Gesicht.

»Eine Schülerin meiner 9a ist von ihrem Vater seit dem vierzehnten Lebensjahr sexuell mißbraucht worden. Sie hat ihn gewähren lassen, bis sie sich in einen jungen Mann verliebt hat. Ihre Mutter hat nach ihren Angaben nichts davon erfahren. Beide Elternteile sind Alkoholiker. Der Vater ist arbeitslos. Die Familie wohnt in dem Block.«

»Wenn Sie mir den Namen der Schülerin nennen und das Mädchen zusätzlich häufig gefehlt hat, muß ich den Vorgang aktenkundig machen und das Jugendamt einschalten.«

»Wenn das Gericht gegen ihren Vater vorgeht, könnte die Schülerin erst recht auf die Idee kommen, sich durch Selbstmord allen Peinlichkeiten zu entziehen.«

»Herr Kollege, das war ein privates Gespräch. Reden Sie mit

dem Mädchen. Beherzigen Sie meinen Rat. Halten Sie sich da raus.« Der Direktor stand auf und begleitete Claussen zur Tür.

Claussen ging zum Lehrerzimmer, holte das Klassenbuch aus dem Wandschrank und setzte sich an seinen Tisch. Das Lehrerzimmer füllte sich. Die Kollegen erschienen zum Dienst.

Nach dem Unterricht parkte Claussen den Wagen auf der Garagenauffahrt. Er schritt eilig der Haustür entgegen und öffnete sie.

»Helga!« rief er in den Korridor. Er horchte. Es war still im Haus.

Er betrat die Küche. Der Tisch war abgeräumt. Das Frühstücksgeschirr gespült. Auf dem Tisch lag ein Zettel. Claussen las: »Lieber Herr Claussen, ich danke Ihnen sehr. Ich habe Ihr Telefon benutzt, Helga.«

Claussen atmete erleichtert auf. »Ich drücke dir die Daumen«, sagte er zufrieden vor sich hin.

Er hatte Hunger. Er war ohne Brot zur Schule gefahren. Er schritt an den Kühlschrank und öffnete ihn.

Auf dem Aufschnitteller lag der Schinken. In der Becherschale befanden sich frische Eier. Im Türfach stand eine Flasche Milch. Mehl fand er im Küchenschrank.

Claussen holte die Pfanne und eine Rührschüssel aus dem Schrank und bereitete einen Eierteig zu. Er legte die Schinkenscheiben in die Pfanne, ließ sie kurz aufzischen und goß den Teig dazu.

Während der Schinken brutzelte, setzte er Teewasser auf. Claussen fühlte sich müde und abgespannt. Noch vor wenigen Minuten hätte er Freude darüber empfunden, daß Helga keine Dummheiten gemacht hatte. Doch nun überfielen ihn Zweifel. Wohin war sie gegangen? Hatte sie ihren Freund Onno aufgesucht?

Der Pfannkuchen nahm eine knusprige Bräunung an. Er stellte die Herdplatte ab und wartete einige Minuten, dann schob er den Pfannkuchen auf einen Teller und brühte sich den Tee auf.

Was geht mich das eigentlich an? fragte er sich, während er an dem Küchentisch hungrig das Essen verspeiste. Danach trank er Tee und rauchte eine Pfeife.

Von einer inneren Unruhe getrieben, holte er das Telefonbuch in die Küche. Er suchte die Telefonnummer des Finanzbeamten Hayenna heraus, klopfte die Asche der gerauchten Pfeife aus, ging zum Schreibtisch und wählte die Telefonnummer. Frau Hayenna meldete sich sofort, als hätte sie auf den Anruf gewartet.

»Guten Tag, Frau Hayenna. Mein Name ist Claussen, ich bin Lehrer an der Realschule. Frau Hayenna, ich mache mir Sorgen um meine Schülerin Helga Componga. Sie war oft mit Ihrem Sohn zusammen.«

Claussen vernahm, wie Frau Hayenna aufgeregt atmete und für Sekunden schwieg. »Herr Claussen, vielleicht haben mein Mann und ich Fehler gemacht. Unser Sohn hatte uns gebeten, diese Helga bei uns aufzunehmen. Wir kennen das Mädchen nicht. Sie kommt vom Block. Ihr Foto erschien in der Ostfriesen-Post. Mein Mann ist sehr konservativ. Onno hat uns bisher viel Kummer bereitet. Uns kam seine Absicht unausgegoren vor. Seitdem ist Onno nicht mehr nach Hause gekommen. Erst heute erreichte uns das Kündigungsschreiben vom VW-Werk. Wir sind verzweifelt. Onno ist unser einziges Kind.«

Claussen vernahm, wie sie weinte. »Helga hatte zu Hause Probleme«, sagte er. »Auch sie ist auf und davon. Ich gehe davon aus, daß sie sich gemeinsam irgendwo in einer Wohngemeinschaft einquartiert haben.«

»Ein schwacher Trost! Wir verstehen die Welt nicht mehr.« Die Frau schluchzte.

»Ich werde mich bemühen, Helga ausfindig zu machen. Wenn ich etwas erfahre, melde ich mich«, sagte Claussen.

»Danke«, antwortete Frau Hayenna. Sie legte den Hörer auf.

»Scheiße!« schimpfte Claussen. Nun hatte er auch noch die Familie Hayenna in seine Phantastereien einbezogen.

Claussen spülte das Geschirr und legte sich danach auf die Couch, bemüht, einzuschlafen.

Am Nachmittag fuhr Claussen nach Greetsiel.

Er schritt durch das Sieltor, blickte auf die vertäuten Fischkutter und betrat den Deich, der an der Fahrrinne entlang führte. Die Wolken türmten sich, getrieben von einem aufgebristen, lauen Frühlingswind. Er hing seinen Gedanken nach. Componga hatte seine Tochter jahrelang zur Befriedigung seines Triebes mißbraucht, seine Frau gedemütigt. Und dieser verrückte Reporter hatte rücksichtslos bei der Abfassung seines Berichtes die Gefühle der im Trinkermilieu aufwachsenden Tochter mit der Veröffentlichung ihres Bildes verletzt. Seinen Leserbrief hatte er nicht beantwortet.

Claussen nahm sich vor, am Abend der Familie Componga einen Besuch abzustatten. Wenn es Ärger gab, wollte er den Staatsanwalt einschalten.

5

Tammo Componga stieg in den Mercedes, der vom Band rollte, und fuhr ihn auf den Prüfstand. Er gab Gas, legte die Gänge mit dem Blick auf die Prüfuhr ein, zündete die Scheinwerfer, testete die Bremsen und übergab den Wagen dem Fahrer, der ihn aus der Endmontagehalle fuhr.

Componga rief den Springer. »Ich muß zum Meister«, sagte er kurz angebunden. Er schritt durch die Halle zum Meisterbüro. Es war mehr ein viereckiger Glasverschlag, der die Sicht nach allen Seiten offen ließ. Tammo trat ein. Der Meister, ein gestandener Endfünfziger, blickte Tammo fragend an.

»Chef, nur ganz kurz. Ich benötige drei freie Tage«, sagte Componga.

»Tammo, du hast keinen Urlaubsantrag gestellt«, sagte der Meister und schob die Computerlisten beiseite, die auf seinem Arbeitstisch lagen.

»Chef, eine Angelegenheit, die keinen Aufschub duldet«, sagte Tammo.

»Ihr Ostfriesen seid zuverlässig, aber auch verdammt stur.

Der VfB geht in ein Trainingscamp. Ist es das?« fragte der Meister. Er schaute Tammo freundlich an.

»Nein, noch spiele ich bei den Amateuren«, sagte Tammo.

»Aber mit guten Aussichten, in das Team der Profis aufzusteigen«, sagte der Meister, als sei er stolz auf seinen Mitarbeiter.

Tammo trat verlegen auf der Stelle.

»Chef, ich muß nach Hause. Mein Alter – ich war seit Jahren nicht mehr zu Hause ...«, sagte Tammo.

»Wann willst du fahren?« fragte der Meister.

»Morgen nach der Schicht«, sagte Tammo.

»Okay. Ich regle das mit dem Personalbüro. Ich nehme Hartmut aus der Endfertigung. Er soll dich vertreten.«

»Danke«, sagte Tammo und eilte zurück an seinen Arbeitsplatz.

Tammo stand seinen berühmten Profikollegen nicht nach. Wie diese liebte er eine rasante Fahrweise und drosch seinen Mercedes-Jahreswagen, wenn es ohne großes Risiko möglich war, auf der Überholspur der Autobahn Norddeutschland entgegen. Gegen neun Uhr abends erreichte er Norddeich. Voller Wiedersehensfreude fuhr er langsam über die Mole, parkte für eine halbe Stunde mit dem Blick auf Juist und Norderney vor der Mauer der Bahnstation Norddeich-Mole und suchte danach das Hotel Fährhaus auf. Er nahm ein Einzelzimmer mit Seeblick und trug sich als Monteur unter einem fremden Namen ein.

Max hatte von der Stadtverwaltung der Hansestadt Bremen die Konzession erhalten, auf dem historischen Markt im Schatten des Domes einen Stand zum Verkauf seiner Produkte zu führen. Die veterinäre Überprüfung seiner Fleischerzeugnisse hatte keine Veranlassung zur Beanstandung geliefert. Im Gegenteil, er durfte, wie von ihm werbewirksam angekündigt, weiterhin seine Ware als »Fleisch von Grasschafen, ohne chemische Futterzusätze« vertreiben. Der neue Absatzmarkt war lukrativ. Max und Onno fanden innerhalb einer kurzen Zeit eine Stammkundschaft. Zusätzlich verhalf ihnen der Stand in Bremen, günstig Heroin einzukaufen. Sie konnten das kleine Depot mit sauberer Ware füllen.

Sie spritzten nicht regelmäßig, sondern meistens an den Wochenenden, wenn Nina nicht zur Schule mußte, und dann abends, wenn sie klassische Musik hörten. Pax bewegte sich dann mürrisch durch das Zimmer, bellte ungehört einige Male und legte sich danach in der Nähe von Max auf den Boden, während die Kerze flackernd herunterbrannte.

Gemessen an westlichen Ansprüchen wohnten die im Block untergebrachten Asylanten in recht bescheidenen Verhältnissen. Die kurdische Familie mit den kleinen Kindern fühlte sich dennoch glücklich, weil sie nur knapp mit dem Leben davongekommen war.

Anders empfanden es die Albaner. Die zwischen zwanzig bis dreißig Jahre alten Deserteure der albanischen Armee warteten auf ihre Anerkennungsverfahren. Sie hatten sich gemeinsam einen Fernseher gekauft, der fast rund um die Uhr lief. Ihre Wohnung bestand aus einem Waschraum, einem Wohnzimmer, zwei Kinderzimmern und dem Schlafzimmer und war mit acht Personen belegt. Sie saßen zusammengepfercht im Wohnzimmer vor dem Fernsehgerät und stierten auf die Bildröhre. Das ZDF übertrug das Fußballänderspiel der deutschen Nationalmannschaft gegen Wales. Ihre Sympathien galten Wales, das gegen das übergroße Deutschland spielte.

Nach dem Fußballspiel, das Wales verloren hatte, verließen sie das verräucherte Zimmer und begaben sich vor das Haus, um sich in der frischen Luft in Gesprächen abzureagieren.

In die Dunkelheit fiel das Licht der Straßenlaternen. Sie hörten Schritte und sahen einen Mann, auf den kurz das Licht fiel, bevor er sich eilig entfernte.

Die Albaner unterhielten sich, rauchten und frotzelten miteinander. Ihr Landsmann Giorgio Castalsha näherte sich dem Container, der Bauschutt enthielt, um in seinem Schatten Wasser abzulassen.

Seine Kameraden blickten überrascht auf, als sie seine Zurufe hörten. Er machte gestenreich im matten Licht, das aus einem Fenster fiel, auf sich aufmerksam.

Sie eilten zum Container und schauten entsetzt auf den Mann, der dort über der Eisenkante hing. Sein Oberkörper lag auf dem Bauschutt. Seine Beine baumelten vor der Containerwand. Sie kannten das Opfer. Sie blickten nach oben auf das Fenster im zweiten Stock, das offenstand.

Der Alte muß aus dem Fenster gestürzt sein. Für Sekunden schwiegen sie, doch dann diskutierten sie heftig miteinander. Sie hatten in der Armee gedient und gelernt zu handeln. Entschlossen hoben sie den Oberkörper des Opfers vorsichtig an, stützten seine Hüfte, legten ihre Arme um seine Beine und trugen den Alten in die Nähe des Lichtes und legten ihn auf den spärlich bewachsenen Rasen. Das Gesicht des Opfers war entstellt. Aus dem Mund floß blutiger Schleim.

»Im Haus gibt es kein Telefon«, sagte einer der Albaner. »Wir müssen die Polizei benachrichtigen und einen Krankenwagen anfordern!« Giorgio Castalsha rannte zum Haus. Dort stand ein unverschlossenes Fahrrad. Er schwang sich in den Sattel und trat kräftig in die Pedale.

Seine Landsleute umstanden hilflos das Opfer. Sie blickten überrascht auf, als die dicke Frau fassungslos heranwatschelte. Sie hielt ihre Arme von sich gespreizt. Um ihren dicken Bauch lag der Bund einer Trainingshose. Ihr schwappender Oberkörper war mit einer bunten Bluse bekleidet.

Sie kniete sich neben das Opfer und schluchzte. Die Albaner machten ihr Platz und traten zurück auf die Straße. Mitfühlend vernahmen sie das Weinen der Frau. Es ging ihnen unter die Haut, als der kleine Sohn heulend zur Mutter rannte, sich an ihr festhielt und beim Anblick auf das Opfer laut schrie: »Papa, Papa ...!«

Sie warteten auf die Polizei und den Krankenwagen.

Wachtmeister Grensemann steuerte den Streifenwagen. Ihn begleitete seine Kollegin de Boer. Sie befanden sich auf einer Routinefahrt, hatten Victobur erreicht und näherten sich der

Bundesstraße, als sie per Funk vom Revier Norden angewiesen wurden, nach Marienhafe zu fahren. Im Block hatte sich ein Unfall ereignet. Grensemann schaltete das Blaulicht ein und drosch drauflos. In wenigen Minuten erreichten sie Marienhafe und parkten vor dem Block.

»Drüben liegt das Opfer«, sagte Wachtmeisterin de Boer.

Sie verließen den Wagen und gingen zu dem verunglückten Mann, der auf dem aufkeimenden Rasen lag. Eine beleibte Frau kniete neben dem Opfer und weinte. Ein kleiner Junge saß neben ihr. Er zitterte und heulte.

Grensemann näherte sich einer Gruppe junger Männer, die unter der Straßenlaterne standen. Es waren Albaner. Sie zeigten auf das Fenster im zweiten Stock und auf den Container.

De Boer nahm den kleinen Jungen auf den Arm und sprach beruhigend auf ihn ein.

Der Junge schluchzte: »Ich will zu Helga.«

Eine junge Frau näherte sich ihr. Sie trug ein weißes Kopftuch, eine bunte Bluse mit einem Stehbord und einen langen Rock. Sie blickte die Beamtin leidend aus tiefen, dunklen Augen an.

»Ich mache das«, sagte sie und nahm der Wachtmeisterin den Jungen ab. »Bonno, brav«, sagte sie zu dem Jungen.

Die Beamtin schaute überrascht auf den kleinen, schmächtigen Mann, der einen weißen Pullover und eine legere Wildlederjacke trug. Seine Füße steckten in hochhackigen, kurzschäftigen Cowboystiefeln. Er hielt einen Fotoapparat in den Händen und näherte sich mit hastigen, kleinen Schritten. Er sah verbissen aus. Sie beobachtete, wie er die Kamera an seine Augen hob und die Asylantin fotografierte, die mit dem Jungen davonschritt.

»Presse?« fragte Wachtmeisterin de Boer. Der Fotograf nickte nur und näherte sich dem Opfer und der dicken Alten, die unentwegt weinte und mit sich selbst sprach.

Der Krankenwagen fuhr vor. Die Frau erhob sich, als die Sanitäter mit der Bahre erschienen und sich um das Opfer bemühten. Die Wachtmeisterin sah, wie der Pressemann eilig seinem Wagen entgegenhastete.

6

Fredo Wübbena schob die Bretterreste zusammen. Im Dachausbau roch es nach Holz und Wachs. Zufrieden betrachtete er sein Werk. Die Täfelung von der Decke bis hin zum Fußboden verlief gradlinig. Es gab keine Verschiebungen der Falzkanten. Am Wochenende wollte ein Freund, ein ehemaliger Mitkämpfer des Judo-Clubs, ihm helfen, die Heizungskörper anzuschließen. Fredo war verheiratet. Nach dem Abitur hatte er sich zum Industriekaufmann ausbilden lassen. Einem inneren Wunsch folgend, hatte er danach die Polizeischule in Hannoversch Münden besucht und versah seit fünf Jahren seinen Dienst als Kommissar im Norder Revier. Seine Frau Zandra hatte bei der Stadtsparkasse gelernt und betreute jetzt die kleine Tochter Mareike.

Fredo und Zandra hatten auf der Moorwiese in Marienhafe gebaut. Vor der Eingangstür hing noch der mit Papierblumen geschmückte Bogen, mit dem die Nachbarn sie herzlich aufgenommen hatten. Sie wollten ihn abfeiern, wenn sie das Kinderzimmer im Dachgeschoß fertiggestellt hatten.

Fredo blickte Zandra erwartungsvoll an, als sie mit einem Plastikkorb den Dachboden betrat. Sie stellte den Korb ab und schaute sich um. »Toll«, sagte sie zufrieden und gab Fredo einen Kuß. Sie begann die Holzreste aufzusammeln. Fredo langte nach dem Besen und fegte den Sägestaub zusammen.

»Es steht eins zu null für Deutschland«, sagte sie.

»Ich gehe nach unten«, antwortete er.

Fredo zog sich im Bad um. Dann setzte er sich in das Wohnzimmer und schaltete den Fernseher ein. Mareike schlief und meldete sich nicht mehr. Es war ein schönes Spiel mit wenigen Fouls. Als der Schiedsrichter das Spiel abpfiff – die deutsche Mannschaft hatte gewonnen –, schaltete Fredo das Gerät ab und nahm den Ordner mit den Bauunterlagen aus dem Schrank, um sie zu studieren. Zandra hatte das Dachzimmer gereinigt. Sie zog die Vorhänge vor die Fenster und setzte sich zu Fredo auf die Couch.

»Den Garten legen wir selbst an, aber erst später. Ich meine, wir sollten den Rest des Bausparvertrages für ein kleines Bad verwenden. Unten haben wir nur die kleine Toilette«, schlug Zandra vor.

»Ich rechne das noch einmal durch«, sagte Fredo.

Zandra begann mit Fredo zu schmusen.

Sie waren knapp über dreißig. Sie sahen beide gut aus, und auch Mareike war niedlich. Ernste finanzielle Probleme standen den Wübbenas nicht ins Haus. Sie waren gesund, glücklich und wünschten sich noch einen Jungen.

Zandra entkleidete sich ihrer Jeans. Fredo zog ihr gerade den Pullover über die ausgestreckten Arme, als das Telefon läutete.

»Nicht wieder dieser unzuverlässige Elektriker«, schimpfte Zandra.

Fredo eilte zum Korridor.

Er nahm den Hörer ab und meldete sich.

»Wending, Revier Norden, Herr Kommissar. Ein Asylant machte eine Unfallmeldung. Es handelt sich um einen Fenstersturz im Block Marienhafe. Grensemann befindet sich auf dem Weg dorthin.«

»Schwitters hat Nachtdienst«, sagte Wübbena.

»Er befindet sich im Einsatz. Eine Rauschgiftsache«, antwortete Wending.

»Ich fahre los«, sagte Wübbena Er legte den Hörer auf und kehrte ins Wohnzimmer zurück.

»Du mußt raus«, sagte Zandra und lächelte verständnisvoll. Sie zog den Pullover über.

»Ich hoffe, es wird nicht so spät«, sagte Wübbena. Er verließ das Wohnzimmer, betrat den Korridor, griff nach seiner Jacke und eilte zur Garage.

Als Wübbena sich dem Block näherte, sah er das flackernde Blaulicht des Einsatzwagens. Aus den Fenstern des Hauses fiel Licht. Der Krankenwagen stand mit offener Hecktür auf dem Bürgersteig. Wübbena parkte hinter dem Streifenwagen. Er griff zur Stablampe und verließ den Wagen. Wachtmeisterin de

Boer, Wachtmeister Grensemann und zwei Sanitäter befanden sich bei dem Opfer. Das Licht der Straßenleuchte fiel auf den schweren Mann.

»Tot?« fragte er den Sanitäter.

»Ja, wir müssen dennoch auf den Arzt warten«, sagte der Sanitäter. Sie trugen weiße Jeans und weiße Jacken.

»Er ist aus dem Fenster gestürzt und auf den Container gefallen«, sagte Wachtmeisterin de Boer. Wübbena ging zum Container hinüber. Er schaltete seine Staublampe an und richtete den Strahl auf die Kante und den Bauschutt. Er sah Blutspuren.

»Hat er Angehörige?« fragte Wübbena.

»Seine Frau hat bis vor wenigen Minuten hier neben ihm gekniet«, sagte Wachtmeisterin de Boer. »Der kleine Sohn des Opfers hat sich ebenfalls hier bei ihm aufgehalten. Eine Hausbewohnerin hat den geschockten Jungen mit in das Haus genommen.«

»Wer hat den Unfall gemeldet?« fragte Wübbena.

»Einer der Albaner«, sagte Grensemann und zeigte auf die Gruppe junger Männer, die auf der Straße standen.

»Kommen Sie mit«, sagte Wübbena. Sie gingen zu den Asylanten. »Wübbena, Kriminalpolizei.« Er zeigte seine Marke. Die jungen Männer schwiegen. Sie hatten Respekt vor der deutschen Polizei. »Wer hat die Polizei benachrichtigt?« fragte er.

Ein junger drahtiger Mann meldete sich. »Ich bin Giorgio Castalsha. Kein Telefon im Haus. Nahm Fahrrad von Hauswand und bin losgefahren zur Zelle an Bank neben Kirche.«

»War das Ihr Fahrrad?« fragte der Kommissar.

»Nein, stand unverschlossen an Wand. Hatte schon bemerkt, als kommen von Fernsehfußball«, sagte er.

»Wo haben Sie das Fahrrad abgestellt?« fragte Wübbena.

»Steht schon wieder an Wand wie genommen«, antwortete Castalsha.

»Wem gehört das Fahrrad?« fragte Wachtmeisterin de Boer.

»Können nicht wissen. Ist gutes, teures Rad. War vorher nie da«, sagte einer der Asylanten.

»Haben Sie gesehen, wie der Mann aus dem Fenster gestürzt ist?« fragte der Kommissar.

»Nicht gesehen. Aber war frisch. Als wir gekommen von Fernsehen, war gerade geschehen«, sagte ein Asylant.

»Haben Sie jemanden bemerkt? Einen Fremden, der nicht im Haus wohnt?« fragte Wübbena.

»War jemand da. Ein Mann. War dunkel. Wir hörten Schritte. Jemand kurz gesehen im Licht. Drüben, wo andere Lampe ist«, sagte Giorgio Castalsha.

»Und wann war das?« fragte Grensemann.

»Sofort, als Fußball fertig.«

»Danke«, sagte Wübbena. Sie verließen die Albaner.

Ein Opel Omega hielt am Straßenrand.

»Dr. Noormann«, sagte die Wachtmeisterin. Sie blieben stehen. Sie sahen, wie der etwa sechzigjährige Stationsarzt des Krankenhauses die Medizinertasche aus dem Kofferraum nahm und sich ihnen näherte.

Dr. Noormann war schlank und hochgewachsen. Sein Haar war grau und gelichtet. »Ich versehe mit meinem Assistenzarzt momentan den Nachtdienst«, sagte er. »Ich bin sofort losgefahren, um mir den Mann hier an Ort und Stelle anzuschauen.«

»Der Mann ist tot«, sagte Wübbena.

Die zufällig anwesenden Neugierigen und Hausbewohner zogen sich zurück. Dr. Noormann kniete sich neben das Opfer. Er öffnete seine Arzttasche, entnahm ihr das Stethoskop. Er horchte den Patienten ab. Dann nahm er Watte und reinigte das Gesicht des Opfers vom blutigen Schleim.

»Todesursache Sturz, schwere Kopfverletzungen, Lungeninfarkt. Der Mann hatte getrunken, Herr Kommissar, das als Schnellbericht. Lassen Sie einen Sarg besorgen.« Dr. Noormann. wandte sich an die Sanitäter. »Sie können losfahren. Tote haben kein Recht auf einen Platz in Ihrem Taxi.«

»Moin«, sagten die Männer des Krankenwagens und schritten davon.

»Wir benötigen einen Sarg, Herr Grensemann. Fahren Sie zum Revier!« ordnete Wübbena an.

»Ich werde mir das Opfer im Krankenhaus genauer ansehen«, sagte Dr. Noormann und erhob sich. Er packte seine Tasche. »Bis dann«, sagte er und schritt davon.

Die Bewohner des Heimes verharrten auf der Straße und palaverten. Der Tote lag auf dem Rasen im Licht, das bei der zunehmenden Dunkelheit intensiver wirkte. Um die Straßenleuchten zogen Nebelschwaden auf. Wübbena wartete mit Wachtmeisterin de Boer auf den Sarg. Der Wind briste kühl auf. »Wir bilden die Totenwache«, sagte Wübbena und mied den Blick auf die Leiche.

Wachtmeisterin de Boer zuckte mit den Schultern. »Die Opfer im Straßenverkehr sind oft schlimmer zugerichtet.«

Erst als Grensemann mit einem ihm zugeteilten Kollegen den Sarg brachte und sie den schweren Mann, dem Dr. Noormann bei seiner flüchtigen Untersuchung die Augen für immer geschlossen hatte, in den Sarg betteten, lösten sich die Grüppchen vor dem Haus auf.

»Bringen Sie ihn zum Krankenhaus. Dr. Noormann kann ihn auf Eis legen«, sagte Wübbena und wandte sich an Frau de Boer. »Begleiten Sie mich zur Witwe. Ich möchte ihr wenigstens mein Beileid aussprechen. Hier zu wohnen ist bereits ein Grund zum Saufen.«

Sie schritten über den mit Waschbetonplatten belegten Zuweg und betraten das abgewohnte Haus. Die Flurbeleuchtung brannte auf Sparflamme. Die Luft roch muffig und abgestanden.

Der Tod des Maurers hatte den Zeitrhythmus der Bewohner durcheinandergebracht. Kinder turnten an den Treppengeländern. Sie waren aufgedreht und warteten lärmend auf ihre Eltern.

Hausbewohner eilten an ihnen vorbei, zurück in ihre Wohnungen. Tatortatmosphäre zum Anfassen, dachte Wübbena und fragte eine junge Kurdin: »Wo wohnte der Verunglückte?« Sie wies ihnen den Weg. Wübbena drückte den Klingelknopf. Sie warteten.

Die Tür wurde schließlich geöffnet. Eine dicke Frau stand vor ihnen mit verheultem Gesicht. Sie keuchte, und ihr Atem roch nach Alkohol. Sie blickte die Beamten verwirrt an. »Wo ist Bonno?« fragte sie, bemüht, ihren schweren Körper im Gleichgewicht zu halten.

»Um Ihren kleinen Sohn kümmert sich eine Hausbewohnerin«, sagte Wachtmeisterin de Boer.

»Ach, Po – li – zei ...?« lallte Frau Componga. Sie schritt ihnen voraus durch den muffigen Korridor. Sie fand Halt am Tisch und setzte sich auf den Stuhl.

»Mein Mann ist tot«, schluchzte sie und wischte sich mit dem Arm die Tränen aus den Augen.

Auf dem Tisch standen die Schnapsflasche und zwei leere Gläschen.

Wübbena blickte sich um. Der Teppichboden war abgenutzt und fleckig. Vor dem Tisch lag eine Fußmatte. Die Wohnung wirkte ärmlich und ungepflegt.

»Wir fühlen mit Ihnen, Frau Componga. Es ist schrecklich für Sie. Wie kam es zu diesem tragischen Unfall?« fragte der Kommissar.

Die Familie wohnt nicht in einer Wohnung, sondern in einem Rattenloch, dachte er. Die Frau tat ihm leid. Frau Componga griff zur Flasche.

»Lassen Sie das!« sagte Wachtmeisterin de Boer forsch.

Frau Componga fuhr erschrocken auf und blickte Frau de Boer überrascht an. In diesem Ton hatte außer ihrem Mann noch niemand mit ihr geredet. Sie riß sich zusammen.

»Bonno schlief«, sagte sie mit schwerer Zunge. »Mein Mann wartete auf Helga. Er wartete seit Tagen auf Helga. Sie hatte uns nach Streitereien mit meinem Mann verlassen.«

»Wer ist Helga?« fragte Wübbena. Wachtmeister de Boer erinnerte sich an den kleinen Jungen, der nach dieser Helga verlangt hatte.

»Helga ist unsere Tochter«, sagte die Alte und legte ihre dicken Hände um die Schnapsflasche.

»Und? Ist sie gekommen?« fragte Wübbena.

»Mein Mann hatte getrunken. Er hatte Autogeräusche gehört. Helga kommt, hat er gesagt und sich gefreut. Er ist in das Kinderzimmer gegangen, hat das Fenster geöffnet und sich weit vorgelehnt, dann ist er aus dem Fenster gefallen.«

Die Alte begann zu schluchzen.

»Und Sie?« fragte Wübbena.

Die Alte blickte gequält auf.

»Ich trinke sonst nicht so viel. Aber weil Helga weg war – ich saß hier am Tisch, ich war eingenickt, als Behrend in den Tod stürzte ...«

Sie begann zu heulen. De Boer und Wübbena ließen ihr Zeit, sich zu fassen.

»Und wer hat Sie benachrichtigt?« fragte Wachtmeisterin de Boer.

Die Alte schaute irritiert auf. »Ich hörte seinen Schrei.«

Wübbena zeigte auf die angelehnte Tür, aus der Licht fiel.

»Ist das Helgas Zimmer?« fragte er.

»Ja, ich habe es noch nicht betreten. Mein Behrend ...«, sie schüttelte sich vor Tränen.

»Dürfen wir?« fragte der Kommissar.

Sie nickte. »Armer Behrend ...«, stöhnte sie auf.

Wachtmeister de Boer folgte Wübbena in das Kinderzimmer. Ein Kinderbett stand an der Wand seitlich des Fensters. Mit Filzstiften gemalte Mickymäuse bedeckten eine zerfetzte Tapete. Ein Bett, es war unbenutzt, nahm den Raum vor einem dürftigen Spiegel ein. Auf einem Nachttisch stand eine Lampe mit zerbrochenem Schirm.

»Helgas Bettstatt«, sagte Wübbena und schritt an das Fenster. Es war geöffnet. Er schaute auf den Container, der nur schemenhaft zu erkennen war. Die Hausbewohner und Neugierigen hatten die Straße verlassen.

»Frau de Boer, wenn ich jetzt besoffen wäre und zusätzlich schwerleibig, könnte ich schon, wenn ich mich weit hinauslehne, das Gleichgewicht verlieren«, sagte Wübbena.

Die Wachtmeisterin trat an das Fenster und blickte auf den von der Dunkelheit umhüllten Container.

»Ich weiß nicht, Herr Wübbena. Componga muß total dun gewesen sein.«

Sie verließen das Kinderzimmer. Die fremde Frau mit dem weißen Kopftuch stand im Wohnzimmer. Auf ihrem Arm schlief der kleine Sohn des Opfers. Die Alte blickte nur kurz auf, als sie die Wohnung verließen.

7

Max und Nina hatten Helga bereitwillig aufgenommen. Sie verzichteten auf ihren Beitrag zu den Lebenshaltungskosten. Um so peinlicher war es Helga gefallen, Nina um Wäsche und Kleidung zu bitten. Aber Nina gab großzügig. Sie hing nicht an ihren Klamotten. Doch die gewonnene Unabhängigkeit von ihrer Familie hatte ihren Preis. Nina besuchte in Emden die Fachoberschule. Und wenn sie zu Hause war, ließ sie sich von Helga bedienen und gab vor, lernen zu müssen.

Helga kochte und kümmerte sich um den Abwasch. Sie wusch und bügelte die Wäsche.

Onno hatte seinen Job bei VW geschmissen. Auch er galt als willkommener Gast auf der Schaffarm. Helga bewohnte mit ihm eine kleine Kammer unter dem Dach. Sie schliefen in ausgefransten Schlafsäcken, die auf einem verrosteten Bettgestell lagen und ständig gelüftet werden mußten.

Die Toilette, die sie alle benutzten, war stets bekleckert, und auf dem Zementboden trockneten nach Salmiak riechende Pinkellachen der Männer. Das störte weder Max noch Onno noch Nina. Helga hielt die Toilette ohne Ekel sauber. Onno gefiel sich in der Rolle des Schafzüchters. Er schlachtete mit Max die Tiere und fuhr sie mit ihm im alten Mercedes Kombi zu den ostfriesischen Wochenmärkten, um das Schaffleisch zu verhökern. Geldsorgen hatten sie nicht. Es waren stets Mittel frei, bei den ihnen bekannten Dealern Rauschgift zu kaufen.

Die von Max und Onno nachmittags geleerten Bierflaschen sammelte Helga ein und achtete darauf, daß sie die Pfandflaschen einlösten. Helga kümmerte sich ebenfalls um die stinkenden Rückstände der Tiere, lud sie in den Container und sorgte dafür, daß sie abgeholt wurden.

Die Kerze war fast abgebrannt. Helga dachte wehmütig an Bonno. War auch er glücklich? Was war aus ihm geworden? Sie mußte sich um ihn kümmern. Sie nahm sich vor, ihrer Mutter trotzend entgegenzutreten und ihrem Vater ihre Anklage entgegenzuschreien. Helga fühlte sich stark und siegessicher. Sie liebte ihren kleinen Bruder über alles. Sie mußte ihn sehen. Nicht später, jetzt. Helga wandte sich an Onno. Sie rüttelte ihn wach. Onno lächelte sie glücklich an.

»Onno, bring mich nach Hause. Ich muß wissen, wie es Bonno geht!«

»Wenn dir soviel daran liegt«, antwortete er. Er legte seinen Arm um Helga, küßte sie und war glücklich, daß er das hübsche Mädchen sein eigen nennen durfte.

Nina und Max schraken aus ihren Träumen. »Was ist?« fragte Max.

»Wir sind gleich zurück. Helga will Bonno sehen«, sagte Onno.

»Fahr vorsichtig«, sagte Max, als Onno mit Helga das Zimmer verließ.

Onno lenkte den Golf über den einsamen Feldweg. Helga fühlte ein leichtes Lampenfieber. Sie haßte ihr Zuhause und war dennoch bereit, sich den Eltern zu stellen, nicht einlenkend, im Gegenteil, anklagend. Sie wollte es für Bonno tun. Helga blickte durch das Fenster des Wagens. Auf das weite Grünland fiel das Licht des Mondes.

Vor dem Block ließ Onno den Wagen auslaufen. Er küßte Helga. Sie blickten sich an. Zwischen ihnen war alles klar.

»Warte hier auf mich«, sagte Helga. Sie eilte entschlossen zur Haustür und betrat das Treppenhaus. Sie fürchtete sich an diesem Abend nicht vor den durchdringenden Blicken ihres Vaters. Zur Not konnte sie Onno herbeiholen, der ihr beistehen würde.

Helga steckte den Schlüssel in das Schloß der Wohnungstür und betrat durch den muffigen Korridor das Zimmer. Sie war aufgeregt, als sie die Wohnzimmertür öffnete. Sie erschrak und blieb wie angewurzelt stehen.

Auf dem abgewohnten Fußbodenbelag lag Bonno und schlief. Ihre Mutter saß auf dem Stuhl vor dem Tisch. Sie hatte den Kopf mit der Hand abgestützt. Wie immer stand die Flasche auf dem Tisch. Die Tür zu ihrem Zimmer war angelehnt. Sie bemerkte den Lichtspalt.

Helga kniete sich auf den Boden und küßte Bonno, der nur kurz blinzelte und weiterschlief. Er sah sehr blaß aus. Helga weckte die Mutter, die sie unwirsch anblickte.

»Was ist?« fragte sie, rieb sich die Augen und schaute ungläubig auf. »Helga, du?« fragte sie.

»Was ist, Mutter?« fragte Helga irritiert.

»Vater ist tot«, sagte sie mit schwerer Zunge und begann zu schluchzen.

Helga kniete vor der Mutter auf dem Boden. »Was ist passiert?« fragte sie ungläubig.

»Er ist da aus dem Fenster gestürzt, auf den Container«, schluchzte die Mutter.

Helga fühlte einen Schmerz, sie hörte, wie die Mutter stockend sagte: »Kind, er wollte nach dir sehen ...«

Helga sprang auf. »Mutter, er hat mich mißbraucht!«

Er war mein Vater, dachte sie bitter. Sie rannte aus dem Zimmer, eilte durch den Flur, lief die Treppe nach unten und rannte zu Onno, der wartend im Wagen saß. Onno öffnete die Tür.

»Was ist?« fragte Onno verwirrt.

»Mein Vater ist tot, Onno. Er ist verunglückt. Er ist aus dem Fenster gestürzt.« Sie blickte kurz auf den Container, von dem sie nur die Umrisse erkennen konnte.

»Kommst du mit?« fragte Onno gefühllos.

»Nein, ich muß bei Mutter bleiben«, sagte Helga und brach in Tränen aus.

Onno startete den Motor und fuhr verständnislos davon.

Helga brachte Bonno zu Bett, der sofort weiterschlief. Danach bemühte sie sich um die Mutter, die alkoholisiert ihren schweren Körper nicht mehr unter Kontrolle hatte. Helga stützte sie und bugsierte sie in das Schlafzimmer, in dem sie nun ohne Behrend nächtigen und ihren Rausch allein ausschlafen mußte.

Helga ging zu Bett. Das Heroin in ihrem Körper wirkte nach. Sie schlief sofort ein.

Als Helga am Morgen aufwachte und verschlafen in die Küche ging, blieb sie überrascht stehen.

»Tammo!« rief sie glücklich und stürzte ihrem Bruder entgegen. Sie küßte ihn und weinte.

»Helga, es tut mir leid um dich. Ich hatte euch vergessen«, sagte Tammo und drückte Helga lange an sich.

»Nun ist er tot«, schluchzte sie.

»Endlich! Jetzt hat die Quälerei ein Ende«, sagte Tammo.

»Weiß Mutter, daß du hier bist?«

»Nein, ich besitze immer noch einen Wohnungsschlüssel.«

Bonno, ihr kleiner Bruder, watschelte in die Küche. Er sah müde und blaß aus.

»Bonno, das ist Tammo, dein großer Bruder«, sagte Helga.

Tammo nahm Bonno auf den Arm, küßte ihn auf die Wangen und weinte.

»Ich habe dir etwas mitgebracht, Bonno«, sagte Tammo und trug ihn zu seiner abgestellten Reisetasche. Tammo setzte Bonno auf den Boden und überreichte ihm ein Geschenk. »Pack es aus.«

»Oh, ein Piratenschiff«, jubelte Bonno.

»Wir wollen alle zuerst einmal ausgiebig frühstücken. Ich habe frische Brötchen und Aufschnitt mitgebracht«, sagte Tammo.

Helga setzte Teewasser auf und deckte den Tisch. Danach brühte sie den Tee auf, stellte die Kanne auf das Stövchen, suchte nach einer Kerze und zündete sie an, als wollten sie sich jetzt bereits zu einem Leichenschmaus zusammenfinden.

»Ich wecke Mutter«, sagte Helga und verließ die Küche.

Frau Componga drückte ihren Sohn an sich. Sie sah ihn weinend an und machte kein Hehl aus ihrer Freude.

»Es war schrecklich«, schluchzte sie.

So, als wäre allen ein belastender Druck genommen worden, frühstückten sie, während Onno die Häppchen aß, die Tammo ihm reichte. Er saß auf dem Fußboden und setzte Playmobilmännchen auf das Piratenschiff.

Auf dem Wochenmarkt bauten die Händler ihre Stände auf. Vor dem Bismarck-Denkmal hatten die Alkoholiker ihre geleerten Corvit- und Bierflaschen zurückgelassen. Wübbena parkte seinen Wagen vor seiner Dienststelle. Er blickte kurz auf die alten verrosteten Kreuze der Kirchenwarf vor St. Ludgeri und betrat das Gebäude, stieg die Treppe hoch und suchte sein Dienstzimmer auf.

Er stellte die Schreibmaschine auf den Schreibtisch und fertigte das Protokoll an.

Sein jüngerer Kollege Wilko Tjarden betrat das Dienstzimmer, während er die letzte Seite seines Berichtes aus der Halterung der Schreibmaschine zog.

»Sie hatten Spätdienst, Chef?« fragte Tjarden. Der achtundzwanzigjährige Assistent war schlank, hochgewachsen und hatte kurzgeschnittenes, rötliches Haar.

»Notgedrungen, hier, lies das Protokoll«, sagte Wübbena und schritt an das Fenster. Er blickte in die Westerstraße. Vor der Ampel am Teemuseum stauten sich die Autos.

»Und Ihr Eindruck?« fragte Tjarden.

Wübbena verließ das Fenster und setzte sich an seinen Schreibtisch.

»Selbstmord wohl kaum. Ein Unglücksfall, wahrscheinlich«, sagte Wübbena.

»Und der Doktor?« fragte Tjarden.

»Dr. Noormann hat das Opfer untersucht. Componga war ein Säufer. Er war besoffen, als er aus dem Fenster fiel«, sagte Wübbena.

»Und das Fahrrad?« fragte Tjarden.

»Es lehnte an der Wand des Blocks. Es ist registriert. Der Albaner hat es benutzt. Versuche herauszufinden, wem es gestohlen wurde.«

Wübbena legte eine Akte an und heftete das Protokoll ab.

Am Nachmittag fuhren die Beamten nach Marienhafe. Wübbena lenkte den Wagen über den Marktplatz an der wuchtigen Backsteinkirche mit dem Störtebekerturm vorbei in die Kolkstraße, die in das grüne Vorland führte. Einige Bungalows bildeten mit gepflegten Gärten das Dorfende.

Wübbena fuhr langsam. Tjarden entdeckte das kleine, hübsche umgebaute Landhaus. In der offenen Garage stand ein BMW. Wübbena lenkte den Bully auf die Einfahrt. Sie stiegen aus und drückten den Klingelknopf.

»Das können sich nur die Lehrer leisten«, sagte Tjarden ironisch.

»Sie tragen keine Schuld daran, daß viele Schüler ausflippen, Jungendliche Asylanten jagen und Drogen nehmen«, sagte Wübbena.

Lehrer Claussen öffnete ihnen die Tür. Er blickte die Beamten freundlich an. Er trug Jeans und einen sportlichen Pullover.

»Ich war im Garten«, sagte er. Sein Blick huschte über den Polizeibully.

»Wir kommen von der Kripo. Nur ein paar Routinefragen«, sagte Wübbena.

»Treten Sie ein«, sagte Claussen höflich.

»Danke.«

Sie folgten Claussen durch den Korridor in das Wohnzimmer.

»Nehmen Sie bitte Platz«, sagte der Lehrer und wies auf eine Sesselgruppe. »Soll ich einen Tee zubereiten?«

Wübbena nickte. »Wenn es Ihnen keine Umstände macht.«

»Keineswegs. Ich habe selten Besuch.« Claussen ging in die Küche.

Das Wohnzimmer war gemütlich eingerichtet. Die eine Wand nahm ein gefüllter Bücherschrank ein. Vor der anderen Wand stand der Fernseher unter einem Ölgemälde, das die Skyline von Norderney zeigte. Mitten im Zimmer stand der Eßtisch. Durch das Fenster blickten sie auf die Weiden und Äcker, die aufkeimendes Grün trugen.

Claussen brachte das Teegeschirr und deckte den kleinen Couchtisch.

»Einen Moment noch«, sagte er.

Er kam zurück, setzte die Teekanne auf das Stövchen und stellte eine Schüssel mit Gebäck auf den Tisch, nahm die Kanne, goß den Tee ein und setzte sich auf die Couch.

»Sahne?« fragte er und schob Tjarden den Sahnetopf zu.

»Sie wundern sich über unseren Besuch?« fragte Tjarden, goß Sahne in seinen Tee und nahm ein Plätzchen aus der Schale.

Claussen schaute ihn ernst an. »Ehrlich gestanden, ja«, antwortete er und nippte an der Teetasse. »Sie machen mich neugierig.«

»Sie haben uns den Verlust Ihres teuren Fahrzeugs nicht gemeldet. Es liegt in unserem Wagen. Sie haben es registrieren lassen«, sagte Wübbena und trank Tee.

Claussen blickte überrascht auf. »Sie haben es gefunden?« fragte er verwirrt.

»Ja«, sagte Wübbena.

»Ich habe versäumt, den Diebstahl zu melden. Ich wollte bereits meine Versicherung anschreiben«, sagte Claussen gelassen.

»Im Block verstarb der Maurer Behrend Componga nach einem Sturz aus seinem Wohnzimmerfenster«, sagte Tjarden.

»Darüber hat die Zeitung berichtet«, sagte Claussen. »Als ich am Freitag meinen Lottoschein abgegeben habe, hatte ich mein Rad vor der Lottoannahmestelle abgestellt. Als ich die Lottostelle verließ, war mein Fahrrad weg.«

»Ihr Fahrrad lehnte an der Wand des Blocks. Ein Albaner hat den verunglückten Maurer gefunden. Er hat das Fahrrad benutzt, um die Polizei zu benachrichtigen, und er hat das Rad dann wieder dort abgestellt, wo er es genommen hatte.«

»Ein Bewohner des Hauses wird es mir gestohlen haben«, antwortete Claussen.

»Kennen Sie die Familie Componga?« fragte Tjarden.

Claussen nickte ernst. »Ihre Tochter Helga besucht meine Klasse, genauer, sie hätte meine Klasse besuchen müssen. Ihr Unterrichtsbesuch läßt zu wünschen übrig.«

»Und Sie haben ihre Eltern zum Elternsprechtag eingeladen oder zu einem Gespräch gebeten?« fragte Wübbena.

»Mehrmals, aber sie sind nicht gekommen.«

»Und warum reagierten sie nicht auf Ihre Bemühungen?«

»Ihre Eltern tranken. Sie kümmerten sich nicht um die Schulpflicht ihrer Tochter. Helga mußte sich zusätzlich um ihren kleineren Bruder kümmern. Die Mutter unterschrieb jede Entschuldigung, die Helga ihr vorlegte.«

»Und was haben Sie und Ihre Schulleitung gegen diese Verletzung der Schulpflicht unternommen?« fragte Tjarden.

»Mein Schulleiter hat die entsprechenden juristischen Schritte eingeleitet. Er hat ein Bußgeldverfahren gegen die Compongas beantragt. Doch bis es soweit ist, ist Helga volljährig.« Claussen saß ruhig auf der Couch und strich mit der Hand über sein kurzgeschnittenes Haar.

»Selbst wenn das Verfahren früher als erwartet entschieden wird, wäre bei den Compongas nichts zu holen«, sagte Wübbena.

Claussen nickte. »So verhält es sich. Helga hat noch einen Bruder. Er hat die Familie nach einem Krach mit dem Vater verlassen. Er lebt seit Jahren in Stuttgart. Er ist ein guter Fußballer.«

»Wie alt ist Helga?« fragte Wübbena.

»Sie wird achtzehn«, antwortete Claussen.

»Hat sie einen Freund?« fragte Tjarden.

»Ja, Onno Hayenna. Sein Vater ist beim Finanzamt in Emden in einer höheren Position. Der Freund ist einige Jahre älter als Helga.«

»Herr Claussen, ich ging bisher davon aus, daß der Maurer aus dem Fenster stürzte, weil er sich betrunken zu weit aus dem Fenster geneigt hatte, als er nach seiner Tochter schauen wollte. Halten Sie es für möglich, daß jemand nachgeholfen hat?«

»Da fragen Sie mich zuviel. Helga hatte genügend Gründe, nicht zu Hause zu sein«, sagte Claussen.

»Und was waren das für Gründe?« fragte Tjarden.

»Im Suff tyrannisierte der Vater seine Familie. Weitere Auskünfte holen Sie sich bitte bei Frau Componga«, sagte Claussen ernst.

»Und die Asylanten?« fragte Wübbena.

»Soviel ich weiß, kamen die Compongas gut mit ihnen aus. Armut verbindet, Herr Kommissar.«

»Sie kennen sich gut aus. Sie befanden sich nicht zufällig im Block, als der Maurer Behrend Componga nach dem Sturz aus seinem Wohnungsfenster verstarb?« fragte Tjarden.

»Warum sollte ich dort gewesen sein?« fragte Claussen und griff zur Teetasse.

»Einige Bewohner bemerkten einen Mann, der das Haus nur kurz nach dem Unfall verlassen hat. Den Zeugenaussagen zufolge könnten Sie der späte Gast gewesen sein«, sagte Wübbena.

»Sicher auch viele andere«, antwortete Claussen und lächelte. »Darf ich Tee nachgießen?«

»Danke«, sagte Wübbena.

»Wir bedanken uns für den Tee und Ihre Gesprächsbereitschaft, Herr Claussen. Begleiten Sie uns bitte zum Wagen, und nehmen Sie gegen Quittung Ihr Fahrrad entgegen«, sagte Tjarden.

Claussen folgte ihnen zu dem geparkten Bully.

Wübbena lenkte den Dienstwagen in eine Parklücke. Er stieg aus und schritt dem Kreiskrankenhaus entgegen. Er zeigte dem Pförtner die Polizeimarke. »Dr. Noormann, bitte«, sagte er.

Der Pförtner griff zum Telefon und nickte ihm zu.

»Warten Sie bitte drüben«, sagte er.

Auf den Bänken saßen Patienten in Bademänteln. Einige junge Menschen bewegten sich an Krücken an ihm vorbei. Blumenkübel sorgten für ein wenig Abwechslung. Pflegepersonal hastete vorbei. Dr. Noormann näherte sich. Er trug einen weißen Kittel und eine weiße Hose. Er hielt seine Halbbrille in der Hand.

»Herr Kommissar«, begrüßte er Wübbena und reichte ihm die Hand.

»Moin, Doktor. Was ergab die Untersuchung?« fragte Wübbena.

»Begleiten Sie mich bitte in mein Büro«, sagte Dr. Noormann.

Wübbena folgte dem Arzt zum Aufzug.

»Wissen Sie, wir arbeiten hier alle unter Zeitdruck. Uns fehlt es an Personal.«

Sie betraten den Aufzug. Der Arzt drückte die III.

Unfallchirurgie, las Wübbena.

Als sie den Aufzug verließen, empfing sie die übliche Hektik der Station. Ein Pfleger schob ein Krankenbett mit einem blassen Patienten vorbei. Schwestern bevölkerten den langen Flur mit den weißen Türen und dem unangenehmen Geruch der Desinfektionsmittel.

Dr. Noormann schritt einer Tür entgegen, auf der »Stationsarzt« stand. Er öffnete sie und bat Wübbena, einzutreten.

»Nehmen Sie Platz«, sagte er und zeigte auf den Besucherstuhl. Er setzte sich an seinen Schreibtisch. An den Wänden standen Regale mit Fachbüchern und Ordnern. Dr. Noormann langte nach einer Akte, die auf seinem Schreibtisch lag, und schlug sie auf.

»Ich habe den Untersuchungsbericht vor mir liegen. Er muß noch in Reinschrift übertragen werden. Dieser Behrend Componga war krank. Sein Cholesterinspiegel zeigte extrem hohe Werte. Seine Leber war kaputt. Um es kurz zu machen, er war ein Säufer. Die Todesursache ist eindeutig auf seinen Sturz auf den Container zurückzuführen. Zusätzlich zu den Brüchen und den Kopfverletzungen stellte sich ein Blutstau ein, der einen Lungeninfarkt zur Folge hatte. Wegen des nachgewiesenen hohen Alkoholgehaltes im Blut schließe ich einen Selbstmord aus.«

»Sie fanden keine Hinweise dafür, daß irgend jemand das Opfer vor dem Sturz geschlagen, mißhandelt oder sonstwie verletzt haben kann?«

»Das ist schwer zu beantworten«, sagte der Arzt und blätterte die Unterlagen durch. »Es sieht so aus, als hätte sich das Opfer einige Blutergüsse vor dem Sturz zugezogen. Ob er, betrunken wie er war, im Zimmer gegen den Kleiderschrank getorkelt ist oder sich an der Fensterkante gestoßen hat, das entzieht sich meiner Kenntnis. Wenn Componga sich in diesem Zustand einem Masseur anvertraut hätte, wäre sein Rücken veilchenblau geworden, so dünn war sein Blut.«

»Danke, Doktor«, sagte Wübbena, verabschiedete sich und ging zu seinem Wagen.

8

Frau Componga verlor sich ganz in der Trauer und stand den notwendigen Entscheidungen hilflos gegenüber. Sie weinte viel und kümmerte sich notgedrungen um Bonno, während Helga die Gänge zu den Behörden übernahm.

Tammo suchte das Friedhofsamt auf, kaufte eine Grabstätte und schaltete ein Beerdigungsinstitut ein.

Er rief seinen Meister in Stuttgart an und meldete sich vom Training beim VfB ab.

Mit dem Pfarrer besprach er den Termin der Totenandacht. Tammo machte sich Sorgen um Helga, die sich bleich, verzehrt und übernervös bemühte, ihm hilfreich zur Seite zu stehen. Er fuhr mit der Familie nach Norden zum Textilhaus. Es war schwer, für die beleibte Mutter passende Trauerkleidung zu finden. Er spürte das Mißtrauen der Geschäftsinhaberin und hielt seine Eurocard wie einen Ausweis in der Hand.

Es waren anstrengende und strapaziöse Tage.

Zur Beerdigung waren nur wenige Trauergäste erschienen. Tammo hatte erleichtert aufgeatmet, als die Friedhofsangestellten den Sarg mit den sterblichen Überresten des Maurermeisters Componga mit Hilfe der Tragebänder in das Grab gleiten ließen. Helga hatte geweint. Ihr schönes, blasses Gesicht hob sich engelsgleich von ihrer schwarzen Kleidung ab. Auch Frau Componga hatte geweint, weil sie wußte, daß Behrend Componga, der Ehemann und Vater, nicht stark genug gewesen war, das Leben erfolgreich zu bestehen. Und sie weinte auch, weil auch sie im Leben versagt hatte.

Der kleine Bonno hatte zur Überraschung der wenigen Trauergäste mit fester Stimme mit dem Blick auf den Sarg gerufen: »Die Engel sind bei dir, Papi!« Dann hatte er den kleinen Blumenstrauß auf den Sarg fallen lassen und sich danach an Tammo geklammert.

Der Pastor hatte ein paar Worte gesprochen, die vorbeigingen an denen, die da wußten. Seine Worte richteten sich an Gott. Ihm empfahl er die Seele des Verstorbenen.

Helga hatte geschluchzt, als sie den kleinen Reporter entdeckt hatte, der versteckt Fotos von der Beerdigung schoß.

Behrend Componga war weg von dieser Erde.

Holger Häßling hatte mit seinen aggressiven Beiträgen über die Armut in Ostfriesland, Umweltverschmutzung, Herzmuschelfischerei der Holländer im Wattenmeer und Skinheads in Ostfriesland auf sich aufmerksam gemacht. Die Auflagenhöhe der Ostfriesen-Post war merklich angestiegen. Im Freiverkauf verzeichnete der Verlag ein Plus von dreißig Prozent.

»Rauschgift in Ostfriesland, ein heikles Thema«, sagte der Chefredakteur und schaute den hitzköpfigen Häßling an, dessen Augen im blassen Gesicht seinen Eifer widerspiegelten.

»Ich habe bereits recherchiert. Dreizehn Todesopfer in Ostfriesland. Die Dealer schafften den Stoff bisher über die grüne Grenze an. Groningen-Neuschanz-Bunde-Leer-Emden war die Hauptachse. Bremen läuft Amsterdam als Mekka der Dealer und Süchtigen den Rang ab«, sagte Häßling. Er saß dem Chefredakteur am Besuchertisch gegenüber.

»Häßling, fotografieren Sie einen türkischen LKW, der von der Polizei an der deutsch-holländischen Grenze oder vor dem Emstunnel aufgebracht wird, in dessen Ladung kiloweise Heroin versteckt war. Aber bitte, nicht kleine Rauschgiftsüchtige, die hinter abgedeckten Händen einen Joint nehmen.«

»Aber hier in Ostfriesland existiert eine ernstzunehmende Rauschgiftszene«, empörte sich Häßling. Er wippte mit seinen Beinen, die in weißen Jeans steckten.

»Wir machen eine Zeitschrift für Leser, die hier zu Hause sind, und für die Leser, die Ostfriesland lieben und bei uns ihren Urlaub verbringen. Häßling, bedenken Sie, daß fünfzig Prozent unserer Auflage nach Nordrhein-Westfalen und in den Stuttgarter Raum per Post geht, im Abo vorausbezahlt«, belehrte der Chefredakteur seinen Reporter und trank den Tee aus der Tasse, die das ostfriesische Rosenmuster trug.

Holger Häßling schwieg. Er blickte auf seine Cowboystiefel. Häßling war eitel. Das wußte der Chefredakteur. Dafür sprachen auch seine nachblondierten Locken und das bunte Halstuch, das er locker unter dem Oberhemdkragen trug.

Auch Häßling nippte am Tee, den er gar nicht sonderlich schätzte. Häßling schüttelte den Kopf und blickte den Chefredakteur an.

»Das sehe ich anders. Unsere Abo-Leser ergötzen sich an den hervorragenden Farbfotos des Kollegen Manhorst. Surfer auf dem Großen Meer, alte Kirchen in der Krummhörn, Fischkutter vor der Abendsonne ... Um ihnen diese Idylle zu erhalten, werden Anstrengungen notwendig sein. Dazu zähle ich auch die Eindämmung des Handels und Konsums des Rauschgifts. Hier will ich ansetzen.« Häßling straffte seinen Rücken, um seinen Worten Nachdruck zu verleihen.

Der Chefredakteur griff zur Zigarette. Er wußte, daß sein Mitarbeiter lieber mit ihm in einem Nichtraucherzimmer gesessen hätte. Er steckte die Zigarette an, blies den Rauch von sich und blickte durch das Fenster des Redaktionsgebäudes auf das Grünland, das sich bis zum Nordwald hinzog. Über die B 70 rasten die Fahrzeuge, die winzig wirkten. Dann wandte er sich dem Reporter zu.

»Häßling, wir haben eine Menge Leserbriefe erhalten, deren Verfasser Ihre Art beklagen, wie Sie mit den Menschen hier in Ostfriesland umzugehen pflegen.«

Häßling trank einen Schluck Tee. Er verzog sein Gesicht, als hätte er eine bittere Medizin eingenommen. Er setzte die Tasse ab und schaute angewidert auf die Rauchfäden, die sich vor dem Fenster auflösten.

»Verzeihen Sie meinen Einwand. Ihre Bemühungen, nur die Schokoladenseite Ostfrieslands zu verkaufen, wirken seit langem langweilig. Wir müssen unsere Leser mobilisieren, beizutragen, Ostfriesland so zu erhalten, wie sie sich ihr Urlaubsparadies wünschen. Für uns zählt unter dem Strich nur die Auflage. Leserbriefe werden nicht nur schnell verfaßt, sondern auch von den Lesern nur oberflächlich gelesen, wenn überhaupt.«

Der Chefredakteur drückte seine Zigarette aus. »Häßling, ich genehmige Ihnen das Thema. Ich erwarte, daß Ihr Beitrag die

Freiverkäufe um ein weiteres ansteigen läßt, ohne daß uns Abokündigungen ins Haus flattern.«

Häßling verließ zufrieden das Zimmer des Chefredakteurs.

»Der Componga liegt bereits mehr als zwei Wochen unter der Erde, und seine Familie wird ihn vergessen haben«, sagte Tjarden.

Wübbena nickte und bog von der Störtebeker Straße in die Hein-Janssen-Straße ein. Vor dem Block spielten Kinder in luftiger Kleidung. Sie sahen niedlich aus mit ihren braunen Gesichtern und schwarzen Haaren.

Wübbena parkte den Wagen am Straßenrand. Den häßlichen Container hatte die Baufirma abgeholt, ohne mit den angekündigten Renovierungsarbeiten begonnen zu haben. Er hatte auf dem Rasen einen gelb-grün-sprossigen Fleck hinterlassen. Die Fenster des Hauses waren geöffnet.

Die Beamten verließen den Wagen. Die Haustür stand offen. Niemand der Hausbewohner begegneten ihnen. Im Haus lag der muffige Geruch, den Wübbena kannte.

Sie stiegen die Treppe hoch, schritten durch den Flur zur Wohnung der Familie Componga.

Wübbena drückte den Klingelknopf. Ein hübsches Mädchen öffnete ihnen die Tür. Es war schlank, hatte dunkle Augen und schaute sie mißtrauisch an, dabei warf es das lange schwarze Haar mit einer schnellen Bewegung auf den Rücken. Ein T-Shirt bedeckte die festen jungen Brüste.

»Sie wünschen?« fragte das Mädchen.

»Ich nehme an, Sie sind Helga, die Tochter?« fragte Wübbena.

Das Mädchen nickte.

»Mein Name ist Wübbena. Das ist mein Kollege Tjarden. Wir kommen von der Kripo.«

»Oh«, sagte Helga. Ihr Gesicht verfinsterte sich.

»Wir möchten mit Ihrer Mutter sprechen«, sagte Tjarden.

Helga bat sie einzutreten. Sie folgten dem Mädchen durch den kleinen Korridor in das Wohnzimmer.

Es wirkte aufgeräumt bis auf die Spielsachen, die auf dem

abgetretenen Teppichboden lagen. Auf dem Tisch lag ein sauberes Tischtuch. Der Aschenbecher war geleert.

»Meine Mutter schläft. Bonno spielt mit den Kindern vor dem Haus«, sagte Helga.

Sie wies auf die abgesessenen Sitzmöbel. »Nehmen Sie bitte Platz.«

Wübbena setzte sich auf einen Stuhl.

»Sie waren zur Zeit des Unfalls nicht zu Hause?« fragte er.

»Nein, es war bereits sehr spät, als ich nach Hause kam. Da war mein Vater schon tot«, antwortete sie mit belegter Stimme.

»Ihr Vater hatte auf Sie gewartet«, sagte Tjarden.

»Ich weiß es von Mutter. Ich war bereits einige Wochen vorher ausgezogen«, sagte Helga.

»Und warum haben Sie Ihre Eltern verlassen?« fragte Tjarden.

»Sie waren oft zerstritten. Mein Vater strafte mich, wenn kein Corvit im Hause war. Er demütigte meine Mutter. Reicht Ihnen das?« fragte Helga verärgert.

»Und Sie mußten sich noch zusätzlich um Ihren kleinen Bruder kümmern?« fragte Wübbena.

Helga nickte mit zusammengepreßten Lippen.

»Und Ihre Schulpflicht?« fragte Wübbena.

»Ich habe die Schule häufig geschwänzt. Mutter unterschrieb mir jede Entschuldigung. Mein Vater interessierte sich nicht für die Schule.«

»Und wo haben Sie in der Zwischenzeit gewohnt?« fragte Tjarden.

Helga ging zu dem Stuhl, auf dem ihre Mutter immer gesessen hatte, wenn sie abends nach Hause gekommen war.

»Bei Freunden. Sie haben wie ich Probleme«, sagte sie.

»In einer Wohngemeinschaft?« fragte Wübbena.

Helga stutzte. Sie zog die Augenbrauen kraus.

»Nein, bei guten Bekannten. Sie besitzen ein großes Haus. Sie hatten Platz für mich«, sagte sie.

»Sie haben einen älteren Bruder?« fragte Tjarden.

»Tammo, er hat uns schon vor Jahren verlassen. Er verstand sich nicht mit Vater«, sagte Helga.

»Und was macht er, beziehungsweise wo lebt er?« fragte Tjarden.

»Tammo lebt in Stuttgart und arbeitet bei Mercedes«, antwortete Helga stolz.

»Und kümmert sich Ihr Bruder um die Familie?« fragte Wübbena.

»Tammo spielt beim VfB Stuttgart. Er will Profi werden. Er hat versprochen, uns beizustehen«, sagte Helga.

»War Tammo zufällig zu Hause, als Ihr Vater verunglückte?« fragte Tjarden.

»Nein, Mutter hat ihn angerufen. Er ist die Nacht durchgefahren und war am Morgen hier«, antwortete Helga.

»Und er ist dann wieder zurückgefahren zur Arbeitsstelle und zum Verein?« fragte Wübbena.

»Direkt nach der Beerdigung«, sagte Helga.

»Fräulein Componga, Sie sind noch schulpflichtig. Ihr Klassenlehrer hat uns mitgeteilt, daß Sie die Schule nur sehr unregelmäßig besucht haben. Der Schulleiter hat ein Bußgeldverfahren gegen Ihre Eltern eingeleitet«, sagte Wübbena.

Helga blickte die Beamten mißtrauisch an.

»Sie meinen Claussen?« fragte sie verwirrt.

»Ja, er ist doch Ihr Klassenlehrer«, sagte Wübbena.

»Herr Claussen ist in Ordnung. Mein Gott, lassen Sie ihn aus dem Spiel. Was denken Sie, was hier los war. Der Alte, wenn er dun war ...«, antwortete sie und fuhr fort. »Ich bin hier raus! Bei Nacht und Nebel!« Sie weinte.

»Und wohin?« fragte Tjarden.

»Zu Claussen! Ich wollte mich unter den Zug werfen! Ich hatte es satt!« schluchzte sie.

»Und er hat Ihnen geholfen und Sie umgestimmt?« fragte Wübbena.

»Ja, er hat mich aufgenommen und mit mir geredet«, sagte sie.

»Und sind Sie lange bei ihm geblieben?« fragte Tjarden.

»Nur über Nacht. So gegen Mittag hat mich mein Freund abgeholt, da war Claussen in der Schule«, sagte Helga und schluchzte.

Die Schlafzimmertür wurde heftig aufgestoßen. Frau Componga betrat das Zimmer. Ihr angegrautes Haar war ungepflegt. Ihr pummeliger Körper steckte in einem buntfleckigen Jogginganzug. Ihr vom Suff und Schlaf verquollenes Gesicht wirkte abstoßender denn je.

»Was berechtigt Sie, hier in meiner Wohnung meine Tochter zu quälen?« fragte sie aufgebracht und watschelte zum Tisch.

Wübbena und Tjarden erhoben sich.

»Von Quälen kann keine Rede sein, Frau Componga. Wir sind dienstlich hier. Wir wollen uns davon überzeugen, daß niemand Ihren Mann aus dem Fenster gestürzt hat«, sagte Wübbena.

Frau Componga suchte Halt an dem Tisch. Sie stierte die Beamten böse an.

»Sie wagen es, hier in meiner Wohnung solche Anschuldigungen auszusprechen? Behrend war ein Schwein! Wir alle waren ihm hörig! Und jetzt, wo er tot ist, vermissen wir ihn!« schluchzte sie und begann zu weinen.

»Mutter«, sagte Helga mitfühlend, griff nach ihrem Arm und half ihr zum Stuhl.

Frau Componga setzte sich auf den Stuhl, auf dem ihr Mann immer gesessen hatte, und stellte ihre Füße auf die kleine Fußmatte.

»Wir wollen von Ihnen wissen, ob sich Ihr Sohn Tammo oder Lehrer Claussen oder sonst jemand hier in der Wohnung aufgehalten hat, als Ihr Mann aus dem Fenster fiel«, sagte Tjarden.

Die Alte wischte sich mit dem Arm die Tränen aus dem Gesicht und kicherte ironisch.

»Das halte ich im Kopf nicht aus. Hol die Flasche, Helga. Die Herren mögen vielleicht auch einen Lütten.«

Helga ging zum Kühlschrank, entnahm ihm die gekühlte Corvitflasche und stellte sie auf den Tisch.

»Mutter, laß das lieber ...«, sagte Helga.

»Die Gläser!« befahl die Alte ungerührt. »Hören Sie, da war niemand. Behrend hatte getrunken. Er wartete auf Helga.« Sie nahm von Helga die Gläschen an und füllte sie.

»Trinken Sie mit mir auf das Wohl meines verstorbenen Mannes, damit seine arme Seele nicht in der Hölle schmachten muß«, sagte sie und grinste.

»Wir schließen uns Ihren Wünschen an, ohne mit Ihnen anstoßen zu können«, sagte Wübbena. »Das verbieten unsere Dienstvorschriften.«

Die Alte kippte den Schnaps gierig in sich, griff zum zweiten Gläschen und trank es blitzschnell leer.

»Frau Componga, Ihre Tochter hatte Sie und Ihren Mann schon seit einiger Zeit verlassen. Warum wartete Ihr Mann auf Helga?« fragte Tjarden.

Helga mischte sich ein. »Mein Vater wartete immer auf mich«, sagte sie.

»Behrend hatte Helga Unrecht getan und die Dirn unterschätzt«, sagte die Alte und genehmigte sich den dritten Korn.

»Frau Componga, Ihr Mann betrat das Kinderzimmer, um nach Helga Ausschau zu halten. Er öffnete das Fenster und stürzte auf den Container.«

Die Alte starrte Wübbena an. »Ja, so war es«, sagte sie. »Das habe ich Ihnen schon mal berichtet. Ich hörte seinen Schrei. Ich rief später nach dem Unfall meinen Sohn an und bat ihn, nach Hause zu kommen. Er ist in der Nacht durchgefahren, von Stuttgart, und war am Morgen hier.«

»Und der Lehrer Ihrer Tochter?« fragte Wübbena.

Die Alte blickte den Beamten fragend an. »Welcher Lehrer?«

»Nun, Lehrer Claussen, Helgas Klassenlehrer«, sagte Tjarden.

»Hier war kein Lehrer«, sagte Frau Componga entschieden.

»Frau Componga, geben Sie uns bitte die Telefonnummer Ihres Sohnes«, forderte Tjarden die Alte auf.

»Helga, schreib Tammos Nummer auf einen Zettel«, befahl die Alte. Sie steckte sich eine Zigarette an. Ihre Hände zitterten leicht.

Helga reichte den Beamten den Zettel hin.

»Darf ich erfahren, was Sie von meinem Sohn wollen?« fragte Frau Componga.

»Wir werden ihn fragen, wann er in Stuttgart abgefahren ist und ob er einen Lehrer gesehen hat, als er die Wohnung betreten hat«, sagte Tjarden.

Die Alte lachte leise und sagte mit versoffener, rauchiger Stimme: »Sie spinnen! Ihre blöden Fragen gehen mir auf den Geist.«

»Frau Componga, Fräulein Componga, das war es. Auf Wiedersehen«, sagte Wübbena.

Sie verließen die Wohnung.

Durch das gekippte Oberlicht drang hin und wieder der Verkehrslärm der Norddeicher Straße.

Die Beamten saßen im Dienstzimmer und bemühten sich um das Fazit ihrer Recherchen.

»Die Kleine ist hübsch, Wilko. Sie wirkte etwas blaß. Ihre Story kaufe ich ihr ab. Nur frage ich mich, warum Claussen uns verschwiegen hat, daß Helga bei ihm genächtigt hat«, sagte Wübbena.

»Vielleicht hat er Angst, in etwas hineingezogen zu werden«, sagte Tjarden.

»Richtig«, sagte Wübbena.

»Der Maurer war ein Schwein. Ich mache mir da so meine Gedanken. Die alte Componga hat eine Schau abgezogen und spielt die Rolle der leidenden Witwe.«

»Das erwähnte Telefongespräch mit ihrem Sohn Tammo zweifle ich auch an«, sagte Wübbena. »Im Block gibt es kein Telefon. Es war bereits spät, als ich sie mit Wachtmeisterin de Boer nach dem Unfall in ihrer Wohnung aufgesucht habe.«

Er schaute nachdenklich auf und fuhr fort: »Aber ich kann nicht ausschließen, daß sie in der Tatnacht von irgendwo aus ihren Sohn angerufen hat.«

»Sie will etwas vertuschen«, antwortete Tjarden.

»Sie war aber zu Hause, als Helga danach spät, wie sie sagte, die Wohnung betreten hat.«

»Chef, Sie sind mißtrauisch und vermuten, daß Tammo Componga sich bereits in Ostfriesland aufhielt, als der Maurer aus dem Fenster stürzte?«

»Das ist durchaus denkbar. Vielleicht lohnt es sich, wenn wir uns im Gaststätten- und Beherbergungsgewerbe umsehen.«

»Sie wollen damit andeuten, daß er nachgeholfen haben kann?«

»Eine voreilige Schlußfolgerung«, antwortete Wübbena. »Angenommen, die Compongas täuschen einen Unglücksfall vor, der sich bei näherem Hinsehen ganz anders darstellt. Dann könnte selbst Lehrer Claussen in den Verdacht geraten, seine Finger im Spiel gehabt zu haben. Helga hatte bei ihm übernachtet und sich ausgeheult. Claussen ist ein Vollblutpädagoge. Angenommen, er hätte die Absicht gehabt, mit dem Alten ein Gespräch unter vier Augen zu führen, und war mit Componga in einen Streit geraten. Der besoffene Componga reagierte aggressiv, und Claussen half nach. Eine Version, die man noch variieren kann.«

»Dafür spricht auch sein abgestelltes Fahrrad«, bemerkte Tjarden.

Wübbena erhob sich und stellte die Heizung ab.

»Die Albaner sahen einen Mann, der das Haus verließ. Mehr wissen wir nicht«, sagte er.

»Befragen wir Claussen. Von Tammo Componga benötigen wir ein klares Alibi«, meinte Tjarden.

»Wende dich an die Kollegen in Stuttgart. Sie sollen seinen Urlaubstermin bei Mercedes überprüfen.«

»Das werde ich in die Wege leiten«, sagte Tjarden. »Wir werden ihn gegebenenfalls zu einem Gespräch herholen.«

»Für heute reicht es. Wie wäre es mit einem Bier?« fragte Wübbena.

»In der Backstube?«

Er schritt an das Fenster und blickte auf das gegenüberliegende Lokal. Durch die Bäume schimmerte die Lichtreklame. Der emsige Wirt hatte bereits vor dem Lokal Plastikstühle und Tische für frühe Urlauber aufgestellt.

»Gehen wir«, sagte Wübbena.

9

Helga war enttäuscht. Die Mutter saß weiterhin ungepflegt auf dem Stuhl vor dem Tisch, kommandierte sie herum und spielte die Rolle der leidenden Witwe. Jetzt, wo der Vater nicht mehr lebte, schien sie ihn wirklich zu vermissen. Sie rief nach ihm und sprach mit ihm, wenn sie die Flasche mit dem Küstenkorn vor sich stehen hatte und zwischen ihren dicken Fingern die Zigarette hielt.

Um Bonno kümmerte sie sich kaum.

Sie schimpfte auf Tammo, den sie großgezogen hatte und der sie undankbar ihrem schweren Schicksal überließ. Sie nannte Helga, die putzte, wusch und kochte und den kleinen Bruder versorgte, herzlos, weil Helga sie aufforderte, endlich einmal mit anzufassen, statt nur zu jammern.

Helga fühlte sich müde, erschöpft und überfordert. Sie nahm sich vor, einen Antrag an die Gemeinde zu richten, um für Bonno einen Platz im Kindergarten zu bekommen. Finanzielle Sorgen hatten sie nicht zu befürchten. Die avisierte Rente überstieg ihr bisheriges Einkommen. Zusätzlich hatte der Maurer Componga über die Gewerkschaft »Bau-Steine-Erden« in jungen Jahren eine kleine Lebensversicherung abgeschlossen, die zur Auszahlung anstand. Tammo hatte sich nicht wieder gemeldet, schickte ihr aber Geld per Dauerauftrag.

Helga sah ihren Freund Onno in fast regelmäßigen Abständen. Wenn ihre Mutter sich abends mit Korn und Zigaretten an den Tisch setzte und den Fernseher einschaltete, dann stieg sie unbekümmert zu Onno ins Auto, um mit ihm in die einsame Deichlandschaft der Krummhörn zu fahren oder Max und Nina aufzusuchen. Sie liebten sich bei gutem Wetter im Freien und genossen gemeinsam Rauschgift, um ihren Ärger zu vergessen.

Häßling parkte seinen Passat auf dem Parkplatz der VHS. Er bemerkte eine Gruppe junger Leute, die laut grölten und Bierdosen in den Händen hielten. Häßling, der seine Kindheit züchtig in einer Pastorenfamilie verlebt hatte, war erst nach vielen akademischen Irrwegen Journalist geworden. Ihm stieg die Galle hoch.

Seine Blicke suchten und fanden den verantwortungslosen Pädagogen, der, bärtig und lässig in Jeans mit einem verwaschenen T-Shirt bekleidet, diese Undiszipliniertheit duldete.

Häßling mochte die Lehrer nicht. Er gönnte ihnen die Ferien, doch er verabscheute ihr risikoloses und nicht zu kontrollierendes Schaffen. Er mußte, um zu bestehen, sich heißen Themen zuwenden und war dem ständigen Druck der politischen Kräfte ausgesetzt. Und meist waren es die Lehrer, die mit forschen Leserbriefen die Ergebnisse der exakt recherchierten Berichte in Frage stellten.

Er dachte an den Realschullehrer, der einen bitterbösen Brief an die Redaktion geschickt hatte, weil er die kleine Componga in einem Asozialen-Wohnheim abgelichtet hatte, die wegen seiner Rücksichtslosigkeit, so behauptete Lehrer Claussen, seelischen Schaden davongetragen hätte.

Es sah nach einem Gewitter aus. Ein kühler Wind kam auf. Häßling fürchtete sich vor einer Erkältung und schritt eilig an der VHS vorbei, überquerte die Heringstraße und passierte die Ludgerikirche, gelangte zum historischen Weinhaus, in dem nach mehreren Renovierungen jetzt die Kripo untergebracht war. Häßling kannte sich aus. Er stieg die Treppe hoch und betrat das Dienstzimmer des Kommissars. Wübbena schaute den Reporter überrascht an.

»Herr Häßling in Sachen Presse?« fragte er.

»Sie werden in Kürze den Abschlußbericht im Falle Componga von uns erhalten«, sagte Tjarden.

»War das ein Fall?« fragte Häßling und verzog geringschätzig sein Gesicht.

»Bei uns schon. Was führt Sie zu uns?« fragte Wübbena. Er mochte den Reporter nicht.

»Ich besitze Informationen«, sagte Häßling, griff in die Tasche seiner Sommerjacke und entnahm ihr ein Packen Fotos. »Hier, meine Herren«, sagte er und legte die Bilder auf den Schreibtisch des Kommissars.

»Einen Tee?« fragte Tjarden.

»Nein, danke«, sagte Häßling.

Wübbena studierte die Bilder. »Eine Menge kleiner Dealer, die der Amtsrichter hinterher wieder laufenlassen muß«, sagte er.

»Da bin ich mir nicht so sicher«, sagte Häßling.

»Es fehlt an Therapieplätzen. Unsere oft gefährliche Drecksarbeit wird dabei vergessen. Deshalb, Herr Häßling, wäre es besser, wenn Sie sich nicht so auffällig in unsere Ermittlungsarbeit einschalten würden. Ihre vorlaute Pressearbeit ist für uns nur hinderlich«, sagte Wübbena, dabei schaute er den kleinen, blassen Journalisten ernst an.

»Sie haben recht«, sagte Häßling und grinste ironisch. »Beamten muß man anders kommen. Sie haben Festgehälter. Ich lebe von meinen journalistischen Beiträgen.«

»Herr Häßling, Sie schreiben! Tun Sie das. Aber mischen Sie sich nicht in unsere Ermittlungsarbeiten ein. Ihre Beiträge in der Ostfriesen-Post haben bereits für genügend Wirbel gesorgt«, sagte Wübbena ernst.

»Vielleicht genehmigt mir mein Chefredakteur einen Beitrag über Ihre schlampige Ermittlungsarbeit«, antwortete Häßling empört. »Rund um Ludgeri wird gedealt. In den Discos gibt es Stoff zu Sonderpreisen.«

»Ich bitte Sie um Fairneß, Herr Häßling», antwortete Wübbena, und er bemühte sich, seinen Ärger nicht zu zeigen. »Andererseits warne ich Sie, sich weiterhin so keß in Ihrem Blatt zu äußern. Mir liegt auch an Ihrem Leben.«

Häßling fühlte sich gemaßregelt und gekränkt. Wübbena erhob sich und schaute auf den kleinen Häßling hinab.

»Uns trennen Welten, Herr Kommissar«, sagte Häßling.

»Uns liegt wenig daran, die kleinen Dealer zu überführen. Sie besorgen sich den Stoff in kleinen Mengen aus Holland über die grüne Grenze.« Häßling sammelte die Bilder ein.

»Die dicken Brocken kommen von Bremen. Amsterdam ist out!« sagte Häßling und grinste hochnäsig.

»Verstehen Sie mich nicht falsch. Uns geht es nicht um Taschengelddealer«, sagte Wübbena einlenkend.

»Vielleicht habe ich während der nächsten Tage einen Tip für Sie«, sagte Häßling.

»Das wäre ein Anfang für eine fruchtbare Zusammenarbeit«, sagte Wübbena und lächelte versöhnlich.

Der Reporter nickte und verließ das Dienstzimmer.

Nach dem Mittagessen spielte Bonno vor dem Haus mit den Kindern. Die Sonne schien, und ein frischer Wind strich von der See her über die Weiden.

Helga stand vor einem Berg von Wäsche. Dreimal füllte sie den großen Kessel, wusch die Teile im kleinen Waschbecken mit der Hand nach, brachte sie nach unten und hängte sie zum Trocknen auf die Spinne. Mehrmals war sie an den Briefkästen vorbeigegangen, ohne auf die Blechtürchen zu schauen. Erst als sie zur Kontrolle die spielenden Kinder aufsuchte, bemerkte sie eine Zeitschrift, die aus ihrem Fach hervorlugte. Sie griff nach dem Magazin und nahm es mit nach oben. Es war bereits abgegriffen. Sie sah die Flecken auf dem Deckblatt. Sie legte es auf den Tisch, vor dem ihre Mutter saß und Fernsehen sah.

»Das hier lag im Briefkasten. Sicher vom Nachbarn«, sagte sie nur und ging zum Herd, stellte den Kessel ab und trug ihn in den Waschraum.

»Morgen versuchst du, Vaters Klamotten im Second-Hand-Shop loszuwerden. Und wenn es nur Pfennige sind. Wir haben sie nötig«, sagte die Mutter.

Helga wollte protestieren.

Die Mutter hatte recht. Doch warum immer ich? fragte sie sich. Sie atmete tief durch und bemühte sich um den Rest der Wäsche.

Bei dem sonnigen, windigen Wetter trocknete sie schnell. Vielleicht konnte sie noch einen Teil wegbügeln.

»Das ist ja allerhand! Schau dir das an!« rief die Mutter.

Helga verließ das Waschbecken und trat an den Tisch. Die Mutter saß vor dem ausgebreiteten Magazin.

»Hier, lies! Und die Fotos!« sagte die Mutter.

Helga erstarrte. Sie erkannte sich auf dem Foto. Sie saß neben der weinenden Mutter an der Seite von Tammo in der Kirche. Das zweite Foto zeigte den kleinen Bruder. Er saß auf Tammos Schoß und hielt seine Hände vor sein Gesicht.

Zusätzlich war der Sarg mit den wenigen Blumen abgebildet. Helga hielt sich an der Tischkante fest.

»Das war der Reporter, der Vater fünfzig Mark gab, als er uns beistehen wollte«, sagte die Mutter.

Helga las die Schlagzeilen: »Mitten unter uns! Frührentner (52) stürzte sich aus dem Fenster der Notunterkunft. Armut macht krank! Kinder ohne Hoffnung!«

Vor ihren Augen tanzten die Buchstaben.

»Mutter, das stimmt nicht! Vater ist verunglückt!« sagte Helga.

Sie ging heulend ins Bad und bereitete den Rest der Kochwäsche für das Trocknen vor. Sie hörte, wie die Mutter den Verfasser des Berichtes beschimpfte, ihn eine Wildsau nannte.

Einige Asylanten palaverten vor dem Haus, als Helga zu Onno in den Wagen stieg. Onno lächelte gequält.

»Moin«, sagte Helga.

»Hallo«, erwiderte Onno knapp.

Helga schwieg. Hatte ihr Vater Selbstmord begangen, wie das dieser häßliche Schreiberling den Lesern der Ostfriesen-Post verkündet hatte? Wohl kaum. Ihr Vater war, wie so oft, betrunken gewesen. Hatte er vor ihrem leeren Bett auf sie gewartet?

Onno durfte das nie erfahren. Sie dachte an ihren Lieblingslehrer. Sollte sie ihn anrufen? Sie verscheuchte diesen Gedanken. Onno war schlecht drauf, das fühlte sie.

»Scheiße ist das«, stöhnte sie auf, um sich Luft zu machen.

»Helga, es ist zum Kotzen. Heute benötige ich mehr als nur einen flattrigen Joint«, sagte Onno verbissen und lenkte den Wagen der Schaffarm entgegen.

Helga fand keinen Gefallen an der weiten Landschaft, die am Deich endete und einen ersten zarten grünen Flaum trug. Sie blickte ohne Interesse hinter einem Fischreiher her, der sich erhob, um die hastig verschlungene Beute seiner Brut zu bringen. Ein Sperber tauchte mit eiligen Flügelschlägen in die Dämmerung ein.

Selbst die Stelle des Grabens, an dessen Böschung sie sich umgeben von brüchigen, hochgeschossenen Lampenputzern geliebt hatten, übersah sie. Sie stierte durch das Autofenster auf die mit Zementsteinen gepflasterte Fahrbahn und fühlte sich erleichtert, als Onno den Wagen vor dem ehemaligen Bauernhaus parkte. Auf der Weide blökten die gestörten Schafe.

Max erschien mit Pax vor der Haustür. Er ging mit ihnen ins Haus. Nina empfing sie im vertrauten Wohnzimmer in ihrer lässigen Schlabberkleidung.

»Setzt euch«, sagte sie und lächelte gequält.

Onno und Helga setzten sich wie gewohnt in die Sessel, während Nina für klassische Hintergrundmusik und schummriges Kerzenlicht sorgte.

»Du siehst blaß aus, Helga«, sagte Max.

»Sie hat die Schnauze voll, das ist es«, sagte Onno.

»Bist du nun glücklich, weil dein Alter unter der Erde liegt?« fragte Nina.

»Ich haßte ihn«, schluchzte Helga.

»Wir wollen das alles ganz schnell vergessen«, sagte Max.

»Mein Alter war vielleicht sauer«, sagte Nina. »Ich war nicht zur Silberhochzeit. Er sperrt mir den Geldhahn ab.«

»Fang nun nicht auch noch an zu heulen. Das Gequatsche stinkt mir«, sagte Onno. »Max, raus mit dem Stoff.«

Max näherte sich der Zimmerecke, hob die Holzbohlen hoch und entnahm dem Versteck die Plastikbeutel und das in Stanniol verpackte Heroin.

Helga weinte vor sich hin. Sie sah zu, wie Max und Onno die Lösung vorbereiteten und die Löffel über die Flamme der Kerze hielten. Helga unterlag dem Wunsch, sich wegzuträumen von all dem, was sie bedrückte. Sie ließ sich widerstandslos von Onno den Arm abbinden, fühlte den Einstich der Nadel und tauchte ein in ein Farbenmeer.

Losgelöst von ihrem Körper entschwebte sie der Schaffarm, flog wie ein Vogel über das Asozialenheim in einen sich öffnenden weiten blauen Himmel zu den blinkenden Sternen. Vergessen war die Sorge um Onno, der seine Stelle bei VW verloren hatte, den sie liebte, der ihr keine Zukunft bieten konnte. Vergessen war, daß sie nur eine Dienstmagd im mütterlichen Haushalt war und ihrem kleinen Bruder eine düstere Zukunft bevorstand. Vergessen war, daß sie den Realschulabschluß verpatzt hatte und als eine Asoziale abgestempelt war.

Während Wübbena frühstückte, warf seine Frau einen Blick in das Kinderzimmer.

»Mareike schläft. Ihr Atem geht gleichmäßig«, sagte sie, als sie die Küche betrat.

»Gott sei Dank«, antwortete Wübbena beruhigt. Er nahm seine Tasche, verließ das Haus, stieg in seinen Wagen und fuhr zum Dienst.

Am Abend hatten sie sich um Mareike Sorgen gemacht. Sie hatte unter Brechdurchfall gelitten und hohes Fieber gehabt. Seine Frau Zandra hatte mit der Schwiegermutter telefoniert, danach den Hausarzt angerufen, der dann auch noch zu einer späten Visite erschienen war.

Wübbena erreichte das Revier. Er betrat sein Dienstzimmer, stellte die Tasche ab und setzte sich an den Schreibtisch. Er studierte die Berichte, die in ihrer Hauspost lagen. Er blickte in den Terminkalender und bereitete sich auf die Aufgaben vor, die anstanden. Wenige Minuten später erschien sein Assistent Tjarden.

»Moin«, sagte Tjarden und setzte sich an seinen Schreibtisch. »Das war ein herrlicher Abend. Mimke und ich sind mit den Fahrrädern über den Verschönerungsweg, durch den Nordwald zum Lütetsburger Forst, dann am Berumer Schloß vorbei nach Hage gefahren. Wir haben beim Italiener Eis gegessen und sind danach durch den Berumer Wald zurückgeradelt. Das waren einundzwanzig Kilometer.«

»Ich habe die Nacht am Bett meiner Tochter gesessen«, sagte Wübbena. »Sie hatte neununddreißig Grad Fieber. Ihr geht es besser. Doch nun dienstlich. Auch unsere Kunden haben den schönen Frühlingsabend reichlich genutzt. In Norddeich haben sie einige Wagen von Feriengästen aufgebrochen, und in Großheide hat eine kleine Gruppe von rechtsgerichteten Skinheads Fäkalien gegen die Fenster der Asylantenunterkunft geschleudert.«

»Ich weiß nicht, was in den Köpfen der jungen Menschen vorgeht«, antwortete Tjarden.

Ein Beamter brachte den Posteingang.

»Danke«, sagte Wübbena. »Kripo Stuttgart.«

Er öffnete das Kuvert, entnahm ihm ein Schreiben und las es durch.

»Das Revier römisch zwei Stuttgart berichtet, daß Tammo Componga auf Fürsprache seines Meisters mit der Begründung, er müsse sich um seine Familie kümmern, einen Sonderurlaub genehmigt bekommen hat. Am Abend nach seiner Frühschicht, sie endete um vierzehn Uhr, stürzte sein Vater aus dem Fenster.« Wübbena reichte Tjarden das Schreiben und fuhr fort: »Wegen des Todes seines Vaters bekam er dann zusätzlichen Sonderurlaub.«

»Tammo fährt wahrscheinlich einen schnellen Wagen«, sagte Tjarden. »Er könnte gegen einundzwanzig Uhr zu Hause angekommen sein. Es ist deshalb nicht auszuschließen, daß Tammo am besagten Abend mit seinem Vater in einen Streit geriet. Es hatte sich genügend Zündstoff angesammelt. Seine Schwester hatte fluchtartig das Haus verlassen, und die Mutter war am Ende. Vielleicht hatte sie Tammo um Hilfe gebeten.«

Wübbena nickte. »Auch ich gehe davon aus, daß Tammo vor dem Todessturz die Wohnung seiner Eltern aufgesucht hat. Er könnte der Mann gewesen sein, den die Albaner gesehen haben.«

»Mord?« fragte Tjarden.

»Von Mord wollen wir noch nicht reden. Lehrer Claussen hat sich ebenfalls verdächtig verhalten. Hat er sich als Pädagoge eingemischt und mit dem Vater seiner Schülerin ein ernstes Wort reden wollen? Vielleicht waren sowohl er als auch Tammo zur Tatzeit im Block.«

»Ich gehe mal davon aus, daß Tammo ohne Mordabsichten nach Hause kam. Er wollte seiner Mutter und Helga beistehen.

Es wird ein Gerangel gegeben haben. Dabei hat der ehrgeizige Fußballer Rot gesehen.«

»Eine denkbare Version. Und Claussen wurde zum Zeugen?« fragte Wübbena.

»Oder umgekehrt. Der aggressive Maurer hielt nichts von den pädagogischen Bedenken des Lehrers. Er bedrohte den wortgewandten Claussen und griff ihn tätlich an. Der Pädagoge handelte in Notwehr.«

»Ich rufe den Staatsanwalt an. Ich schlage ihm vor, Tammo Componga zum Verhör einzuladen«, sagte Wübbena.

Er langte nach dem Telefonhörer und wählte die Nummer der Staatsanwaltschaft.

Als er auflegte, blickte er Tjarden ernst an. »Wilko, angenommen, Tammo Componga hätte gegen einundzwanzig Uhr Marienhafe erreicht, dann muß er irgendwo übernachtet haben, denn Helga gab an, daß sie ihren Bruder erst am Morgen in der Wohnung angetroffen hat.«

»Das ist keine neue Erkenntnis, Chef. Das habe ich bereits überprüft. Wenn er in einem Hotel oder einer Pension abgestiegen ist, dann nicht unter seinem Namen.«

»Wilko, die Ochsentour! Sein Wagen trägt vermutlich ein Stuttgarter Kennzeichen«, sagte Wübbena.

10

Häßling begann mehr und mehr in der Rauschgiftszene zu recherchieren. Sein Wagen, der ein Kasseler Kennzeichen trug, erweckte kein Mißtrauen, wenn er ihn während seiner Beobachtungsfahrten irgendwo in Disconähe abstellte. Seine Gesichtsblässe, seine knabenhafte Figur, seine nachblondierten Locken und sein angepaßtes Äußeres verhalfen ihm, bei Discobesuchen und Spielsalonaufenthalten innerhalb einer kurzen Zeit die Bekanntschaft mit Dealern und Süchtigen zu machen.

Er lernte die Orte, Plätze und Häuser kennen, in und an

denen die Süchtigen ungeniert Rauschgift in allen bekannten Variationen konsumierten und handelten. Er wurde schnell vertraut mit den Rauchgeräten für Haschisch, den gefalteten Stanniolbriefchen, Koks-Mäppchen, Schnupfröhrchen, Spritzen, Löffeln zur Aufbereitung, Spritzlösungen, Räucherstäbchen und Aufbewahrungsbehältern.

Das kumpelhafte Du ging den Fixern, Haschern und Junkies leicht über die Lippen, wenn sie ihn um fünfzig Mark anpumpten. Häßling sammelte Erfahrungen, ohne selbst auch nur einen Joint zu nehmen. Er galt als der nette, stets hilfsbereite Typ in der Szene, der Kohle besaß.

Häßling fuhr über die erweiterte Straße zum Deich. Die leeren Lastwagen der Baufirma, die mit der Errichtung des neuen Siels beauftragt war, kamen ihm entgegen. Das in Angriff genommene Bauprojekt, als Jahrhundertbauwerk in den Zeitungen hoch gepriesen, sicherte den Greetsieler Fischern einen tideunabhängigen Zugang zur Nordsee. Die Techniker hatten Feierabend und verließen mit ihren Autos das Wiesengelände, das die Baufirma mit ihren Bauwagen und Baucontainern belegt hatte.

Häßling stellte seinen Wagen auf dem Parkplatz zwischen den Containerbüros ab. Am Himmel hingen weiße Schäfchenwolken. Bei Windstärke eins lag die ostfriesische Küste unter einem schwülen, warmen Luftkeil. Die Kühe standen wiederkäuend auf den Weiden und glotzten vor sich hin. Mit ihren Schwänzen schlugen sie wie im Takt nach den Fliegen und schwärmenden Insekten.

Häßling betrat den Fußweg, der zur Deichkrone hochführte. Er schritt um den Schlagbaum, mit dem die Milchbauern die Zufahrt zu den Deichweiden abgesperrt hatten, dem historischen Leuchtturm entgegen, der über dem Deich hinausragte und jetzt funktionslos als eine Sehenswürdigkeit galt.

Er blieb hin und wieder stehen und prüfte die Sichtverhältnisse für seine Kamera, die er mit sich führte. Häßling ging geduckt, er schaute sich mehrmals um, um sich zu vergewissern, daß es keine Zeugen gab. Die Vögel flogen tief, um Insekten zu erhaschen.

Er hörte das Kreischen der Möwen, die für ihn unsichtbar im lauen Wind das Watt bevölkerten.

Häßling hatte bereits mehrmals seinen Wagen im Bereich der Bauleitung geparkt und auf das Pärchen gewartet, das oft um diese Abendzeit bei gutem Wetter eng umschlungen und dennoch eilig dem Campener Leuchtturm entgegen schritt. Der Name des gutaussehenden jungen Mannes stand auf seiner Liste. Häßling, dem die Hitze zu schaffen machte, fühlte sich wie ein Jäger auf der Pirsch. Er schlich geduckt dem Leuchtturm entgegen. Er atmete die nach Schlick, Fisch und Krabben riechende würzige Seeluft ein.

Er atmete auf, als er die jungen Leute sah, die vor dem mit gelben und roten Ringen bemalten Leuchtturm im Gras saßen. Häßling suchte für seine Kamera den Blick von oben. Er kroch zur Deichkrone und stellte erleichtert fest, daß keine Touristen unterhalb des Deiches am Rande des Wattenmeers unterwegs waren. Er beobachtete das Pärchen, das vor dem Leuchtturm saß. Im Windschatten, auf einer Stufe der Eisentreppe, brannte eine Kerze. Daneben lagen ein Löffel und eine angebrochene Zigarettenschachtel.

Häßling schaute von seinem Versteck aus fasziniert zu, wie der gutaussehende junge Mann dem hübschen Mädchen, das ihr Haar lang trug, mit einem Lederriemen den Arm abband und eine vorbereitete Spritze in ihren ausgestreckten Arm stieß. Häßling hob die Kamera und drückte mit teuflischer Freude den Auslöser. Ohne Mitgefühl beobachtete er den jungen Mann, als er sich selbst das Rauschgift spritzte. Häßling schoß seine Fotos.

Er kannte das Mädchen. Es war die kleine Componga aus dem Block. Er blickte über das Watt. Die Sonnenstrahlen spiegelten sich im langsam auflaufendem Wasser der Flut. Am Horizont verband sich der Himmel mit dem Meer. Nur die Möwen durchbrachen mit ihrem Kreischen die Stille. Er dachte an seine Karriere und schritt ohne Gewissensbisse seinem abgestellten Wagen entgegen.

Es war bereits eine Stunde vor Mitternacht. Frau Componga saß am Zimmertisch, stierte auf das abgeschaltete Fernsehgerät und trank Corvit mit Sprudel. Sie legte die Brille ab und bemerkte einen Schatten. Erschrocken blickte sie sich um.

»Behrend«, schrie sie auf. Sie glaubte, ihren verstorbenen Mann zu sehen. Er stand vor der Kinderzimmertür und blickte sie mit starren Augen an. Sie schlug die Hände vor ihr Gesicht und wagte kaum zu atmen. Plötzlich vernahm sie ein Knacken, das aus dem Kinderzimmer zu kommen schien. Sie fürchtete um ihren Verstand. Nach einer Weile nahm sie die Hände vom Gesicht und schaute auf. Behrend war nicht mehr da!

Sie erhob sich, spürte das Zittern in den Gliedern und schritt zur Tür des Kinderzimmers. Vorsichtig öffnete sie die Tür und drückte den Schalter. Bonno schlief friedlich in Helgas Bett. Für Sekunden blickte sie auf das Fenster, aus dem Behrend gestürzt war. Sie spürte eine Gänsehaut, die ihr über den Rücken lief und auch ihre Arme erfaßte. Sie ging zurück zu ihrem Stuhl, setzte sich und atmete tief durch.

»Behrend, du bist tot!« schrie sie. »Und tot ist tot!«

Sie schneuzte sich die Nase frei und trocknete mit den Kanten des Tempotuchs den Schweiß von ihrer Stirn.

»Ich sehe bereits Gespenster! Wo bleibt Helga nur? Warum kommt sie nicht nach Hause?«

Sie rang nach Luft. Tammo konnte sie nicht anrufen. Sie wartete seit geraumer Zeit auf einen Telefonanschluß. Die Post verhandelte noch mit dem Sozialamt wegen der Übernahme der Anschlußkosten.

Erneut plagten sie düstere Vorstellungen. Wenn Helga etwas zugestoßen ist! Sie erhob sich und watschelte durch das Zimmer.

Wer konnte ihr beistehen?

Früher, dachte sie, ja, früher, da waren wir noch wer.

Sie begann zu heulen. Der Fußboden knackte unter ihrem Gewicht. Sie verließ das Wohnzimmer, schritt durch den Korridor, öffnete die Wohnungstür und betrat den Flur. Sie rang nach Luft. Durch die Türen der Nachbarwohnungen drangen Geräusche in den Flur. Sie blieb stehen und horchte.

»Es ist alles zuviel für mich«, murmelte sie vor sich hin.

Sie eilte über den Flur und betrat das Klo, entblößte ihre untere Körperpartie und versah bei geöffneter Klotür, mit dem Blick auf den langen Flur, ihre Notdurft. Dabei dachte sie an den häßlichen Container vor dem Haus. Würde ich auch sofort tot sein wie Behrend? Sie schüttelte sich, obwohl sie wußte, daß die Gemeinde den Container hatte abholen lassen. Ihr Stuhl war dünn. Ihr Körper hatte auf ihre Ängste reagiert. Der Alkoholdunst, der ihrem geöffneten Mund entströmte, betäubte ihren Geruchssinn. Sie nahm das Zeitungspapier, das auf dem Zementboden lag, zerriß es in kleine Stücke, um ihren After damit zu reinigen, ohne zu ahnen, daß die Fetzen Puzzlestücke eines Fotos waren, das einen Sarg in der Friedhofskapelle darstellte, das der häßliche Reporter Häßling geschossen hatte.

Als sie ihre Wäsche ordnete, die abgetragene Trainingshose hochzog, schrie sie vor Freude auf. Sie sah durch den Türspalt der Klotür Helga, die vor der Wohnungstür einen jungen Mann innig küßte. Sie wartete glücklich und geduldig auf dem Klo. Das war der simple Grund für ihr Zuspätkommen! Helga war verliebt.

Die Alte schämte sich und verdrängte ihre Schuldgefühle. Sie hatte Behrend verdächtigt, daß er sich an ihr vergangen hatte, und war nicht eingeschritten, aus Angst vor Behrend. Sie verließ ohne Ängste das Klo, als der junge Mann sich von Helga trennte und eilig die Treppe nahm und dem Hausausgang entgegen schritt.

Gott sei Dank, sie war nicht mehr allein mit Bonno in der Wohnung.

Das Finanzamt Emden hatte die Ostfriesen-Post, eine bis dato für Hayenna seriöse Heimatillustrierte, die monatlich erschien, abonniert und pflegte mehrere Exemplare auf die Tische und Flure vor den Dienstzimmern auszulegen, um den Besuchern Kurzweil zu bieten. Die Hefte gelangten über den Posteingang zuerst zum Direktionszimmer, bevor sie in die Verteilung gingen.

Hayenna nahm sich an diesem Morgen bei der Durchsicht der Post nur den Fällen an, die allein in seine Kompetenz fielen. Die übrigen Schreiben und Anträge verteilte er an seine Stellvertreter. Ihn beschäftigten die Sorgen um seinen Sohn Onno. Er hatte sich zu Hause nicht mehr sehen lassen und seine Arbeit bereits verloren. Seine Angst fußte tiefer. Hajo Hayenna nahm ein Exemplar des Magazins, das im Posteingang gelegen hatte, in die Hand. Er blätterte die Seiten durch. Baltrum, das Dornröschen der Nordsee, wurde den Lesern mit herrlichen Farbfotos vorgestellt.

Die Strände, der dörfliche Charakter der Insel weckten Urlaubsstimmung. Hayenna blickte auf das Wahrzeichen von Baltrum. Die kleine Schiffsglocke, die im Balkenkreuz hing. Weitere Fotos zeigten die Brandung und die weiten Dünen, über die Möwen flogen. Hayenna blätterte weiter. Ein Journalist berichtete über den wachsenden Drogenkonsum in Ostfriesland. Hayenna stockte der Atem. Vor dem Leuchtturm von Campen saß ein junger Mann mit einem Mädchen. Sie bedienten die Spritzen. Ihre Gesichter waren abgedeckt. Da gab es keinen Zweifel. Die Körperhaltung der Gestalt in dem vertrauten Anorak verrieten ihm, daß es Onno war. Den ausführlichen Bildbericht hatte ein Journalist abgefaßt, der mit Holger Häßling gezeichnet hatte.

Hayenna rang nach Luft. Sein Sohn nahm Rauschgift! Die Katze war aus dem Sack! Das erklärte so vieles, was ihm und seiner Frau bisher unverständlich erschienen war. Er lehnte sich im Stuhl zurück und weinte.

Frau Wübbena hatte die Maiausgabe der Ostfriesen-Post beim Einkauf in den Korb gelegt und am Nachmittag durchgeblättert.

Sie hatte das Magazin ihrem Mann am Abend in die Diensttasche gesteckt.

Während der Teepause ergötzte sich Wübbena an den schönen Farbaufnahmen der Insel Baltrum, die der Bildreporter Manhorst exzellent geschossen hatte.

Doch dann stutzte er. Häßling hatte zugeschlagen!

»Da gibt es nichts zu beschönigen, Wilko«, sagte Wübbena und schob Tjarden verärgert das aufgeschlagene Magazin zu. »Solche Fotos bringen Ostfriesland in Verruf! Häßling hätte vorher mit uns sprechen können!«

Tjarden trank Tee, betrachtete die Fotos und las den Bericht.

»Flott und reißerisch, Chef. Er argumentiert uns ins Abseits, als machten wir hier Urlaub!«

»Sag ihm das! Ruf ihn an! Versuche herauszufinden, wem die Gesichter gehören, die er mit den Pressebalken abdeckt. Häßling kotzt mich an«, sagte Wübbena und langte nach der Teetasse.

Tammo hatte seiner Mutter einen langen Brief geschrieben und sie gebeten, in Marienhafe oder in der Umgebung nach einer für sie, Bonno und Helga geeigneten Wohnung Umschau zu halten. Er hatte ihr einen weiteren Zuschuß angeboten. Tammo war enttäuscht, denn die Mutter hatte nicht geantwortet.

Helga hatte sich nur einmal bei ihm telefonisch gemeldet und ihm ihr Leid geklagt. Ihre Mutter trank mehr, als es für sie und Bonno gut war. Helga suchte für Bonno einen Platz im Kindergarten. Die Mutter, so berichtete Helga, wollte die Wohnung, in der sie mit ihrem Behrend gelebt hatte, nicht verlassen.

Tammos Freundin leitete einen Supermarkt in Stuttgart-Feuerbach. Sie bot Helga einen Job als Kassiererin an. Voraussetzung war eine kurze Einarbeitungszeit. Helga hatte am Telefon geweint. »Und Bonno?« hatte sie nur gefragt und den Hörer aufgelegt.

»Ja, Bonno«, hatte Tammo achselzuckend wiederholt. Er schickte ihm ein Paket mit Spielsachen. Im Begleitbrief versprach er Bonno, daß Tante Franziska ihn während der Kindergartenferien nach Stuttgart holen würde.

Doch Tammo hatte nicht Wort gehalten und sein Versprechen vergessen, denn der Trainer hatte ihn in den Kader der Bundesligamannschaft aufgenommen. Tammo gab seinen Arbeitsplatz bei Mercedes auf.

Er unterschrieb beim VfB Stuttgart einen Zweijahresvertrag und nahm sich vor, sich in Zukunft um Helga, Bonno und seine Mutter mehr zu kümmern.

Über Stuttgart zog die Abenddämmerung auf. Durch das geöffnete Fenster drang der abnehmende Lärm der Großstadt. Es war gemütlich in der kleinen Dachwohnung, die nur mit dem notwendigsten Mobiliar ausgestattet war.

Franziska und Tammo saßen vor dem kleinen Tisch und studierten die Angebote einer Bauträgergesellschaft aus Oldenburg, die auf Norderney in der Jann-Berghaus-Straße einen Komplex mit zweiundvierzig Eigentumswohnungen erstellte. Der VfB hatte Tammo ein Handgeld von dreihundertachtzigtausend DM und ein monatliches Gehalt von elftausend DM zugesichert.

Tammo, der jahrelang die Armut am eigenen Leibe verspürt hatte, reagierte kühl und bescheiden auf seine sich ändernde Lebenslage. Ihm stand nicht der Sinn danach, in der Nachbarschaft seiner Kollegen in lukrativer Vorstadtlage nach einem Bungalow Ausschau zu halten. Er hatte sich entschlossen, in dem kleinen Dachappartement weiterhin zu wohnen und das Geld in Ostfriesland anzulegen.

Das war auch die Meinung seiner Freundin Franziska. Sie war ehrgeizig, legte keinen Wert auf Statussymbole, von dem Mercedes-Jahreswagen einmal abgesehen. Ihr war klar, daß ein Zweizimmer-Appartement auf der Nordseeinsel Norderney eine gute Kapitalanlage darstellte.

Franziska zeigte auf die Bauzeichnung. »Vierzig Quadratmeter im Obergeschoß, mit Balkon, dreihundertsechzigtausend Mark, bei zwanzig Prozent Abschreibung«, sagte sie.

Tammo nickte. »Wir schauen uns das Objekt an. Der Rohbau ist fertig.«

Tammo schritt ans Fenster. Er blickte auf die Neonwerbung, die buntes Licht auf die Dachziegel warf.

»Mutter soll mit Helga und Bonno in die Wohnung ziehen«, sagte er.

»Das haben wir doch bereits abgeklärt. Sie zahlen keine Miete«, sagte Franziska.

Sie war hübsch und zierlich. Sie trug ihr blondes Haar lang, wie Helga. Franziska kam aus einer einfachen, bürgerlichen Familie. Tammo hatte sie kennengelernt, als ihr Vater, mit dem er lange am Band zusammengearbeitet hatte, ihn zu seiner Silbernen Hochzeit eingeladen hatte. Tammo liebte Franziska. Sie wollten später heiraten. Franziska konnte gut mit Geld umgehen. Sie besaß die mittlere Reife und einen Berufsabschluß.

»Fränzchen, da ist etwas«, sagte Tammo schließlich ernst. Er schritt an den Schrank, zog die Schublade hervor und entnahm ihr ein Kuvert. »Hier lies«, sagte Tammo und legte das Kuvert auf die Bauzeichnung.

»Staatsanwaltschaft?« fragte Franziska und entnahm dem Umschlag das amtliche Schreiben. Sie las. »Eine Vorladung?«

»Die Sache mit Vater«, antwortete er nur.

»Er ist doch aus dem Fenster gestürzt«, sagte Franziska.

»Die Kripo denkt da anders«, sagte Tammo.

»Und was hast du damit zu schaffen?« fragte sie irritiert.

»Ich bin leider der Sohn des Säufers. Die Kripo hat recherchiert und herausgefunden, daß ich zur Unglückszeit in Marienhafe war. Das ist es.«

»Du hast doch nicht ...?« fragte Franziska.

Tammo ging zu ihr. Er nahm sie in die Arme und küßte sie. Er weinte. »Hältst du mich für einen Mörder?« fragte er.

»Nein«, sagte Fränzchen und führte Tammo zur Couch. Sie ließ sich auf der Couch nieder und zog ihn an sich.

»Ich schäme mich meiner Herkunft. Ich habe es geschafft und möchte nicht, daß es mir wie Helga geht und in einer Stuttgarter Zeitung von mir ein häßliches Foto erscheint. Wir fahren nach Norderney. Wir kaufen die Wohnung. Das ist ein Aufwasch. Ich teile der Kripo den Termin mit«, sagte Tammo und entkleidete seine hübsche Franziska.

11

Claussen lenkte den Rasenmäher an den Kanten der mit Rhododendronsträuchern bewachsenen Beeten entlang. Er blickte erstaunt auf und schaltete den Rasenmäher ab. Die Beamten gingen ihm entgegen.

»Ist was mit Helga?« fragte er besorgt.

»Was soll mit Ihrer Schülerin sein?« fragte Wübbena.

»Sie kommen unangemeldet«, bemerkte Claussen und blickte stolz über sein Grundstück. Der Geruch von Waldmeister entströmte dem frisch geschnittenen Gras.

»Herr Claussen, Dr. Noormann hat die Leiche im Norder Krankenhaus untersucht. Sein Ergebnis läßt den Schluß zu, daß jemand nachgeholfen haben kann, als der Maurer Componga auf den Container gestürzt ist«, sagte Tjarden.

Claussen lächelte. »Sie wollen doch wohl nicht annehmen, daß ich ...?« fragte er und schaute die Beamten ironisch an.

»Warum nicht?« antwortete Wübbena. »Helga mochte Sie. Sie waren ihr Klassenlehrer, mehr noch, ihr Vertrauter. Helga übernachtete bei Ihnen, als sie sich nach einem Streit mit ihren Eltern mit Selbstmordgedanken herumschlug. Bei Ihnen fand sie Unterschlupf.«

Claussen schien überrascht. »Helga hat Ihnen das erzählt?« fragte er verkniffen.

Wübbena nickte.

»Sie sind am besagten Abend mit dem Fahrrad zum Block gefahren«, sagte Tjarden.

Claussen blickte die Beamten unsicher an.

»Mein Fahrrad wurde mir gestohlen«, antwortete er, bemüht, glaubwürdig zu wirken.

»Herr Claussen, erzählen Sie uns keine Märchen. Sie halten es nicht mit der Wahrheit«, sagte Tjarden.

Sie standen im frischen Wind, der in den Garten einfiel. Die Sonne ging mit einem tiefen Abendrot unter.

»Ich habe den Componga nicht aus dem Fenster gestürzt, wenn Sie das meinen«, sagte der Lehrer.

»Und wer war es?« fragte Wübbena.

»Ich weiß es nicht«, antwortete er.

»Sie geben aber zu, daß Sie zum Block geradelt sind?« fragte Wübbena.

»Ja«, antwortete er mürrisch und dachte nicht daran, die Beamten in das Haus zu bitten. Er schwitzte. »Ich wollte mit Helgas Eltern sprechen. Ich machte mir Sorgen um sie. Die Wohnungstür war nur angelehnt. Ich betrat den Korridor und blickte in die Wohnung. Der Maurer und seine Frau saßen am Tisch. Sie tranken. Als Componga sich schwerfällig erhob und mit Frau Componga stritt, sah ich ein, daß es zwecklos war, Helgas Probleme mit den betrunkenen Eltern zu besprechen. Ich spürte einen plötzlichen Blasendruck und suchte die heruntergekommene Toilette am Ende des Flurs auf, um mein Wasser abzulassen. Dabei hörte ich Schritte, denen ich keine Bedeutung zumaß. Als ich die Spülung drückte, bemerkte ich, daß mehrere Asylanten ihre Wohnungen verließen und über den Flur nach unten gingen. Ich habe gewartet, dann das Haus verlassen, bin über die Weidenpfähle geklettert und zu Fuß nach Hause gegangen.«

»Und warum sind Sie nicht auf Ihr Fahrrad gestiegen?« fragte Tjarden.

»Es war weg«, antwortete Claussen. »Ich habe mich aus dem Staub gemacht und wollte nicht gesehen werden.«

»Und warum?« fragte Wübbena.

»Es war irgend etwas passiert. Ich sah Menschen vor dem Haus, die aufgebracht waren. Ich wollte nicht in etwas hineingezogen werden.«

»Sie kamen nach Ihrem Toilettenaufenthalt an der Wohnungstür der Familie Componga vorbei?« fragte Tjarden.

»Die Wohnungstür der Familie Componga war zu«, sagte Claussen.

»Als Sie die Wohnung verließen, haben Sie die Tür nicht ins Schloß gezogen?« fragte Wübbena.

»Nein.«

»Herr Claussen, seien Sie nicht böse, aber Ihre Bemühungen, sich davonzustehlen, wirken recht unglaubwürdig«, sagte

Wübbena. »Denkbar allerdings scheint es mir, daß der betrunkene, unangenehme Maurer Sie tätlich angegriffen hat, weil Sie ihm Vorwürfe machten. Bei diesem Gerangel stürzte er dann aus dem Fenster.«

»Das sind infame Unterstellungen«, antwortete Claussen erregt.

»Regen Sie sich nicht künstlich auf«, sagte Tjarden. »Die Personenbeschreibung der Zeugen trifft auf Sie zu.«

»Ich gebe zu, daß ich den Säufer überhaupt nicht mochte. Er hat seine Tochter – er war ein Schwein!« schrie Claussen wütend. »Aber ...«

»Aber was?« fragte Wübbena.

»Ich habe das Wohnzimmer nicht betreten. Bei mir sind Sie an der falschen Adresse!« sagte er wütend.

»Das mag sein. Zumindest sind Sie der Zeuge, der den Maurer noch kurz vor seinem tödlichen Unfall lebend gesehen hat«, sagte Tjarden.

»Wir suchen Sie in Kürze auf wegen des Protokolls«, sagte Wübbena.

»Das dürfen Sie gerne«, sagte Claussen. Er schaltete den Rasenmäher an und schob ihn vor sich her, während die Beamten das Grundstück verließen.

Tammo Componga atmete tief durch, fuhr mit der Hand durch sein kurzgeschnittenes Haar, klopfte an die Tür und öffnete sie. Entschlossen betrat er das Dienstzimmer.

»Mein Name ist Componga«, sagte er und nahm aus seiner Sommerjacke das an ihn gerichtete dienstliche Schreiben. Er schaute den jungen Beamten an, der hinter seinem Schreibtisch saß.

Er war in seinem Alter. In seinem Gesicht entdeckte Tammo ein tiefes Mißtrauen.

Dann bemerkte er den älteren Beamten, dessen Schreibtisch seitlich stand. Tammo schätzte ihn um die Mitte Dreißig. Er wirkte sportlich. Sein Gesicht war sympathisch. Er trug ein buntes Oberhemd und hatte eine kräftige Figur.

»Wübbena«, sagte der Beamte, verließ seinen Schreibtisch und kam ihm entgegen.

»Ich komme zum Termin«, sagte Tammo und reichte ihm das Schreiben.

»Nehmen Sie Platz«, sagte Wübbena und zeigte auf den Besucherstuhl. »Mein Kollege Tjarden«, sagte er und wies auf seinen Assistenten.

Tammo nahm Platz, während Wübbena sich wieder an seinen Schreibtisch setzte.

»Herr Componga, mich wundert es, daß man hier in Ihrer ostfriesischen Heimat so wenig von Ihnen weiß«, sagte Wübbena. »Ich erfuhr von einem Freund, er trainiert den SV Hage, daß Sie beim VfB Stuttgart einen Vertrag erhalten haben.«

Tammo lächelte bescheiden. »Ich spielte lange bei den Amateuren.«

»Ich wünsche Ihnen alles Gute für Ihre Laufbahn als Profi, Herr Componga. Wir haben Sie zu uns gebeten, weil der Unglücksfall Ihres Vaters uns beschäftigt. Es gibt Verdachtsmomente, die dafür sprechen, daß Ihr Vater aus dem Fenster gestürzt wurde. Nach unseren Ermittlungen war Ihre Mutter zur Unglücks- beziehungsweise zur Tatzeit nicht mit ihm allein in der Wohnung.«

Tammo sah gut aus. Das jahrelange Training hatte ihn geformt. Sein Gesicht war gut geschnitten. Er war schlank und groß.

»Herr Kommissar, Ihnen wird bekannt sein, daß mein Vater nach einem Verkehrsdelikt zu trinken begann. Die Folgen waren für uns katastrophal. Mein Trainer sagte immer zu mir, wenn man Erfolge anstrebt, muß man sich von allen Belastungen lösen.«

»Und Sie haben sich von den miesen Verhältnissen endgültig gelöst?« fragte Tjarden.

Tammo schaute den Beamten nachdenklich an. »Mein Vater war ein Tyrann! Er war gewalttätig und trank! Er alleine trägt die Schuld, daß auch meine Mutter zur Trinkerin wurde. Meine Schwester Helga hat unter diesen Verhältnissen sehr gelitten.«

»Sie hatte sich ihrem Klassenlehrer Claussen anvertraut«,

sagte Tjarden. »Aber das vorweg. Herr Componga, Sie befanden sich zur Zeit des Unglücks in der Wohnung Ihrer Mutter. Und wie Sie wissen, hat noch jemand Ihre elterliche Wohnung aufgesucht, kurz bevor Ihr Vater aus dem Fenster auf den Container stürzte.«

Tammo blickte den Beamten verwirrt an. »Helgas Lehrer ist mir unbekannt.«

»Ihre Schwester hat die Schule ausgiebig geschwänzt und sich mit ihren Problemen an den Lehrer gewandt«, sagte Wübbena.

»Mir fehlt der Durchblick«, sagte Tammo.

»Herr Componga, Ihre Mutter hat ausgesagt, daß sie im Wohnzimmer saß, als Ihr Vater sie in angetrunkenem Zustand verlassen hatte, um nach Ihrer Schwester Ausschau zu halten«, sagte Wübbena. »Dann habe sie einen Schrei gehört und das Kinderzimmer betreten.«

»Ich gehe davon aus, daß Mutter die Wahrheit sagt«, antwortete Componga.

»Aber der Lehrer Ihrer Schwester befand sich nachgewiesenermaßen im Hause«, sagte Wübbena. »Er wollte mit Ihren Eltern sprechen, um sie zurechtzuweisen. Er hat vom Korridor aus in das Wohnzimmer geblickt. Ihr Vater war angetrunken und stritt mit Ihrer Mutter. Der Lehrer sah die Sinnlosigkeit seines Besuches ein und verließ die Wohnung, lehnte die Tür an. Er suchte die Toilette am Ende des Flures auf. Dabei hörte er Schritte. Als er die Toilette verließ und durch den Korridor ging, war die Wohnungstür Ihrer Eltern abgeschlossen.«

Tammo blickte um sich. »Ich nehme nicht an, daß Helga meine Eltern aufgesucht hat. Sie befand sich, so viel ich weiß, außerhalb von Marienhafe.«

»Lassen Sie das Versteckspiel«, sagte Tjarden.

Tammo schwieg.

»Während Lehrer Claussen die Toilette aufgesucht hat, haben Sie die Wohnung Ihrer Eltern betreten!« sagte Tjarden. »Sie besitzen einen schnellen Mercedes. Sie sind von Stuttgart nach Hause gefahren, um mit Ihrem Vater Klartext zu reden. Sie bekamen Streit mit ihm. Er hat Sie angegriffen, und Sie haben ihn vielleicht in Notwehr aus dem Fenster gestürzt. Die Albaner haben Sie gesehen, als Sie das Haus verlassen haben und das Licht der Straßenlaterne auf Sie fiel.«

»Das ist eine Unterstellung! Ich habe meinen Vater nicht aus dem Fenster gestürzt! Ich haßte ihn! Für meine Familie war sein Tod eine Erlösung. Ich habe nicht einmal mit ihm reden können.«

»Aber Sie waren in der Wohnung«, sagte Wübbena.

»Ja, am Morgen nach seinem tragischen Sturz«, antworte Tammo.

»Herr Componga, wir gehen davon aus, daß der Tod Ihres Vaters kein Unfall war«, sagte Tjarden. »Ihr Vater trug Blutergüsse davon, die nicht vom Sturz herrührten.«

Tammo stieg das Blut in das Gesicht. Unsicher strich er mit seiner linken Hand über seine Jeans.

»Hören Sie genau hin! Meine Mutter rief mich an, es war kurz vor Mitternacht. Sie teilte mir mit, daß Vater verstorben war. Ich bin sofort losgefahren und war am Morgen hier«, sagte Tammo entschlossen und schaute auf den Boden.

»Belasten Sie sich nicht noch zusätzlich mit Falschaussagen«, sagte Tjarden. »Halten Sie uns nicht für naive Bauerntölpel! Wir haben Ihre Urlaubsgenehmigung bei Mercedes überprüfen lassen. Sie haben im Hotel Fährblick unter einem falschen Namen als Monteur übernachtet. Der Hotelier hat Sie auf dem Foto in der Zeitung erkannt. Alles spricht gegen Sie.«

Tammo kam ins Schwitzen. »Ja, ich war hier. Ich war in der Wohnung, habe Vater aber nicht zu Gesicht bekommen. Ich habe das Wohnzimmer nicht betreten. Niemand wußte, daß ich nach Hause kam. Ich sah Mutter, die betrunken am Tisch saß und vor sich her blubberte. Vater war nicht anwesend. Mich ekelte das an. Ich habe die Haustür zugeschlagen und bin auf und davon. Ich hatte meinen Wagen weit vor dem Haus geparkt.«

»Und Sie sahen vor dem Hause die Albaner, die Ihren Vater gefunden hatten?« fragte Wübbena.

»Ich sah einige Hausbewohner, die laut palaverten. Ich habe nicht gesehen, daß es einen Unfall gegeben hatte. Ich bin zum

Hotel gefahren und habe am Morgen die Wohnung aufgesucht. Dort traf ich meine Schwester an und erfuhr von ihr, daß der Alte tot war. So war das!«

»Wir fertigen ein Protokoll an, Herr Componga. Sie unterschreiben es dann bitte noch«, sagte Wübbena.

»Das werde ich mit ruhigem Gewissen tun«, sagte Tammo und blickte auf seine Armbanduhr. »Meine Freundin wartet draußen auf mich.«

»Und Sie bleiben bei Ihrer Aussage?« fragte Tjarden.

»Ja, ich habe meinen verhaßten Vater nicht umgebracht, habe mit ihm keine Auseinandersetzung gehabt! Und das unter Eid. Ich muß die Fähre bekommen. Ich beabsichtige, nach Norderney zu fahren.«

»Sie verlassen uns als Mordverdächtiger«, sagte Wübbena. »Kalkulieren Sie das bitte in Ihre Zukunftspläne mit ein. Wir müssen Sie vielleicht dem Amtsrichter vorführen. Ihre Geschichte ist für uns nicht glaubwürdig«,

»Sie können mir nichts anlasten, was ich nicht getan habe«, sagte Tammo. Er wartete und schwieg, während Tjarden das Protokoll anfertigte.

»Das wär's dann«, sagte er und zeigte mit einen Finger auf die leere Zeile. »Hier bitte, Herr Componga.«

Tammo unterschrieb. Seine Hand zitterte leicht. »Moin«, sagte er und verließ das Revier.

Tammo betrat den kleinen Parkplatz. Franziska stand neben dem Mercedes und unterhielt sich mit einem Mann, dessen Alter Tammo schlecht einschätzen konnte. Er glaubte, ihm schon einmal begegnet zu sein. Seine knabenhafte Figur, die weißen Jeans, die Cowboystiefel und seine blondierten Locken ließen ihn mißtrauisch werden. Bei den Pressekonferenzen des VfB belagerten solche Typen den Trainer, wenn das Spiel abgepfiffen worden war.

»Fränzchen, steige ein. Die ›Frisia‹ legt in einer halben Stunde ab!« rief Tammo und schritt zu seinem Wagen.

Franziska wandte sich von dem jungen Mann ab und stieg in

den Mercedes. Tammo öffnete die Fahrertür. Er sah, wie der Reporter seine Kamera zückte.

»Herr Componga, Unglücksfall, Selbstmord oder Mord? Ihre Meinung?« fragte er mit einer sympathischen Stimme und hob die Kamera an seine Augen.

»Verschwinden Sie!« schimpfte Tammo und stieg eilig in de Wagen. Er bemerkte die Blitze, startete den Motor und fuhr los.

Bonno Componga sah niedlich aus. Er war wie die übrigen Kinder akkurat gekleidet, leicht zu führen und paßte sich der Spielgruppe an. Seine hübsche Schwester Helga begleitete ihn stets bis zur Eingangstür des Kindergartens, küßte ihn dann und wartete, bis ihr kleiner Bruder von der Kindergärtnerin Maike in Empfang genommen wurde.

Nach wenigen Wochen, es war Mitte April, beobachtete die Kindergärtnerin Maike, daß Bonno sein Verhalten änderte. Er begann die Kinder der Gruppe während der Spiele und Bastelarbeiten zu stören. Erste hilfreiche Eingriffe blieben ohne Erfolg. Anfangs waren es kleine Abweichungen von den Spielregeln, mit denen er sich als Gruppenclown hervortat. Besonders auffällig verhielt er sich bei den Puppenspielen. Er reagierte aggressiv, wenn er nicht als Kasper mit dem Hammer das Krokodil oder den Teufel vertreiben durfte. Nach den Märchenlesungen, wenn die Kinder Goldmarie oder Frau Holle malten, brachte er nur Fratzen und Ungeheuer in tristen Farben auf das Papier. Schließlich begann Bonno damit, die Arbeiten der Kinder mit Farbe zu überpinseln, und setzte sich provozierend auf den Boden, wenn Maike Bewegungsspiele durchführte.

Maike machte die Leiterin des Kindergartens auf Bonnos Verhalten aufmerksam. Die Leiterin benachrichtigte daraufhin Bonnos Schwester Helga und bat sie um einen Besuch.

Helga betrat den Kindergarten. Der Lärm fröhlicher Kinderstimmen drang in den weiten Flur. Helga kannte sich aus. Sie klopfte an die Tür, auf der sie den Namen der Leiterin entdeckte. Sie öffnete die Tür und betrat das kleine Büro.

Helga war aufgeregt. Sie hatte das Gefühl, ihr verschlage es den Atem in dem engen Raum mit den nüchternen Bürogeräten.

»Ach, Fräulein Componga. Nehmen Sie bitte Platz«, sagte die Leiterin distanziert.

Helga setzte sich auf den Stuhl, der in der Ecke neben der Tür stand, und betrachtete eingeschüchtert die Endvierzigerin, die eine Brille im spitzen Gesicht trug. Ihr Haar war angegraut. Sie hatte schmale Schultern und trug einen karierten Rock. Ihr breites Gesäß füllte den Drehsessel, den sie hin und her bewegte. Helga fühlte ihre Abneigung, als sie sich ihr zuwandte.

»Ich fasse mich kurz, Fräulein Componga. Bonno hat zu unserem Bedauern sein Verhalten erschreckend geändert. Er zeigt nicht die nötige Reife für die pädagogischen und erzieherischen Ansätze unseres Kindergartens. Er benimmt sich destruktiv und aggressiv. Wir beobachteten bei ihm Anzeichen von Verhaltensstörungen, die darauf schließen lassen, daß er zu Hause zu oft sich selbst überlassen bleibt. Möglicherweise versucht er sich bei uns von Konflikten zu lösen, die ihn belasten. Ich rate Ihnen, mit Bonno einen Psychiater aufzusuchen.« Die Leiterin nahm ihre Brille ab. Dann lächelte sie höflich.

Helga wollte nicht wahrhaben, was diese Ziege ihr vorgetragen hatte. Sie weinte in ihrer hilflosen Wut und bemühte sich um Fassung. Schließlich faßte sie sich ein Herz.

»Das ist Unsinn! Sie wollen Bonno nicht, weil er vom Block kommt! Sie wollen nur reiche Kinder, und wir sind Asoziale! Sie können mich mal ...«

Helga spuckte auf den Boden und rannte davon.

Der Leiterin verschlug es den Atem. Das hatte sie während ihrer Laufbahn noch nie erlebt! Sie holte die Schreibmaschine aus dem Büroschrank und verfaßte empört und wütend ein Protokoll, schrieb an die Mutter des Kindes einen Brief und teilte ihr mit, daß der Platz an ein Kind der Warteliste vergeben worden sei.

Nach den unerfreulichen Vorfällen im Kindergarten erreichte in der zweiten Maihälfte ein ungelenk verfaßter Brief, der keine Unterschrift trug, den Kinderschutzbund in Norden.

Mit einer nur schwer lesbaren Schrift hatte eine Hausbewohnerin, wahrscheinlich eine Asylantin, auf die Mißstände und – wie sie schrieb – »die Verwahrlosungstatsachen mit das Kind Bonno« aufmerksam gemacht. Der Kinderschutzbund reagierte zögernd und abwartend.

Auch der Ostfriesen-Post war ein gleichlautendes Schreiben zugegangen, das die Redaktion an Häßling weiterleitete. Häßling reagierte sofort und begab sich auf den Weg. Er parkte am Spätnachmittag seinen Wagen am Straßenrand vor dem Block und betrat das vernachlässigte Haus. Er ging zu der Wohnung und betätigte die Klingel.

Bonno öffnete die Tür. Er blickte ihn ängstlich an. Dem Kind fehlte die Pflege, das sah Häßling auf Anhieb. Der Junge trug einen mit Speiseresten bekleckerten Pullover. Seine Locken hingen fettig und wirr um sein blasses Gesicht.

»Ist deine Mutti da?« fragte Häßling.

»Ja, aber du darfst sie nicht stören. Sie schläft«, sagte der Junge.

Häßling nahm die Kamera und schoß ein Foto.

»Willst du Helga ein Bild von mir schicken?« fragte der Junge und blickte auf die Kamera.

»Ja, ich möchte, daß du wieder mit anderen Kindern spielen kannst«, sagte Häßling und lächelte den Jungen freundlich an.

»Das möchte ich aber nicht!« sagte er.

»Laß mich nur eben kurz rein. Dann gehe ich wieder, um Helga zu suchen«, sagte Häßling.

Er folgte Bonno in die Wohnung. Der Boden war bedeckt mit zertretenen Fritten, es roch nach einem Gemisch aus Spaghetti-, Bier-, Schnaps- und Zigarettendunst. Ein Plastikspielauto stand vor einem Berg von Verschlußkappen geleerter Corvit- und Bierflaschen. Häßling schoß ein Foto.

»Ich komme wieder«, sagte Häßling, schritt an dem Jungen vorbei und verließ die Wohnung. Bonno schaute weinend hinter ihm her.

12

Ende Mai erschien die Juni-Ausgabe der Ostfriesen-Post. In ihr befand sich ein Artikel unter der Überschrift:

»Kinder in Not! Warum schauen alle weg?«

Ein Foto zeigte einen kleinen, verwahrlosten Jungen. Der Kinderschutzbund in Norden nahm diesen Bericht zum Anlaß, der Sache auf den Grund zu gehen. Er beauftragte den Zivildienstleistenden Abiturienten F. Möller, Frau Componga und ihren kleinen Sohn Bonno aufzusuchen, um dort nach dem rechten zu schauen.

Staatsanwalt Mertens hatte die Kripo aufgefordert, den Fall Componga abzuschließen. Die Beamten saßen im Dienstzimmer vor den wenig aussagenden Akten. Wübbena zog die Ostfriesen-Post aus seiner Diensttasche, schlug sie auf und reichte sie Tjarden. »Häßling hat Bonno ein paar Zeilen und ein Foto gewidmet«, sagte er. »Der Kinderschutzbund hat das Familiengericht eingeschaltet. Ich erfuhr von Richter Heidtkamp, daß Bonno einer Ziehmutter anvertraut wird. Die Alte säuft. Sie muß in eine Entziehungskur.«

»Suchen wir sie noch einmal auf, bevor sie ihre Kur antritt«, schlug Tjarden vor.

»Es wäre gut, wenn du die Mai-Ausgabe der Ostfriesen-Post einstecken würdest, in der Häßling Helga beim Fixen erwischt hat«, sagte Wübbena.

»Vielleicht hat die Alte keinen Durchblick. Mich interessiert es schon, was aus Helga geworden ist.«

Die Beamten verließen das Dienstzimmer und fuhren nach Marienhafe.

Bonno öffnete die Tür einen Spalt. Er schaute die Beamten mißtrauisch an. Der Junge sah sauber und gepflegt aus. Er trug ein buntes Hemd, Jeans und Sandalen.

»Ist die Mutti zu Hause?« fragte Wübbena freundlich.

»Mutti ist krank«, antwortete Bonno.

»Wir müssen mit ihr sprechen«, sagte Tjarden.

»Ich darf niemand einlassen«, sagte Bonno mit finsterem Gesicht.

»Und wer sorgt für dich?« fragte Wübbena.

Er griff zur Tür und schob sie ganz auf.

»Tante Roxana und Onkel Ahmed«, sagte der Junge.

»Bonno, gehe zu deiner Mutti, sage ihr, daß Kommissar Wübbena sie zu sprechen wünscht!« forderte er den Jungen auf.

Bonno blickte den Kommissar hoffnungsvoll an.

»Kommt Helga bald zurück?« fragte er.

»Das wissen wir nicht«, sagte Tjarden.

Der Junge lief davon. Die Beamten betraten die Wohnung. Wübbena schaute sich um. Auf dem abgetretenen Teppichboden lagen Bonnos Spielsachen. Der Bodenbelag war gründlich gereinigt worden. Das Zimmer wirkte aufgeräumt und war gelüftet worden. Die kleine Fußmatte vor dem Tisch fehlte, wie Wübbena feststellte.

Als er mit Wachtmeisterin de Boer am besagten Abend die Wohnung betreten hatte, hatte sie nur kurz sein Interesse geweckt. Sie hatten sich für die Wohnung nicht weiter interessiert, da die näheren Umstände für einen Unfall sprachen. Er meinte, die Matte beim letzten Besuch der Wohnung ebenfalls noch bemerkt zu haben, doch er war sich nicht ganz sicher.

Er wartete mit Tjarden geduldig auf den Auftritt der Alten.

Dann betrat Bonno mit der Mutter das Wohnzimmer. Frau Componga trug einen frischen Bademantel. Ihre stämmigen Beine steckten in Leggings. An den Füßen trug sie Latschen. Ihr graues Haar wirkte gepflegt. Ihr Gesicht sah verquollen aus. Es trug die Spuren des Alkohols. Ihre wäßrigen Augen verrieten ihren Unmut.

»Was muß ich noch alles durchmachen? Meine Tochter hat mich im Stich gelassen. Ich bin krank und muß für Bonno sorgen, und dieser Karrierereporter hat nicht nur meinen Sohn Tammo durch den Dreck gezogen, sondern auch Lügen über mich und Bonno in seinem Heft verbreitet. Dieses Schwein hat sich an unserer Familie versündigt.« Sie watschelte zu dem Stuhl, der vor dem Tisch stand, und ließ sich stöhnend nieder.

»Auf diesem Stuhl haben Sie am besagten Abend gesessen und waren nach dem reichlichen Genuß von Alkohol eingeschlafen«, sagte Wübbena. »Der Schrei Ihres Mannes hat Sie dann aufgeweckt?«

Die Alte verzog ihr Gesicht.

»Und was stört Sie daran?« fragte sie den Kommissar böse.

»Uns irritiert es, daß Sie den Lehrer nicht bemerkt haben, der Sie beobachtet hat.«

»Das ist verrückt. Das habe ich Ihnen schon mal gesagt! Ich habe keinen Lehrer gesehen, und ich weiß immer noch nicht, was er hier zu suchen gehabt haben sollte.«

Bonno saß auf dem Boden und spielte mit einem Playmobilschiff.

»Wir haben weitere Fragen, die wir aus Rücksicht auf Ihren kleinen Sohn nicht an Sie richten können«, sagte Wübbena. »Wir werden Ihnen eine Einladung schicken.«

Die Alte lächelte gequält. »Ich weiß nicht, was Sie noch von mir wollen. Ich bin am Ende!«

Sie erhob sich, schritt schwerfällig an den Kühlschrank und öffnete ihn.

Mit der Corvitflasche in der Hand kam sie zurück und setzte sich auf den Stuhl.

»Bonno, hol ein Glas aus dem Schrank. Dann geh zu Tante Roxana«, sagte sie.

Der Junge holte aus dem Schrank das Schnapsglas und verließ das Wohnzimmer. Frau Componga begann zu heulen. Sie öffnete die Flasche, goß das Gläschen voll, schaute die Beamten an, wischte sich die Tränen aus dem Gesicht und kippte den Schnaps in sich hinein. Dann schaute sie auf.

»Mich wollen sie in eine Anstalt stecken. Bonno soll zu fremden Leuten«, schluchzte sie.

»Wir wissen, daß Ihr Sohn Tammo auf Ihre Bitte hin von Stuttgart angereist ist«, sagte Tjarden. »Ihre Tochter hatte Sie verlassen, und Tammo wollte mit dem Vater ein ernstes Wort reden. Er befand sich hier in der Wohnung. Er zettelte mit dem

Vater einen Streit an und stürzte ihn aus dem Fenster. Sie wollen Ihren Sohn decken und sagen uns nicht die Wahrheit.«

Die Alte stierte ihn böse an.

»Nein! Tammo war nicht hier! Ich war alleine mit Behrend! Tammo kam am nächsten Morgen«, sagte sie schnippisch und goß das Gläschen voll und kippte den Corvit in sich hinein.

»Trinken Sie nicht zuviel. Wir müssen das Gespräch mit Ihnen protokollieren«, sagte Wübbena schroff.

Die Alte heulte. »Behrend wollte nach Helga sehen. Wir waren allein. Bonno schlief fest. Ich hörte den Schrei. Ich bin in das Kinderzimmer geeilt und habe das offene Fenster gesehen. Ich habe die Wohnung in Panik verlassen. Bonno ist dann aufgewacht und nach unten gekommen«, sagte sie.

»Frau Componga«, sagte Wübbena, »Ihr Mann trug Blutergüsse davon, die nicht von dem Sturz auf den Container herrührten. Das medizinische Gutachten legt die Vermutung nahe, daß irgend jemand, wir denken an Ihren Sohn, Ihrem Mann kurz vor dem verhängnisvollen Sturz Verletzungen zugefügt haben muß.«

»Schreiben Sie in das Protokoll, daß mein Sohn Tammo seinen Vater an diesem Abend nicht getroffen hat«, zischte sie gereizt.

»War Ihr Mann Brillenträger?« fragte Tjarden.

»Nein!« sagte sie aufmüpfig.

»In seinem Alter besitzen viele eine Lesebrille«, sagte Wübbena. Frau Componga schaute überrascht auf. Sie erhob sich, schritt an den abgewohnten Schrank, zog eine Schublade heraus und entnahm ihr ein speckig aussehendes Etui.

»Seine Lesebrille«, sagte sie schnippisch und setzte sich wieder an den Tisch.

»Und Ihre Tochter Helga lebte nach dem Tod Ihres Mannes wieder bei Ihnen und ist dann erneut ausgezogen?« sagte Wübbena.

»Die Kinder hänselten Bonno im Kindergarten! Und auch die Kindergärtnerin wollte den Bonno loswerden, weil er aus dem Block kam. Helga war es satt, hier zu wohnen«, sagte sie.

Tjarden zog die Ostfriesen-Post aus seiner Jacke. Er reichte

Frau Componga die aufgeschlagene Zeitschrift. »Betrachten Sie das Foto. Die Ostfriesen-Post brachte in der Mai-Ausgabe einen Bericht über die Drogenszene in Ostfriesland. Der Reporter hat die Gesichter der abgebildeten Personen nach den Vorschriften des Pressegesetzes mit einem Balken bedeckt. Handelt es sich hier bei dem Mädchen, das vor dem Leuchtturm in Campen Rauschgift konsumiert, um Helga?«

Die Alte stutzte. Sie stierte für Sekunden auf das Foto. Das Blut schoß ihr in das Gesicht. Erschrocken blickte sie auf.

»Helga und Rauschgift? Das halte ich für ausgeschlossen«, sagte sie mit Tränen in den Augen, bemüht, gelassen zu wirken.

»Die abgelichtete Person ist Ihre Tochter!« sagte Wübbena.

»Schuld an allem trägt dieser Reporter! Er steckt dahinter, daß mir Bonno abgenommen wird und ich in ein Heim muß«, schimpfte sie, nahm ein Taschentuch und weinte.

»Und Sie wissen nicht, wo Helga sich zur Zeit aufhält?« fragte Tjarden.

»Ich weiß es nicht«, schluchzte sie. »Spüren Sie sie auf. Sagen Sie ihr, daß ihre alte Mutter mit ihren Kräften am Ende ist.«

»Wir werden Ihre Aussagen zu den Akten nehmen«, sagte Wübbena.

»Tun Sie das.« Sie füllte wieder ihr Schnapsgläschen.

Die Beamten verließen die Wohnung. Asylanten begegneten ihnen und grüßten höflich.

»Ich schaue da noch nicht durch. Aber Helga hatte es nicht leicht«, sagte Tjarden.

»Das erklärt auch das Engagement ihres Lehrers«, sagte Wübbena. »Helga hatte sich ihm anvertraut. Und nun hängt sie an der Nadel.«

»Und Tammo hat Nägel mit Köpfen gemacht«, sagte Tjarden.

»Was es zu beweisen gilt.«

Sie stiegen in den Dienstwagen und fuhren zum Revier.

Tammo und Franziska hatten auf Norderney beim Notar den Kaufvertrag über den Erwerb der Eigentumswohnung Nr. 217 in der fast fertiggestellten Anlage ›Inselglück‹ unterschrieben, die für Mutter Componga, Helga und Bonno den Aufstieg in die bürgerliche Welt bedeuten sollte. Der Makler hatte sie anschließend in das Café »Alte Teestube« eingeladen. Sie tranken Tee echt ostfriesisch mit Stövchen, genossen den Meeresblick und aßen ein Stück Torte.

Sie besprachen mit dem Makler die Einrichtung der Küche, die im Kaufpreis enthalten war. Während sie mit der Vorfreude, auf der Insel Eigentum zu besitzen, im Glück schwelgten, umschlich in Bremen auf dem Markt ein schmächtiger Mann mit seiner Kamera den Verkaufsstand, der frisches Lammfleisch werbewirksam mit Erfolg feilbot. Es waren zumeist Ausländer, die das Schaffleisch kauften.

Max schenkte dem kleinen Mann, der weiße Jeans und Cowboystiefel trug, keine besondere Beachtung und machte sich nichts daraus, als er die Kamera hob und seinen gut besuchten Stand wie ein Tourist fotografierte. Er und Onno bedienten die Kunden, das Geschäft lief. Das Rauschgift der Kurden lag bereits in Plastik verschweißt in einer Metzgerwanne unter unverkäuflichen Fleischfetzen und Knochen versteckt.

Helga waren die ständigen Anforderungen der trinkenden Mutter auf die Nerven gegangen. Als dann auch noch die arrogante Leiterin des Kindergartens sie hatte fühlen lassen, daß Bonno als asoziales Kind nicht zu den übrigen Kindern paßte, hatte sie bei Nina und Max erneut Zuflucht gesucht. Doch es war noch schlimmer gekommen. Dieser widerliche Reporter, den sie aus tiefster Seele haßte, hatte Bonno in seinem Magazin vorgeführt. Ungepflegt, mit fragenden Augen, neben ihm das Plastikmüllauto vor gehäuften Flaschenverschlüssen.

Doch auch Nina hatte in Emden das Zimmer aufgegeben. Ihre hochgeschraubten Ansprüche an die Gesellschaft, ihre Vorstellungen von der Selbstverwirklichung nach einer wohlbehüteten Kindheit in einer wohlhabenden Arztfamilie und nach verpatzten Schulchancen waren erneut vor der Realität gescheitert. Sie hatte stets genommen und nie gegeben. Ihr fehlte die Bereitschaft, sich ein- und unterzuordnen. Die Schuld für ihr

Versagen suchte sie immer auf der Seite der anderen. So verhielt es sich auch in Emden an der Fachoberschule für Sozialwesen. Als die Lehrer sie wie die anderen Schülerinnen forderten, hatte sie die Schule geschmissen. Die Pauker hatten ihr den Rest gegeben, wie sie sich ausdrückte. Nina schuf sich eine eigene Lebensphilosophie, schrieb Gedichte und wartete auf den Tag ihrer Entdeckung. Sie glaubte fest daran, daß sie mit ihrer Lyrik der ohne Werte dahinlebenden Gesellschaft neue Maßstäbe bieten konnte.

Auf der Schaffarm war das Leben teurer geworden, nachdem sie alle, ohne es sich einzugestehen, an der Nadel hingen und sich immer mehr in die Abhängigkeit vom Rauschgift begaben. Onno und Max besaßen ein Depot, aus dem sie sich alle bedienen konnten. Sie verstanden sich als eine verschworene Gruppe und als eine Bastion gegen die von ihnen verschmähte Umwelt und spritzten sich in sich verringernden Abständen Heroin in die Adern.

Sie hatten am späten Abend gefixt. Danach waren die Männer bereits um sechs Uhr nach Bremen zum Markt gefahren. Helga hatte ihnen einen Tee zubereitet und sich danach wieder ins Bett verkrochen. In das Zimmer fiel das Licht der aufgehenden Sonne. Helga fror innerlich. Sie fühlte sich hilflos und elend. Sie liebte Onno und empfand eine tiefe Angst vor ihrer gemeinsamen Zukunft. Sie weinte und nahm sich vor, Onno zu überreden, mit ihr die Schaffarm zu verlassen. Sie dachte an ihren Lehrer, der ihnen sicherlich beistehen würde.

Voller Hoffnung stand sie um zehn Uhr auf und bereitete das Frühstück für sich und Nina zu. Nina ließ sich wie immer von Helga bedienen. Sie aßen nicht viel, tranken Tee und rauchten. Nina saß am Tisch nur in ihrer Wäsche und las Helga ein Gedicht vor, das sie beim Sonnenaufgang verfaßt hatte. Helga gefiel das Gedicht. Sie weinte ergriffen. Nina hatte mit ihren Zeilen ihre eigenen inneren Ängste angesprochen.

Nachdem Helga die Küche hergerichtet hatte, schritt sie entschlossen in den ehemaligen Kuhstall. In einem Anflug von

Ekel schob sie mit einer Mistgabel die unverkäuflichen Reste der geschlachteten Tiere zusammen. Sie holte die Schubkarre, lud die rosaroten Fleischfetzen, abgehackten Knochen, stinkenden Bälger und die Hammelköpfe, in denen noch die stierigen Augen saßen, auf und fuhr die übelriechende Masse zum Garten. Ohne sich um veterinäre Vorschriften zu kümmern, schaufelte sie mit einem Spaten eine Grube und kippte die Abfälle hinein. Der Gestank kümmerte sie wenig. Sie betrat das Haus und suchte die gebrauchten Einwegspritzen zusammen und warf sie ebenfalls in die Grube. Mit dem Spaten schaufelte sie die Grube zu. Danach schloß sie den Wasserschlauch an, um die Blutspuren vom Zementboden abzuspritzen. Dabei mußte sie sich übergeben. Sie litt seit langem schon an Appetitlosigkeit und empfand auch keinen Hunger, als sie die Küche betrat, in der Nina streng nach einem Öko-Rezept frisches Brot buk.

»Was essen wir heute?« fragte Nina, die im Backen von Brot stets eine heilige, fast biblische Handlung sah.

»Ich weiß nicht, mir ist der Appetit vergangen«, sagte sie.

»Ich fahre gleich nach Norden«, sagte Nina aufgeräumt.

»Bring vom ›Kochlöffel‹ zwei halbe Hähnchen mit«, sagte Helga.

»Dazu essen wir dann Salat, viel Salat«, antwortete Nina.

Helga schaute durch das Fenster. Draußen schien die Sonne. Im ungepflegten Garten standen die wildgewachsenen Birken, deren Blätter sich im leichten Wind bewegten. Sie dachte an Ninas Verse. Nina hatte die Birkenrinden als die Unschuld der Natur bezeichnet. Helga lächelte.

»Ich reinige die Auffahrt. Die Männer kümmern sich nicht um den Dreck«, sagte sie.

»Sie haben Wichtigeres zu tun«, antwortete Nina.

»Ja«, sagte Helga nur.

Helga empfand Gewissensbisse. Was war aus ihrer Mutter geworden? Besuchte Bonno wieder den Kindergarten? Sie verließ die Küche, holte aus dem Stall einen Besen. Verbissen ging sie dem Schmutz und Dreck zu Leibe. Dabei fühlte sie sich selbst verschmutzt und heruntergekommener denn je.

Nina hatte die Schaffarm bereits verlassen, als Helga die Auffahrt gereinigt hatte. Sie betrat das Haus, zog sich aus und stellte sich unter die Dusche. Sie duschte heiß und genoß das Prickeln auf ihrer Haut. Als sie sich nach dem Duschen vor den Spiegel stellte und sich mit dem Handtuch frottierte, heulte sie, weil sie nicht die Kraft fand, auszusteigen. Lange schaute sie auf ihren abgemagerten Körper. Ihre Brüste waren spitz geworden, und ihr schwarzes krauses Schamhaar wölbte sich buschig unterhalb des knochigen Beckens.

Nina kam erst am Nachmittag zurück. Helga setzte sich mit ihr vor der Hauswand auf die Plastikstühle in die Sonne, knabberte am Hähnchen herum und warf Pax Knochen und Fleisch zum Fraß vor, der sie mit wachen Augen vor unliebsamen Besuchern beschützte.

Als die Sonne unterging, zogen sich die Frauen in das Wohnzimmer zurück. Nina las Verse vor, während sie Tee tranken. Max und Onno waren auf Norderney, um ihren Geschäften nachzugehen. Am Abend griffen die Frauen zur Spritze und träumten sich davon, während Pax mehrmals gegen die Haustür sprang und ungehört laut kläffte.

13

Über den Deich spazierten Urlauber, und Pärchen saßen auf den Bänken und blickten auf den Strand. Einige Surfer glitten mit ihren bunten Segeln über das Wasser. Die Sonne sank wie ein riesiger roter Ball zwischen Juist und Norderney dem Meer entgegen.

Max parkte den Wagen im Hafengelände. Das Arbeitsschiff des Wasserschiffahrtsamtes lag bereits an der Kaimauer. Weder Max noch Onno interessierten sich an diesem schönen Freitagabend für die Fischkutter, die der Sonne in Abständen entgegentuckerten.

Sie verließen ihren abgestellten Mercedeskombi und schritten unterhalb des Deiches der Fähre entgegen.

Max hatte den Lederriemen der ausgedienten Schultasche seiner Freundin Nina über die Schulter gelegt und drückte sie mit seiner linken Hand fest an seinen Körper. Sie betraten die »Frisia IV« und mischten sich unter die Fahrgäste. Im Nichtraucherdeck setzten sie sich an einen Tisch. Sie störte nicht die Unruhe, der Lärm der quängelnden Kinder, die nach langen Autoreisen nach Bewegung suchten. Max und Onno wirkten selbst wie sonnenhungrige Urlauber. Ihre Gesichter zeigten die Spuren ihres unsoliden Lebenswandels.

Sie bestellten bei der Bedienung Kaffee, den sie dann mit nervösen Händen an den Mund führten. In Ninas abgetragener Schultasche lag das im Plastikbeutel abgepackte Rauschgift. Zwischen Klebestreifen steckte der Haustürschlüssel für das Appartement 220. Die Adresse kannten sie auswendig. Sie sprachen kaum und stierten durch das Bordfenster auf die Nordsee, während die »Frisia IV« Norderney entgegenfuhr.

Achttausend DM hatte Max an die Kurden bezahlt. Dreißig Gramm Heroin hatte er gratis bekommen, für den Eigenbedarf. Das waren sechzig Einheiten für ihn, Nina, Helga und Onno. Im Appartement auf der Insel war der Kaufpreis für ihn hinterlegt. Das war der Lohn für den Kurierdienst.

Über den Molenkopf der Insel strich ein kühler Nordwestwind. Das Licht des kleinen Leuchtturms warf seinen Strahl in die aufkommende Dämmerung. Spaziergänger lehnten sich an die Eisengeländer und betrachteten das Anlegemanöver der »Frisia IV«.

Die Passagiere verließen das Schiff und hasteten zu den Taxen und Bussen, die auf dem Vorplatz warteten. Onno und Max kannten sich aus. Sie stiegen in den Bus und verließen ihn an der Haltestelle Meierei. Von dort gelangten sie zum Zuckerpadd und schritten über den Dünenweg dem Appartementhotel »Kaninchenhorst« entgegen.

In den Tälern der Dünen lag der Duft wildwachsender Blumen. Vom nahen Strand drang ihnen das Rauschen des Meeres entgegen. Sie überholten eilig Urlauber, die gemächlich mit dem Blick auf Strandhafer, lilablühende Seenelken und weiße Moosröschen und segelnde Möwen durch die Dünen schritten und in sich einsaugten, was ihre Großstadt ihnen vorenthielt.

Das Haus »Kaninchenhorst« lag in einem weiten Dünental. Im Parterre befand sich ein Restaurant. Für die Appartementgäste gab es einen eigenen Eingang. Eine Menge Fahrräder standen in den Ständern. Max öffnete die Tasche, entfernte den Schlüssel vom Heroinpäckchen und steckte ihn in das Schloß. Sie horchten und betraten den Korridor. Das Appartement befand sich in der zweiten Etage. Irgendwo lief der Fernseher. Sonst war es ruhig.

Max schloß die Wohnungstür auf. Sie warteten einige Sekunden. Die Wohnung war unbewohnt, das fühlte Max. Sie betraten den engen Korridor, schalteten das Licht an und gingen in das Wohnzimmer. Eine Couch, zwei Sessel, ein Eßtisch mit Stühlen, eine Küchenzeile. Sie öffneten die Tür zum Bad. Dusche, WC. Weiß gekachelt.

»Gemütlich«, sagte Onno.

»Legen wir ab«, sagte Max.

Onno öffnete den Kühlschrank.

»Bier, Schnaps, Sprudel«, sagte er.

Max entnahm der Tasche das Rauschgift. Sie betraten das Schlafzimmer. Max öffnete die Schranktür und griff unter die Handtücher, die akkurat im Stapel lagen. Er schob das Rauschgift in den Schrank.

»Das ist okay«, sagte Max und hielt das Geldbündel in der Hand. Er steckte es in die alte Schultasche und entnahm ihr ein Besteck.

»Jetzt benötige ich dringend einen Schuß«, sagte er, während Onno die Kerze, die im Ständer auf dem Tisch stand, mit einem Streichholz anzündete und den Schuß vorbereitete. Es gab niemanden, der sie sah, als sie sich die Spritzen ansetzten. Sie hatten auch nichts zu befürchten. Auf Norderney gab es keine Drogenszene.

Hayenna versah sein Amt wie gewohnt korrekt. Er war um Jahre gealtert.

Die ungelesenen Zeitungen wuchsen in der Garage zu einem

Stapel für die Altpapierentsorgung an. Das Fernsehen war seit Wochen nicht mehr eingeschaltet worden.

Frau Hayenna lebte lustlos in den Räumen des Bungalows, die sie vor Jahren mit viel Liebe und gutem Geschmack eingerichtet hatte. Sie saß mit ihrem Mann im Wohnzimmer. Die Blumen auf den Fensterbänken verkümmerten. Draußen sangen die Vögel in den Bäumen. Im ungeschorenen Rasen blühte der Löwenzahn. Im Raum lagen unbeantwortet die Fragen, die sie sich immer wieder stellten.

Sie quälten sich mit Schuldzuweisungen, trugen dennoch keine Schuld und wollten nicht hinnehmen, was schicksalhaft in ihren Frieden eingebrochen war. Der mit Fleiß und Sparsamkeit erreichte bescheidene bürgerliche Wohlstand hatte für sie an Glanz verloren. Ihr einziges Kind war dabei, sich selbst zu ruinieren.

Hayenna hatte die Drogenberatungsstelle aufgesucht und mit dem Leiter des Gesundheitsamtes gesprochen. Er hatte seine Beziehungen in das Spiel gebracht und mit anerkannten Kapazitäten der Suchttherapie telefoniert. Schließlich gelang es ihm, für Onno einen Therapieplatz in einer anerkannten Berner Klinik zu bekommen. Die Kosten spielten keine Rolle. Onno mußte entziehen, wenn er dem qualvollen Tod entrinnen wollte.

Frau Hayenna hatte in Norden die katholische Kirche aufgesucht, einen Hundertmarkschein in den Schlitz des Opferstocks geworfen, eine Kerze angezündet, sich in eine Bank gekniet und im matten Licht der Kirche unter Tränen zur Mutter Maria gebetet.

An den Wochenendabenden war Hayenna zur Disco gefahren. Er hatte seinen Wagen so auf dem Gelände abgestellt, daß er durch die Frontscheibe die jungen Menschen beobachten konnte, die kamen und gingen. Bis spät in die Nacht hatte er mit klopfendem Herzen vergeblich auf die Eingangstür unterhalb der bunten Leuchtreklame gestiert.

Selbst der Versuch, mit verschlüsselten Kleinanzeigen in den Zeitungen Onno zu bewegen, sich zu Hause zu melden, war ohne Erfolg geblieben. Ein Anruf bei Lehrer Claussen erhärtete den Verdacht, daß der Sohn mit der kleinen Componga, dessen Vater aus dem Fenster gestürzt war, irgendwo Unterschlupf im Fixermilieu gefunden hatte.

Als Hayenna schließlich in seiner Verzweiflung das Polizeirevier aufsuchte, hatte der diensttuende Beamte der Schutzpolizei eine Suchmeldung abgelehnt, da gegen Onno keine strafbare Handlung vorlag. Hayenna rief in Bern an und bat den leitenden Professor um eine Terminverschiebung.

Onno betrat am frühen Morgen die Weide. Er betrachtete abschätzend die Schafe. So, als spürten die Tiere seine Absicht, hoppelten sie blökend davon. Es gelang ihm, die von ihm ausgewählten Tiere einzufangen. Erst beim letzten Schaf geriet er zu Fall und verknackste sich den Fuß. Max kam ihm zu Hilfe. Sie zerrten auch dieses Schaf in den ehemaligen Kuhstall und schlachteten es für den Bremer Wochenmarkt.

Onno fühlte Schmerzen. Er rieb den Fuß und das Gelenk mit Sportgel ein und half Max, soweit er konnte. Am Abend, als sie sich im Wohnzimmer, das Helga mit ihrer Pflege wohnlich gehalten hatte, wie fast immer mit Schafkäse, selbstgebackenem Brot und Rotwein um den Tisch setzten, war sein Fuß dick angeschwollen.

»Max muß am Morgen allein nach Bremen fahren, um an die Kurden das frische Fleisch zu verkaufen«, sagte er.

Als Helga den Tisch abgeräumt hatte, verstieg Nina sich in ihre Gedichte, die den Tod und die geläuterte Wiedergeburt in einem Meer von Farben mit himmlischer Musik versprachen. Helga weinte, während Max sauer reagierte.

»Wir haben keinen Grund, uns hier wie in einer Totenandacht mit unseren Gedanken ins Jenseits zu begeben«, sagte er und holte frische Bestecke.

»Das Heroin ist von erstklassiger Qualität«, sagte Onno.

Sie präparierten die Spritzen und injizierten sich das Gift in die Adern. Verträumt saßen sie in den Sesseln und blickten auf die tanzende Flamme der Kerze. Sie fuhren erschrocken zusammen, als Helga aufschrie und auf das Fenster stierte.

Sie glaubte, das blasse Gesicht des häßlichen Reporters gesehen zu haben. Pax knurrte. Max schaute nur kurz auf. Der Rausch trug sie bereits davon in eine unreale Welt der Glückseligkeit.

Max stellte den Wagen auf dem Parkplatz des Yachthafens ab, nahm die Tasche aus dem Wagen und schritt zum Schiffsanleger. Es war ein lauer Sommerabend. Die vielen Touristen nahmen um diese Zeit das Abendbrot ein. Am Horizont sah Max die Silhouette von Norderney.

Er betrat die »Frisia VI«, die um zwanzig Uhr nach Norderney auslief. Im Restaurationsdeck gab es noch genügend freie Plätze. Max setzte sich auf eine Sitzbank eines Fenstertisches, klemmte seine Tasche zwischen die Füße und bestellte bei der Serviererin ein Bier.

Als er sich unbeobachtet fühlte, öffnete er die Tasche, löste vom Heroinbeutel den Schlüssel, an dem die Adresse seines für ihn gebuchten Appartements klebte.

Max war zufrieden. Er mußte die heiße Ware erneut zum »Kaninchenhorst« transportieren. Er blickte auf den Schlüssel. Appartement 220. Wie gehabt, stellte er fest.

Er nahm sich vor, zu Fuß in die Stadt zu gehen und erst auf der Kaiserstraße nach einem Taxi Ausschau zu halten. Man konnte nie wissen. Er fühlte eine aufsteigende Angst, die ihn verunsicherte. Ihm kam der etwa dreißigminütige Weg durch die Siedlung Alter Horst an den Weiden entlang in die hell erleuchtete Stadt zur Kaiserstraße lang vor. Er spürte das verräterische Kribbeln am ganzen Körper. Seine Hände zitterten, als er die Riemen der Tasche von der einen Schulter auf die andere legte. Schweiß perlte in sein Gesicht.

Der Wind hatte an Stärke zugenommen. Er hörte die Brecher, die unterhalb der Strandpromenade gegen die Basaltsteine rollten.

Vor dem Hochhaus hielt ein Taxi. Max rannte. Er atmete schwer und hatte Angst, zu ersticken. Der Taxifahrer sah ihn im Spiegel. Er öffnete ihm die Tür.

»Leuchtturm«, sagte Max nur und setzte sich auf den Sitz.

Der Fahrer schwieg, während er das Taxi über die leere Straße lenkte. Er hielt vor dem Leuchtturm.

Max zahlte und wartete einige Minuten. Niemand achtete auf ihn, als er sich über den schmalen Versorgungsweg in die Dünen begab. Es waren nur einige hundert Meter bis zum Haus Kaninchenhorst. Er ging hastig zur Tür und steckte den Schlüssel in das Schloß.

Max drehte sich überrascht um. Er glaubte, einen Schatten bemerkt zu haben. War ihm jemand gefolgt? Er zog den Schlüssel aus dem Schloß und ging einige Schritte an den hell erleuchteten Fenstern des Restaurants entlang. Er sah sich um. Da war niemand. Max schloß die Tür auf und betrat das Haus, drückte den Lichtschalter und stieg die Treppe nach oben.

Er vernahm Kinderstimmen.

Irgendwo hörte jemand moderne, schrille Musik. Max schloß hastig die Appartementtür auf, sorgte für Licht und betrat den Korridor und dann das Wohnzimmer. Er sah sich um. Die Räume waren ihm vertraut. Er fand eine Kerze. Sie stand auf dem Tisch. Er zündete sie an, langte nach seinem Fixerbesteck und bereitete einen Schuß vor.

Er atmete auf, als er die erste Wirkung spürte. Er hörte Haustürschlagen und glaubte Schritte auf dem Flur zu vernehmen. Max wurde unruhig. Onno fehlte ihm. Onno hatte ihm auch auf dem Wochenmarkt gefehlt.

Max nahm die Ware, trug sie in das kleine Schlafzimmer, schob den Beutel unter die Frotteehandtücher, nahm das dort abgelegte Geld und steckte es ein. Hastig entfernte er vom Bett eine Decke, rollte sie zusammen und steckte sie in die Tasche.

Er schritt an den Kühlschrank, warf die dort gelagerten Bierdosen in die Tasche und verließ das Appartement. Dann lief er die Treppe hinab und betrat den Kellerraum. Fahrräder standen herum. Eine Tür führte aus dem Haus. Sie war nicht verschlossen. Max verließ das Appartementhaus über eine Plattenweg und eilte in die angrenzenden Dünen.

Kaninchen hoppelten aufgescheucht davon. Der Mond schien vom Himmel und tauchte die Dünen in ein helles Licht.

Er hörte das Rauschen der Wellen, die auf dem Strand ausrollten. Der aufgebriste Wind war frisch. Er blies vom Meer her über die Dünenkämme.

Max breitete die Decke über dem warmen Sand aus und ließ sich nieder. Es war ein herrlicher Abend. Er trank Bier und stierte hinab auf den Weg, der vom Leuchtturm zum Appartementhotel »Kaninchenhorst« führte. Dann sah er das Auto, das vor dem Appartementhaus hielt. Das Licht der Neonröhren fiel auf den Opel Frontera der Bullen. Max war ihnen entkommen. Er trank Bier und erinnerte sich an Helga, die geglaubt hatte, das Gesicht des Reporters gesehen zu haben, der sie den Lesern der Ostfriesen-Post vorgeführt hatte. Er dachte an den kleinen Mann, der seinen Stand fotografiert hatte.

Max entschloß sich, die Nacht in den Dünen zu verbringen.

14

Seenebel trieb über die Stadt. Es war kühl im Dienstzimmer. Von draußen drangen gedämpft die Geräusche der Fahrzeuge durch die angelehnten Fenster nach innen.

Die Beamten saßen vor ihren Akten.

»Die kleine Componga und ihr Freund dealen vermutlich, um selbst an den Stoff zu kommen«, sagte Tjarden und legte das verfaßte Gedächtnisprotokoll zu den Akten.

»Die Alte spielt Blindekuh«, sagte er.

»Häßling hätte sie zumindest vor der Veröffentlichung seiner Fotos aufsuchen können«, sagte Wübbena.

»Ihm fehlt es nun mal an Fingerspitzengefühl«, meinte Tjarden.

»Ihm geht es um die Sensation, ohne Interesse an dem Schicksal der Betroffenen. Und was noch bedeutsamer ist, ihm fehlt es an der Kooperationsbereitschaft.«

Kommissarin Wessels betrat das Dienstzimmer. »Aus Bremen«, sagte sie nur und reichte Wübbena ein Fax.

Wübbena las laut: »Wir haben Hinweise, die dafür sprechen, daß Rauschgift in großen Mengen von Bremen nach Norderney geschafft wurde. Unsere Blitzaktion blieb erfolglos, weil der von uns observierte Dealer sehr wahrscheinlich von einem recherchierenden Journalisten aufgeschreckt wurde. Wir bitten um Rückruf. Kripo Bremen, Dezernat R 4, Abt. 14/B. Kommissar Socha.«

Wübbena schaute auf. »Das war Häßling«, sagte er überzeugt.

»Der Kerl ist des Teufels!« schimpfte Tjarden.

Wübbena griff zum Telefonhörer. »Wilko, die Nummer der Kripo Bremen.«

Krisenstimmung zeichnete die Gesichter der Bewohner der Schaffarm, als sie sich im Wohnzimmer berieten. Die Kerze brannte wie gewohnt. Sie tranken Tee aus ungespülten Tassen. Die Männer hatten seit Tagen kein Schaf mehr geschlachtet. Max hütete einen kleinen Notvorrat Heroin, der zur Neige ging, dabei spritzten sie in immer kleiner werdenden Abständen.

Max, der auf Norderney nur knapp dem Zugriff der Polizei entgangen war, hatte in Bremen den Stand aufgegeben. Dann hatte das Finanzamt Norden zugeschlagen. In den brüchigen Frieden der Süchtigen flatterte der Steuerbescheid aus dem Vorjahr. Max wurde aufgefordert, fünfzehntausend DM Einkommensteuer bis zum zwölften Juli zu zahlen. Max machte dem Finanzamt einen Besuch. Die Beamten legten die Akten offen. Da gab es nichts zu diskutieren. Entweder Einspruch gekoppelt mit einer Betriebsprüfung oder zahlen, das war die Alternative.

Max legte keinen Einspruch ein und konnte auch nicht zahlen. Auch Onno war finanziell am Ende. Er hatte die KFZ-Versicherungsbeiträge für seinen Golf nicht bezahlt, den TÜV-Termin des Wagens weit überschritten.

Pax war abgemagert. Er schlich müde, als suche er nach einem ruhigen Platz für immer, durch die ungepflegten Räume.

Die Bank meldete sich, Max hatte sein Konto überzogen. Ninas Gedichte hatten den Beigeschmack von bitterer Galle und faulendem Herbstlaub. Ihre Bemühungen, ihre reichen Eltern anzupumpen, blieben ohne Erfolg. Wenn sie zu Hause anrief, wurde der Hörer auf die Gabel gelegt. Sie tranken Tee, aßen einige Schnitten und warteten gierig auf den nächsten Schuß.

»Wenn sie meine Farm versteigern lassen, dann müßte unter dem Strich noch etwas übrigbleiben«, sagte Max.

»Meine Karre bringt auch noch etwas«, sagte Onno.

»Der Mercedes ist zwar alt, aber die Maschine läuft noch zigtausend Kilometer«, sagte Max. Sie hatten den Bezug zur Realität verloren. Auf den Höfen der Autohändler standen Tausende von unverkauften Gebrauchtwagen.

Helga trug wie Nina die schreiend bunten Leggings.

»Max, das war Häßling, der die Bullen auf dich gehetzt hat«, sagte sie.

»Das Schwein hat mich und Helga am Campener Leuchtturm erwischt«, sagte Onno, als suche er nach einem Schuldigen für seine verkorkste Laufbahn.

»Wir sind Opfer dieser satten Typen«, sagte Nina. Sie griff verträumt nach einer Schere, schnipselte Gedichte aus den Schreibmaschinenseiten und klebte sie auf ein frisches Blatt.

»Ich verkaufe die Schafe! Noch sind wir nicht am Ende«, sagte Max. Er erhob sich, holte aus dem Versteck die Einwegspritzen und das Heroin.

Helga schrie plötzlich auf.

»Was ist?« fragte Onno.

»Häßling! Er war am Fenster!« Helga weinte.

»Das Schwein!« schimpfte Max. Er rannte aus dem Haus. Onno folgte ihm. Vor dem Haus war die Luft noch heiß. Sie sahen einen Mann, der weit entfernt in die Dämmerung radelte.

»Helga sieht bereits Gespenster«, sagte Onno. Sie gingen zurück in die Wohnung und präparierten die Spritzen.

Dem Finanzbeamten Hayenna war es trotz seiner vielen Bemühungen nicht gelungen, seinen Sohn ausfindig zu machen. Er und seine leidende Frau gaben dennoch nicht auf. Immer noch schöpften sie Hoffnung. Die Werbegemeinschaft der Norder Kaufleute hatte ihr Open-Air Festival als Clou der Saison unter Mithilfe eines angesehenen Moderators des NDR mit bekannten Popgruppen auf den weiten Wiesen des kleinen Ortes Halbemond unter Einbeziehung des Speedway-Stadions mit viel Einsatz und mäßigem Erfolg veranstaltet.

Hunderte von Toilettenkabinen hatten sie hinstellen lassen und tausende Quadratmeter abgemähter Grasflächen für die Autos und Busse zur Verfügung gestellt. Bierbuden, Würstchengriller und Pizzabäcker hatten ihre Stände aufgebaut. Tausende von jungen Menschen erfreuten sich während der schönen Spätsommertage und der lauen Nächte an den Klängen moderner Massenmusik.

Kripobeamte in Zivil mischten sich unter die Besucher, um den Rauschgiftkonsum unter Kontrolle zu halten.

Regelrechte Zeltdörfer waren entstanden. Mehr als zehntausend junge Menschen – die Werbegemeinschaft hatte noch mehr erwartet – sorgten für Hektik und Betrieb.

Hayenna lief verzweifelt über die abgemähten Weiden auf der Suche nach seinem Sohn.

Die engagierten Musiker begeisterten die jungen Menschen bis spät in die Nacht. Doch am Rande der Musikszene floß das Bier. Dealer, selbst süchtig, machten gute Umsätze. Die wenigen Kripobeamten, die im Rhythmus ihre Kontrollgänge versahen, waren überfordert. Viele Gäste aus dem benachbarten Holland hatten ihren Stoff legal erworben.

Hayenna schritt an den Ständen vorbei, blickte in Zelte, in denen Licht brannte. Verbissen und mit bleichem Gesicht schritt er aufrecht wie ein Soldat über das vernarbte Gras. Ihm kam nicht der Gedanke, seine Suche aufzugeben. Er wirkte in der saloppen Musikszene wie ein Greis, der es vergessen hatte, sich zurückzuziehen.

»Onno, ich muß dich finden«, sprach er vor sich hin.

Plötzlich stutzte er. Das Blitzlicht eines Fotoapparates hatte ihn geblendet. Außer sich vor Wut stierte er den kleinen Mann an, dessen Haare gelockt waren.

»Häßling!« schrie er auf. »Sie sind Häßling!«

Der Reporter grinste ihn ironisch an.

»Sie sind ein Schwein! Sie suchen hier erneut nach Opfern für Ihre Sensationsberichte!« schrie Hayenna. Er näherte sich dem Journalisten und schlug ihm mit der Faust ins Gesicht. »Das ist meine Antwort!« zischte Hayenna und ging davon.

Einige Typen näherten sich neugierig. Häßling wandte sich ab. Er spürte den Schmerz in seinem Gesicht und ließ den alten Mann davonschreiten.

Lehrer Claussen hatte sich einen Tee aufgebrüht. Er saß am Schreibtisch und las den »Spiegel«, als das Telefon klingelte. Er nahm den Hörer ab.

»Claussen«, sprach er in die Muschel.

»Hier ist Helga. Herr Claussen, Sie müssen mir helfen.« Ihre Stimme klang gehetzt.

»Was ist los?« fragte Claussen überrascht. Er hörte, wie sie weinte. Er wartete Sekunden.

»Es ist so schrecklich«, sagte sie stockend.

»Und wie kann ich dir helfen?« fragte Claussen konzentriert.

»Ich rufe aus der Telefonzelle in Marienhafe, Freesenstraße, Ecke Kirchplatz an. Ich sterbe, wenn Sie nicht kommen.«

Sie hatte aufgelegt. Claussen legte nachdenklich den Hörer auf die Gabel, blies das Licht im Stövchen aus, griff nach seiner Sommerjacke, überzeugte sich, daß die Brieftasche in der Futtertasche steckte, griff zum Autoschlüssel und verließ die Wohnung. Es war bereits dunkel und angenehm mild nach dem heißen Tag. Er stieg in das Auto und fuhr los.

Er sah Helga, die vor der beleuchteten Telefonkabine stand. Claussen fuhr langsam an dem beleuchteten Telefonhäuschen vorbei und hielt an der Bushaltestelle. Helga trat an den Wagen. Claussen öffnete die Beifahrertür. Er bemerkte trotz des schwachen Lichts der Innenlampe, daß Helga blaß und leidend aussah.

»Was ist?« fragte er.

»Herr Claussen, mir geht es schlecht, ich benötige einen Schuß!« hauchte sie erschöpft.

»Helga, du verlangst von mir Unmögliches! Ich bin dein Lehrer!« sagte Claussen.

Helga schluchzte. »Nur dieses eine Mal! Bitte, bitte, pumpen Sie mir hundert Mark.«

»Das geht nicht! Ich riskiere Kopf und Kragen!« antwortete Claussen und kämpfte mit seinen Gefühlen. Helga tat ihm leid. Sie war süchtig. Wie konnte er ihr helfen?

»Helga, suche mich morgen in der Schule auf. Ich will dir beistehen, einen Therapieplatz zu bekommen«, sagte Claussen.

Er steckte den Schlüssel in das Schloß. Helga warf sich auf den Beifahrersitz und heulte auf. Sie schlug mit ihren Fäusten auf den Sitz. »Ich krepiere!« schrie sie.

Claussen schaute sich ängstlich um. Seitlich befand sich ein Supermarkt. Ein Werbetransparent warf farbiges Licht auf die weiße Fassade und das gestapelte Leergut.

Wie würde der Direktor entscheiden? Er stieg aus, ging um den Wagen herum und näherte sich der Schülerin, die immer noch hysterisch um sich schlug.

»Helga, bitte, verlaß meinen Wagen!« forderte Claussen sie auf.

»Lassen Sie mich nicht krepieren!« heulte sie auf.

Claussen beobachtete, wie ein Zittern ihren Körper erfaßte. Er schwitzte und hatte nicht den Mut, das Mädchen aus dem Auto zu zerren. Hilflos öffnete er die Brieftasche, entnahm ihr zwei Fünfzigmarkscheine und drückte sie Helga in die verkrampfte Hand.

Nur langsam hob Helga ihren Oberkörper. Sie blickte Claussen mit leeren Augen an, verließ das Auto und rannte davon. Claussen schaute ihr nach. Hätte er Helga leiden lassen müssen? Sie wie ein Tier aus dem Wagen stoßen sollen?

Er fand keine Antwort. Die hundert Mark taten ihm nicht weh.

Sollte er Helga sich alleine überlassen? Konnte er beruhigt nach Hause fahren, um seinen »Spiegel« zu Ende zu lesen? Er setzte sich hinter das Steuer und wartete nervös.

Als die Gemeinde die Straßenleuchten abschaltete, wurde Claussen unruhig. Niemand belebte die Straße. Die Handvoll

Eigenheime am Ende der Straße lagen ohne Licht im Dunkeln. Claussen schwitzte nervös und hielt das Steuer in den verkrampften Händen. Endlich sah er Helga, die sich ihm näherte. Er atmete auf.

Munter, ja, übermütig stieg sie zu ihm in den Wagen und strahlte Claussen glücklich an.

Seit Wochen bestimmte ein konstantes Azorenhoch das Wetter der norddeutschen Küste. Am Himmel zeigte sich keine Wolke. Gegen Mittag briste der Nordwestwind allmählich auf und brachte ein wenig Kühlung. Die Feriengäste belebten die Strände. Vor der weißen Düne lehnten Hunderte von Fahrrädern an der kleinen Schutzmauer, und ebenso viele standen auf dem kleinen Parkplatz. Über den Dünen hingen die Möwen im Wind. Vor dem Leuchtturm wartete eine Gruppe auf eine Führung. Die Urlauber des Campingplatzes hatten ihre Wohnwagen und Zelte verlassen und Erfrischung am Strand gesucht.

Auf dem Flugplatz landeten Maschinen mit sonnenhungrigen Wochenendgästen.

Nina, Helga, Max und Onno fanden an diesem Sommernachmittag keine Beachtung, als sie sich schwitzend zu Fuß auf dem Dünenweg zum Leuchtturm befanden. Sie trugen prall gefüllte Rucksäcke und kämpften mit der Hitze. Ihre blassen Gesichter verrieten, daß sie Neuankömmlinge waren. Sie trugen poppige Klamotten, wie sie zur Zeit in waren. Wie Soldaten schritten sie im Gänsemarsch ihrem Ziel entgegen.

Sie hatten keinen Blick übrig für die kleinen blühenden Dünenröschen und die Wiesen mit den Hagedornsträuchern. Sie interessierten sich auch nicht für den Golfplatz, der seitlich ihres Weges lag. Ihr Ziel war der Campingplatz, von dem sie bereits das Verwaltungsgebäude sahen.

Der Leuchtturm hatte ihnen als Orientierung gedient. Sie waren glücklich, als sie den Greis sahen, der ihnen zuwinkte. Sie waren ausgelaugt und am Ende ihrer Kräfte.

»Hallo«, begrüßten sie den alten Mann.

»Es sind nur noch zweihundert Meter«, sagte der etwa siebzigjährige Konrad Worringer, der in Zons am Niederrhein sein Café bereits vor zehn Jahren verpachtet hatte. Er führte die jungen Leute zu dem aufgebockten Wohnwagen, der am Fuße einer Düne stand.

»Wie gesagt, meine Frau sitzt im Rollstuhl. Sie und ich waren leidenschaftliche Camper. Wir hätten uns eine Wohnung leisten können, aber all die Jahre war das unser lauschiges Plätzchen.«

»Er sieht noch ganz passabel aus«, sagte Onno.

»Der Preis ist fast geschenkt. Aber es zählt nur Bares«, sagte Worringer im Kölner Tonfall.

Die jungen Leute warfen ihre Rucksäcke ab. Max stieg als erster in den Wohnwagen. Onno folgte ihm. Nina und Helga setzten sich geschafft in den Schatten. Sie blickten mißmutig auf das Wattenmeer.

Sie waren tief gesunken. Der kleine Wohnwagen sollte ihr neues Zuhause sein. Es gab keine andere Möglichkeit.

Sie hörten, wie sich Max und Onno mit dem Rentner im Wohnwagen unterhielten.

»Dreitausend auf die Hand. Dann die Papiere«, sagte Max.

»Das geht in Ordnung. Der Wohnwagen ist abgemeldet. Hier habe ich den Fahrzeugbrief und hier die Quittung.«

Max zahlte, steckte die Quittung und den Eigentümerschein ein.

»Die Platzgebühr ist bis zum nächsten Frühjahr von mir bezahlt worden. Ich könnte heulen vor Wehmut«, sagte der alte Worringer und schritt mit gebeugtem Rücken und schweren Schritten davon.

15

Beim Heimspiel gegen Bayern München gelang Tammo fünfzehn Minuten vor Spielende beim Stande von zwei zu drei der entscheidende Treffer. Der herausgelaufene Torwart der Bayern hatte sich vor dem auftauchenden Stürmer nach hinten fallen lassen und seine Füße zur Abwehr nach dem Ball ausgestreckt. Tammo hatte den Ball auf den Spann bekommen und voll durchgezogen. Er vernahm den Jubelschrei der Zuschauer und fühlte gleichzeitig einen Schmerz, der vom Fuß in die Waden zog.

Tammo war daraufhin zur Seitenlinie gehinkt. Der Trainer hatte ihn gegen einen Abwehrspieler ausgewechselt, Tammo in die Kabine geschickt und den Vereinsarzt herbeigerufen.

Tammo mußte notgedrungen pausieren.

Franziska nutzte die Zwangspause, telefonierte mit dem Makler, danach mit der Firma, die die Küchen im Appartementhaus ›Inselglück‹ auf Norderney installierte. Sie nahm einige Tage Urlaub und fuhr mit Tammo nach Norderney.

Franziska wich nicht von der Seite der Handwerker und war erst zufrieden, als die teure Küche funktionsfähig die Küchenzeile der Wohnung ausfüllte.

Sie hatten Glück gehabt, denn Norderney war ausgebucht gewesen. Wegen einer Abbuchung – der Mieter war ausgeblieben, weil er einen Todesfall in der Familie zu beklagen hatte – hatten sie im Hochhaus an der Kaiserstraße ein schnuckeliges Appartement bekommen.

Fränzchen war nicht zu bremsen gewesen. Auf der Insel boten die wenigen Möbelgeschäfte nicht das Sortiment, das ihr vorgeschwebt hatte.

»Tammo, ich mag diese modernen Schlafzimmer nicht. Was meinst du dazu?« hatte sie Tammo gefragt.

»Das überlasse ich dir«, hatte er lächelnd geantwortet.

Fränzchen nahm das Telefonbuch in die Hand, schlug den Ortsteil von Norden auf und bemühte sich um eine Übernachtungsmöglichkeit in einem Norddeicher Hotel.

»Wir suchen die Möbelgeschäfte auf dem Festland auf. Ich möchte ein rustikales Schlafzimmer aus massivem Holz im bayerischen Stil«, sagte sie.

Tammo grinste. »Wenn ich dir damit eine Freude machen kann.«

»Vielleicht bleibt uns danach noch etwas Zeit, um deine Mutter zu besuchen«, sagte Fränzchen.

Im Wohnzimmer des Appartements brannte die Kerze. Durch das Fenster blickten sie über den Balkon hinweg in den klaren Abendhimmel. Tammo nahm Fränzchen in die Arme.

»Ich freue mich auf das neue und auch auf das hiesige Schlafzimmer«, sagte Tammo. Er entkleidete Fränzchen und zog sie in das kleine Schlafzimmer, in das das Licht der blanken Sterne fiel.

Für Frau Componga hatte sich das Blatt gewendet. Sie konnte sich einiges leisten.

Die Lebensversicherung, die Behrend während seiner jungen Jahre abgeschlossen hatte, war ihr ausgezahlt worden.

Die Staatsanwaltschaft hatte seinen Sturz aus dem Fenster als natürliche Todesursache anerkannt und das Verfahren eingestellt.

Sie fieberte dem Antrittstermin ihrer Kur mit gemischten Gefühlen entgegen und erhoffte sich von der ihr aufgezwungenen Heilmaßnahme eine grundlegende Besserung ihres angegriffenen Gesundheitszustandes.

Bonno lebte bei einer Ziehmutter, die ihn mit den eigenen Kindern liebevoll umsorgte. Darüber war sie eigentlich froh, denn sie war den Anstrengungen und geistigen Anforderungen, die die Erziehung ihres kleinen Sohnes erforderten, nicht mehr gewachsen. Um so mehr sorgte sie sich um Helga, die sie verlassen hatte. Sie befürchtete, daß sie – wie die Kripo angedeutet hatte – der Rauschgiftszene angehörte. Sie weinte oft, wenn sie die vielen Fotos der abgemagerten, bleichen jungen Menschen in den Illustrierten sah. Frau Componga wußte, daß sie als Mutter versagt hatte. Und dieser Journalist hatte Helga zutiefst gedemütigt und ihr den Rest ihrer Selbstsicherheit und Selbstachtung genommen. Nur Tammo war ihr geblieben. Sie war stolz auf ihn. Er machte ihre keine Vorwürfe und überwies ihr mitfühlend per Dauerauftrag einen Zuschuß auf ihr Bankkonto.

Die Post hatte auf Anraten der Gemeinde nach dem tödlichen Unfall ihres Mannes vor dem Block eine Telefonzelle installiert.

Um sich aus der Isolierung zu begeben, suchte sie öfter die Telefonzelle auf. Sie bestellte ihre Einkäufe beim Supermarkt und ließ sich die Waren in die Wohnung bringen. Sie rief ihre Bank an, wenn sie Geld abheben wollte, die dann einen Angestellten schickte, der ihr das Bargeld zu Hause aushändigte.

In der Vorahnung, daß die Ärzte ihr in der Heilanstalt den Schnaps verbieten würden, trank sie mehr als zu Lebzeiten ihres verunglückten Mannes. Wenn ihr die Einsamkeit allzu sehr zu schaffen machte, bestellte sie ein Taxi und ließ sich nach Norden, zum Lütetsburger Forst oder nach Norddeich fahren, um dort in einem Café ihrer Lieblingsbeschäftigung nachzugehen. Sie griff nach den Heften der Lesemappe und trank Kaffee mit Asbach.

Hin und wieder entschloß sie sich auch abends zu einem Ausflug in die Emdener Altstadtpinten, um beim gepflegten Bier und kühlen Corvit unter Menschen zu sein und ihren Erinnerungen nachzugehen.

Ihre neugewonnene finanzielle Unabhängigkeit hatte sie genutzt und sich von ihren abgetragenen Kleidern getrennt. Sie hatte sich lange genug von Behrend tyrannisieren lassen. Sie weinte ihm nur selten eine Träne nach. Sie fühlte sich noch jung und tatkräftig genug, sich den Herausforderungen der kommenden Jahre zu stellen, und es gab da noch einiges, was sie bewegen wollte.

Es war bereits nach einundzwanzig Uhr, als sie mit einer Tragetasche bepackt das Haus verließ. Am Himmel brauten sich dunkle Wolken zusammen. Es war schwülwarm. Ein Gewitter kündigte sich an. Draußen vor dem Haus traten einige Asylanten die Kippen der Zigaretten aus, um ihre Notunterkunft aufzusuchen. Ein Blitz zuckte vom Himmel, und der nach folgende Donnerschlag übertönte das Klimpern der Flaschen in ihrer Tragetasche. Regen prasselte vom Himmel und näßte das französische Brot, das aus der Tüte hervorlugte. Frau Componga blickte hastig um sich. Sie sah den Wagen und eilte ihm entgegen.

Kapitän Löhrs steuerte die »Gretje« Norddeich entgegen. Die Sonne ging auf und schien voll auf das Steuerhaus. Sie hatten während der Nacht einige Seemeilen westlich von Norderney bei starkem, böigem Wind gefischt. Über der Küste hatten sich heftige Gewitter entladen. Maat Dreesen hatte die Krabben auf dem Heckofen des Kutters kurz mit Salzwasser aufgekocht, die Seezungen und Schollen mit dem Fischmesser abgestochen und auf die Plastikwannen verteilt. Löhrs neigte sich aus dem Steuerhaus und blickte nach hinten. Die »Orion« folgte ihnen. Sie näherten sich der Mole, an der die Frisiaschiffe im Licht der frühen Sonne vertäut lagen. Möwen segelten im Wind. In der Kombüse spülte der Maat die Teetassen. Löhrs steuerte den Kutter aus der Fahrrinne in den Hafen. Sie waren an diesem Morgen die ersten, die vom Fang zurückkehrten.

»Das wird heute ein Bombenwetter«, sagte er zu Dreesen.

Er dachte an seine Feriengäste. Auch Dreesen vermietete an Urlauber. Löhrs stoppte die Maschinen. Die »Gretje« näherte sich dem Kai.

»Ist dat en Schiet!« schimpfte Löhrs und wischte sich verwirrt mit der Hand über die Stirn.

Unterhalb der Kaimauer schwamm eine Leiche!

Der Motor heulte auf, als Löhrs dem Kutter Fahrt nahm und auf Gegenkurs steuerte.

»Keno!« rief er. »Schau dir das an!«

Der Maat trat zu ihm und schaute durch die Scheibe auf die Leiche.

»Mein Gott!« rief Dreesen und eilte aus dem Steuerhaus, während Löhrs die »Gretje« an der Leiche vorbeisteuerte und an der Kaimauer anlegte. Dreesen sprang von Bord, vertäute den Kutter und schritt direkt auf die Telefonkabine zu, die sich vor dem Genossenschaftsgebäude befand, um die Polizei zu benachrichtigen. Löhrs wartete bis sein Maat zurückkam, ohne der Leiche, die bei auflaufendem Wasser nicht aus dem Hafen treiben konnte, auch nur die geringste Aufmerksamkeit zu schenken.

Die »Orion« fuhr an der »Gretje« vorbei. Kapitän Löhrs hob die Hand zum Gruß und wies hinter sich auf die Leiche. Sein

Kollege von der »Orion« hatte ihn verstanden und legte hinter der »Gretje« an. Er und sein Maat gingen ohne Unterbrechung ihrer Arbeit nach. Auch Löhrs und Dreesen trugen die mit Krabben, Seezungen und Schollen gefüllten Aluminiumkästen auf den Kai.

Ein Feuerwehrauto, es war ein Ford Transit, auf dessen Dach ein Schlauchboot befestigt war, näherte sich und hielt auf dem Kai. Ein Feuerwehrmann sprang vom Wagen.

»Drüben«, rief Dreesen ihm zu.

Der Feuerwehrmann schritt an die Kante des Kais und blickte nach unten. Er stieg wieder in das Fahrzeug zu seinen Kollegen. Der Wagen fuhr davon. Löhrs blickte hinter dem Fahrzeug her.

»Keno, setz Teewasser auf! Wir bekommen Besuch«, sagte er.

Die Feuerwehrleute fuhren an der kleinen Schiffswerft vorbei auf den großen Parkplatz vor den Hallen des Yachtclubs, in denen die Yachten überwinterten.

In unmittelbarer Nähe befand sich die bepflasterte Böschung, über die bei jedem Tidestand Baufahrzeuge des Amtes für Küstenschutz über die Ladeklappen an Bord der Arbeitsschiffe fahren konnten. Auch Sportboote wurden hier von den Eignern von den Tendern zu Wasser gelassen.

Löhrs vernahm den laut knatternden Außenbordmotor. Das Boot stob durch das Wasser. Als es die »Gretje« passierte, erstarb das Motorengeräusch. Die Männer näherten sich der Leiche und bargen sie. Löhrs beobachtete, daß es sich um eine männliche Leiche handelte. Über den Kai fuhr ein Polizeibully mit Blaulicht.

Wübbena fuhr hoch. Er blickte in das dunkle Schlafzimmer. Irritiert schaute er auf die Uhr des Radioweckers. Es war zehn nach sechs. Erneut vernahm er das Rufzeichen des Telefons. Er sprang aus dem Bett und hastete in den Korridor. Verschlafen meldete er sich. Der Beamte des Nachtdienstes bat ihn, sofort nach Norddeich zu fahren. Der vom Fang zurückgekehrte Kutter »Gretje« hatte einen Leichenfund gemeldet.

»Ist ein Arzt ...?« fragte er.

»Dr. Noormann! Ich habe Manhorst benachrichtigt«, antwortete der Beamte.

»Und ein Sarg ...?« fragte Wübbena.

»Die Kollegen sind bereits auf dem Wege«, antwortete der Beamte vom Dienst und legte auf.

Wübbena zog sich hastig an, verließ das Haus und ging zur Garage.

Wübbena stellte seinen Wagen vor den großen Hallen des Yachtclubs ab.

Er sah, wie die Feuerwehrmänner die Leiche aus dem Schlauchboot hievten und sie auf die gepflasterte Böschung legten. Ein weiterer Polizeiwagen fuhr vor. Zwei Beamte trugen einen Zinksarg und stellten ihn neben der Leiche ab.

Wübbena ging zur Leiche hinüber. Er blickte überrascht in das blasse Gesicht des Toten.

»Das ist Häßling, der Reporter der Ostfriesen-Post«, sagte er aufgeregt. Die nasse Wildlederjacke, die verschmutzten weißen Jeans und die aufgeweichten Cowboystiefel ließen keinen Zweifel offen.

»Wir warten im Bully«, sagte einer der Beamten des Polizeifahrzeuges.

»Ja«, antwortete Wübbena.

Die Feuerwehrmänner zogen das Schlauchboot aus dem Wasser und bauten mit ernsten Gesichtern den Außenbordmotor ab. Mit eingeübten Handgriffen bugsierten sie das Boot auf das Dach des Feuerwehrautos. Niemand der Anwesenden richtete den Blick in die nördliche Richtung, in der sich die Silhouette der Insel Norderney im auflaufenden Wasser spiegelte. Die aufsteigende Sonne warf ihr Licht auf die Nordsee. Möwen kreischten im Wind.

Wübbena sah den Wagen des Arztes. Dr. Noormann parkte in ihrer Nähe und verließ seinen Wagen. Er näherte sich ihm.

»Das Opfer ist Holger Häßling von der Ostfriesen-Post«, sagte Wübbena.

»Hat man ihn schon fotografiert?« fragte der Arzt.

»Manhorst wird gleich eintreffen«, antwortete Wübbena.

Der Arzt betrachtete das Opfer, öffnete seine Tasche und entnahm ihr Gummihandschuhe.

»Warten wir auf seinen Kollegen, dessen Fotos mir mehr Freude bereiteten«, sagte er.

»Häßling kannte keine Skrupel«, sagte Wübbena.

»Und ein Opfer hat sich an ihn gerächt«, stellte Dr. Noormann fest. Er sah müde aus.

»Um das herauszufinden, benötige ich die Ergebnisse Ihrer Untersuchung«, sagte Wübbena.

»Da kommt der Fotograf«, sagte der Arzt.

Manhorst verließ seinen Wagen und trat zu ihnen.

»Moin«, sagte er und stutzte. »Mein Gott, das darf doch nicht wahr sein!« Er griff zur Kamera und fotografierte den toten Kollegen aus mehreren Perspektiven.

»Herr Manhorst, wie gab sich Ihr Kollege? Kamen Sie gut mit ihm klar?« fragte Wübbena.

»Leidlich. Er mochte mich, aber nicht meine Fotos«, antwortete Manhorst und grinste.

»Und sonst?« fragte der Kommissar.

»Häßling war sehr ehrgeizig und ein negativer Mensch«, sagte Manhorst. »Wer hat ihn gefunden?«

»Die Fischer von der ›Gretje‹«, antwortete Wübbena.

Manhorst ging davon. Dr. Noormann begann seine Untersuchung.

Wübbena erinnerte sich an seine letzte Unterhaltung mit Häßling. Er hatte den Reporter gewarnt, sich nicht mit zuviel Elan in die Rauschgiftszene zu stürzen.

Ein Urlauber joggte in greller, bunter Kleidung über den Platz, ohne Interesse an der makabren Szene zu zeigen. Ein Kutter tuckerte in den Hafen. Dr. Noormann untersuchte den toten Journalisten, entfernte die störende nasse Wildlederjacke und schob mit seiner Hand Hemd und Unterwäsche des Opfers hoch.

Er setzte sein Stethoskop auf den Körper des Toten, klopfte den Magen- und Lungenbereich ab und horchte. Danach fuhren seine Hände die Wirbelsäule des Opfers ab. Er bewegte den

Kopf des toten Journalisten vorsichtig hin und her. Wübbena blickte auf eine Yacht, die mit gerafften Segeln auslief. Die Feuerwehrleute fuhren davon.

»Ich gehe davon aus, daß er nicht ertrunken ist«, sagte Dr. Noormann. »Jemand hat ihm vermutlich das Genick gebrochen und danach in die Nordsee geschmissen.« Er stand über der Leiche gebeugt und hob seinen Oberkörper. »Bei dem Sturz in das Wasser hat er sich wohl kaum die Strangulierungsverletzungen zuziehen können. Herr Kommissar, das ist zuerst einmal mein voreiliges Ergebnis.« Er beugte sich wieder über die Leiche und schob die Augenlider des Toten über die starren, leeren Augen.

Wübbena betrachtete den blassen, schmächtigen, knabenhaften Körper des Journalisten.

»Er war bereits tot, als er das unfreiwillige Bad in der sommerlichen Nordsee nahm?« fragte er. Er wunderte sich über die Kälte seiner Gefühle. Er hatte schon viele Opfer von Gewaltverbrechen gesehen und Mitleid empfunden, doch dieser Reporter wirkte selbst tot abstoßend auf ihn.

»Der Mörder hat ihn erwürgt und ihm dabei das Genick gebrochen«, sagte Dr. Noormann.

»Also eindeutig Mord?« fragte Wübbena.

»Ja, es war Mord. Der Mörder besaß Kraft«, sagte der Arzt.

»Und Häßling hat sich kaum zur Wehr gesetzt?« fragte Wübbena.

»So ist es. Schaffen Sie den kleinen Sensationsreporter zum Krankenhaus. Ich werde ihn mir dort genauer ansehen.«

»Herr Doktor, bevor Sie Ihre Gummihandschuhe ausziehen, schauen Sie bitte nach, was der Reporter bei sich trägt«, bat Wübbena.

Der Arzt durchsuchte die Taschen der Jacke und der Jeans.

»Nichts«, sagte er, »nicht einmal ein Lockenwickler.«

»Danke. Und wann verstarb Häßling?«

»Ich nehme an, kurz vor Mitternacht, vielleicht gegen dreiundzwanzig Uhr«, antwortete der Arzt.

»Zu der Zeit tobte über Norddeich ein heftiges Gewitter«, sagte Wübbena.

Dr. Noormann hob die Leiche auf seine Arme und legte sie in die bereitgestellte Sargschale. Er streifte die Gummihandschuhe ab und packte seine Tasche.

»Ich hoffe, daß ich bei Ihrem nächsten Fall nicht wieder Nachtdienst im Krankenhaus versehe, Kommissar«, sagte er, nahm die Tasche und schritt seinem Wagen entgegen.

Wübbena schaute zu, wie die Beamten den Deckel auf die Schale legten, den Sarg zum Bully trugen und ihn in den Wagen schoben. Dann fuhren sie davon.

Wübbena ließ seinen Wagen stehen und machte sich auf den Weg zum Kutter »Gretje«. Auf dem Werftgelände begannen die Arbeiter an einer aufgedockten Yacht mit ihren Schweißarbeiten. Funken spritzten. Die Männer trugen Schutzbrillen.

Ein weiterer Kutter hatte den Hafen erreicht und angelegt. Die Fischer hoben gefüllte Aluwannen auf einen breiten Handwagen. Der D-Zug nach Bad Harzburg wurde auf den Gleisen Norddeich-Mole bereitgestellt. Lastwagen fuhren zum Fähranleger. Um sieben Uhr legte die »Frisia VI« nach Norderney ab. Arbeiter parkten ihre Autos auf dem Parkplatz hinter dem Schienenstrang.

Kapitän Löhrs stand vor der geöffneten Tür des Steuerhauses, als erwarte er den Beamten, der müde wirkte und bleich aussah.

»Kripo«, sagte der Kommissar und betrat das Schiff.

»Wir haben Sie erwartet, Herr Kommissar. Der Pressefotograf war bereits an Bord«, sagte Löhrs.

»Sie hatten einen guten Fang?« fragte Wübbena höflich.

»Wir sind zufrieden, doch diese Scheiß-EG-Quoten«, schimpfte Löhrs.

Wübbena folgte ihm in das Steuerhaus.

»Einen Tee?« fragte Löhrs.

»Gerne«, sagte Wübbena.

Kapitän Löhrs wies auf seinen Maat. »Keno Dreesen«, sagte er.

Der Maat setzte das Teegeschirr auf den Tisch der Kombüse. »Nehmen Sie Platz«, sagte er. Um den fest verschraubten Tisch zog sich eine kleine Sitzbank.

»Es gibt nicht viel zu berichten«, sagte der Kapitän. Der Maat schenkte Tee ein.

»Immerhin fanden Sie die Leiche«, sagte Wübbena und trank den heißen Tee, der ihm gut tat, denn er hatte noch nicht gefrühstückt. »Der Arzt geht davon aus, daß der Reporter so gegen dreiundzwanzig Uhr ertrunken ist. Sie fanden ihn kurz vor sechs Uhr. Wie verhielt es sich mit der Tide?«

»Um viertel nach elf Uhr begann die Flut. Um sechs Uhr zehn hatten wir Hochwasser«, sagte Löhrs und trank Tee.

»Die Leiche konnte also nicht aus dem Hafen treiben, wenn der Doktor sich nicht geirrt hat«, sagte der Maat. Er goß Tee nach.

»Das war es dann auch schon. Ich bereite ein Protokoll vor und melde mich danach wieder bei Ihnen«, sagte Wübbena. »Danke für den Tee.« Er reichte den Fischern die Hand.

»Viel Erfolg«, sagte Löhrs.

»Danke, Ihnen auch«, antwortete der Kommissar. Er verließ das Steuerhaus und stieg auf die Mole.

Die Bäckerei auf der Westerstraße hatte bereits geöffnet. Wübbena parkte auf dem Seitenstreifen und kaufte zwei Croissants. Danach fuhr er zum Revier. Auf dem Marktplatz bauten die Markthändler ihre Stände auf. Ein leichter Wind kämmte die breitkronigen Linden und Ulmen. Er blickte auf den geparkten Polizeibully, mit dem die Beamten die Leiche des erfolgreichen Journalisten zum Kreiskrankenhaus transportiert hatten. Hinter dem Flachdachpavillon, in dessen Räumen sich eine öffentliche Toilette, ein Kiosk und ein Blumenladen befanden, saßen die Stadttrinker nach durchzechter Nacht auf einer Bank im Licht der frühen Sonne. Nur wenige Passanten belebten die Straße. Der Parkplatz vor der Post war leer. Der Himmel war blau, die Luft mild, und in den Bäumen zwitscherten die Vögel.

Wübbena stieg die Steinstufen des alten Patrizierhauses hoch. »Moin«, grüßte er.

»War das ein Unglücksfall?« fragte der Beamte des Nachtdienstes und trat an den Tresen.

»Nein, Mord. Ich gehe rüber«, sagte Wübbena.

»Gut, ich weiß Bescheid«, sagte der Kollege.

Wübbena ließ den Wagen vor dem Revier stehen und schritt über den Marktplatz an den emsigen Händlern vorbei zum historischen Weinhaus, in dem die Kripo untergebracht war. Er schloß die Haustür auf und ging zu seinem Dienstzimmer. Er stellte Teewasser auf, schaute auf die Uhr, nahm das Telefonbuch zur Hand und suchte nach der Anschrift des Opfers.

Häßling war im Norder Teil des Telefonbuches nicht aufgeführt. Wübbena suchte unter Großheide. Er hatte Erfolg. »Holger Häßling, Journalist, Moorlage 7, Ortsteil Berumbur, 7322.« Er setzte sich an den Schreibtisch und verfaßte ein Kurzprotokoll. Dabei fühlte er eine ansteigende Nervosität.

Er hatte diesen Sensationsreporter nicht gemocht, dennoch, Mord war Mord! Wübbena war entschlossen, alles aufzubieten, um seinen Mörder zu überführen. Er holte aus dem Regal einen Aktenordner, legte das Protokoll ab und bereitete sich einen Tee zu. Er aß die Croissants und suchte in Gedanken nach einer Strategie.

Als sein Assistent Wilko Tjarden das Dienstzimmer betrat, schob er den frisch angelegten Ordner mit dem Protokoll Tjarden zu und langte nach dem Telefonhörer. Er rief den Staatsanwalt an und teilte ihm den Mord mit. Danach wählte er die Nummer der Redaktion der Ostfriesen-Post. Der Chefredakteur befand sich noch nicht im Hause.

Die Sekretärin konnte weiterhelfen. Häßling hatte oft genug seinen Wagen, es handelte sich um einen VW-Passat, vor dem Verlagsgebäude geparkt. Der Wagen war in Kassel zugelassen.

Wübbena rief die KFZ-Zulassungsstelle der Stadt Kassel an. Der Sachbearbeiter gab ihm das Kennzeichen durch.

»Wir fahren nach Norddeich, Wilko«, sagte er. »Sein Wagen wird dort auf einem Parkplatz stehen. Häßling wird sich von Berumbur wohl nicht mit einem Fahrrad seinem Mörder genähert haben und erst recht nicht den Fußweg von achtzehn Kilometern auf sich genommen haben.«

Wübbena bemühte sich um einen Dienstwagen. Die Beamten fuhren los.

Der Passat des Reporters stand seitlich im Schatten der großen Hallen. Wübbena wunderte sich deshalb auch nicht, daß er ihn am frühen Morgen übersehen hatte.

Häßling hatte, so nahmen sie an, den Weg in den Fischerhafen, es waren nur knapp dreihundert Meter, zu Fuß zurückgelegt.

Dort war er auf seinen Mörder gestoßen.

Die Kripobeamten schritten um den Wagen und blickten durch die beschlagenen Scheiben.

»Wir lassen ihn zum Revier schleppen«, sagte Wübbena.

Er machte sich auf den Weg zur Telefonzelle, rief den VW-Betrieb an und gab den Auftrag, den Wagen abschleppen zu lassen.

16

Staatsanwalt Mertens war angereist. Er stand mit Wübbena und Tjarden unter dem abgeschrägten Dach der KFZ-Wartungshalle. Mertens kraulte nervös seinen Bart. Er trug ein pinkfarbenes Samtblouson und eine leichte Sommerhose.

Die Sonne stand hoch und schien auf den fast neuen Passat. Ein Angestellter der Autofirma im blauen Overall öffnete mit einem Universalschlüssel die Autotüren. Heiße Luft entströmte dem Auto. Tjarden stieg in den Wagen und durchsuchte ihn nach Gegenständen.

Auf dem Boden hinter dem Fahrersitz fand er Wanderschuhe, ein Fernglas und eine Sonnenbrille. Auf dem Rücksitz lag ein unbenutzter Regenschirm.

Das Handschuhfach enthielt Straßenkarten und eine Taschenlampe. Auf dem Boden, vielleicht von der Lüftung herabgeweht, lag ein Briefbogen im DIN A 4-Format.

Der Staatsanwalt trat an die Autotür. »Keine Kamera?« fragte er.

»Nein«, sagte Tjarden, er betrachtete die beklebte Schreibmaschinenseite. »Eine recht merkwürdige Mitteilung. Vielleicht eine Spur.« Er reichte Mertens den Papierbogen.

Der Staatsanwalt holte seine Lesebrille aus der Jackentasche, setzte sie auf und betrachtete die Zeilen. Die Buchstaben waren aus Zeitschriften und Zeitungen unakkurat ausgeschnitten und auf das Blatt geklebt. Das Ganze sah aus wie eine Kinderarbeit. Der Leim war verlaufen, die Buchstaben nicht auf Linie zusammengefügt. Die Buchstaben waren zum Teil farbig und unterschieden sich in ihrer Druckgröße.

Mertens las laut: »Übermorgen um dreiundzwanzig Uhr im Fischerhafen Norddeich Übergabe von Rauschgiftfracht an Dealer aus Weser-Ems!«

»Das war eine Falle«, sagte der Staatsanwalt.

»Und Häßling tappte ohne uns zu verständigen hinein«, sagte Wübbena.

»Kein Datum, kein Absender«, stellte der Staatsanwalt fest.

»Ob die Information stimmte, können wir nicht beurteilen«, sagte Wübbena. »Wir schicken die ominöse Klebearbeit an das Labor.«

»Ob Taucher auf dem Grund des Hafenbeckens die Autoschlüssel und die Kamera des Reporters finden würden?« fragte der Staatsanwalt.

»Die Kamera versilbert der Mörder, und die Schlüssel liegen bereits im Schlick des Tidehubs«, sagte Tjarden.

»Sie haben recht«, sagte Mertens.

»Wir schauen uns in der Wohnung des Opfers um«, sagte Tjarden.

»Ich benachrichtige die Zeitungen. Vielleicht melden sich Zeugen«, sagte Wübbena.

»Lassen Sie den Wagen nach Spuren und Fingerabdrücken absuchen«, sagte Mertens. Sie verließen den schattigen Platz des Wartungshofes und gingen zum Dienstzimmer.

Häßlings kleine Kate lag etwa fünfzig Meter von der Moorlage entfernt in der Weidenlandschaft. In der Nachbarschaft befanden sich einige für Ostfriesland typische Klinkerhäuser mit angebauten Stallungen für Kleinvieh und großen Gemüsegärten. Hinter dem Haus zog sich ein bewachsener Erdwall weit hinein in die Weiden. Der kleine Vorgarten war ungepflegt. Um Rhododendron und Thuja waren Gras und Quecken hochgeschossen. Aus den Ritzen der Auffahrtsplatten wucherte das Unkraut.

Das Garagentor war geöffnet. Ein Fahrrad lehnte seitlich an der geweißten Wand. Ein Mülleimer enthielt schimmelige Speiserückstände. Zwei Stufen führten zur Eingangstür der Kate. Vor den Fenstern fehlten die Gardinen.

»Ein Öko«, sagte der Beamte der Schutzpolizei, der einen Riesenring mit Schlüsseln trug und sie nach den Bartabmessungen mit dem Schlüsselloch verglich.

Tjarden kam zurück. Er war um das Haus gegangen, hatte durch die Fenster in die Räume geschaut. »Ein Single«, sagte er.

Dem Beamten gelang es, die Tür zu öffnen. Der kleine Korridor wirkte freundlich. An der Wand hing ein Spiegel. Sie öffneten eine weiß lackierte Tür und schauten in die Küche. Sie sah sauber und aufgeräumt aus. Dann betraten sie das Wohnzimmer. In der Mitte stand ein Tisch mit vier Stühlen. In der Ecke befand sich der Fernseher. Eine kleine Sitzecke mit Stehlampe ließ den Blick durch das Fenster auf die Weiden frei.

An den weißen Wänden hingen Vergrößerungen von Farbfotos hinter Glas. Sie zeigten Gewaltszenen, prügelnde Polizisten, Demonstranten mit Kerzen in den Händen, Bruchstücke der Berliner Mauer und sich mit Asylanten schlagende Skinheads.

Der einzige Lichtblick der Bildergalerie war eine Porträtaufnahme einer jungen Frau mit Bubikopf, vollen Wangen und Stupsnase, blauen hinterlistigen Augen, mit Sommersprossen auf rosiger Haut und mit geschlossenen Lippen in die Kamera schaute. Den Rest nahmen gefüllte Bücherregale ein.

»Sehen wir uns um«, sagte der Staatsanwalt.

Sie suchten die übrigen Räume der Kate auf. Auf einem Wandregal eines kleinen Arbeitszimmers standen mehrere Kameras. Der Schreibtisch enthielt gefüllte Schubläden. Auf der Schreibtischplatte stand das Telefon, daneben lag eine Kladde.

Wübbena schlug sie auf. Sie enthielt eine Menge eingetragener Anschlüsse. Presseagenturen, Namen und Titel, die ihm nichts sagten. Doch dann stutzte er. »Miriam, Vorwahl Berlin.« Wübbena sah, wie Tjarden Sammelmappen, die nach Themen geordnet Negative enthielten, aus dem Schreibtisch holte und sie studierte.

Staatsanwalt Mertens kehrte von seinem Rundgang zurück. »Diese Großfotos schoß Häßling für die Bildzeitung, für die Berliner Morgenpost und die Berliner Tageszeitung. Häßling ist kein unbeschriebenes Blatt«, sagte der Staatsanwalt.

»Und die interessante junge Dame?« fragte Wübbena.

»Privat. Der Titel: Miriam.«

»Einen Moment«, sagte Wübbena. Er wählte die Berliner Telefonnummer.

»Steildorf«, meldete sich eine Frau.

»Wübbena, Kriminalpolizei Norden, Ostfriesland«, sprach Wübbena in den Hörer.

»Ja, und was ist?« fragte die Frau.

»Heißen Sie Miriam?« fragte Wübbena.

»Das stimmt, doch weshalb rufen Sie mich an? Kann ich etwas für Sie tun?« fragte sie.

»Wir bemühen uns, den Mord an dem Journalisten Holger Häßling aufzuklären«, sagte Wübbena.

Er hörte, wie sie aufschrie und schluchzte. Nach wenigen Sekunden sagte sie: »Holger war mein Verlobter. Was ist passiert?«

Wübbena vernahm ihren Atem. »Jemand hat ihn erwürgt«, antwortete der Kommissar.

»Das ist entsetzlich. Holger hielt es in Berlin nicht mehr aus. Der Streß und der Futterneid nach der Wende! Er suchte einen ruhigen Job in der Provinz. Und jetzt ist er tot!« Miriam Steildorf heulte.

»Hat Herr Häßling in Berlin Feinde hinterlassen? Könnte es eine Verbindung Berlin – Ostfriesland geben?« fragte der Kommissar.

Miriam antwortete stockend: »Holger liebte es, heiße Themen anzupacken. In Berlin schrieb er unter einem Pseudonym.«

Die Fotos, die Häßling in seiner Kate an die Wände gehängt hatte, schienen das zu bestätigen. »Und Rache ehemaliger Stasi-Leute?«

»Das möchte ich fast ausschließen«, antwortete sie mit fester Stimme.

»Es wäre gut, wenn Sie sich um seine Hinterlassenschaft kümmern würden. Er wohnte Moorlage sieben in zwei sechs fünf drei zwei Großheidej Ortsteil Berumbur. Sie können uns anrufen, falls Sie Hinweise haben oder Fragen haben.« Er gab ihr eine Telefonnummer durch.

»Danke, ich habe die Nummer notiert«, antwortete sie und legte auf.

Der Staatsanwalt blickte Wübbena fragend an.

»Seine ehemalige Verlobte aus Berlin«, sagte Wübbena und zeigte auf die Telefonkladde.

»Eine Mordsarbeit«, stöhnte Tjarden und blickte auf den Computer, auf die vielen Schnellhefter im Regal und die Plastikbehälter, die mit Disketten gefüllt waren.

»Vielleicht hat er den Namen seines Mörders gespeichert«, sagte der Staatsanwalt.

»Es wird Wochen dauern, bis wir uns durch seine Hinterlassenschaft gewühlt haben werden«, sagte Wübbena.

»Ich werde einen Computerspezialisten vom LKA anfordern«, sagte Mertens.

Sie fanden die persönlichen Akten des Journalisten im Schreibtisch. Häßling stotterte den Passat ab. Er zahlte eine angemessene Miete für das Haus. Sein Gehalt war, wie sie dem Dienstvertrag entnehmen konnten, mager, und seine weiteren Einnahmen von anderen Zeitungen hatten ihn sicherlich nicht zum reichen Mann gemacht.

»Das reicht«, sagte schließlich der Staatsanwalt. »Das Opfer ist für uns kein Unbekannter mehr.«

»Keine Hinweise, die uns momentan weiterbringen«, sagte Wübbena.

Sie verließen das Haus, und Wilko Tjarden trug die ausgesuchten Mappen mit den Negativen zum Auto. Der Beamte der Schutzpolizei schloß mit seinem Notschlüssel die Wohnungstür ab. Wübbena klebte das Siegel über das Schloß. »Wir waren heute sicherlich nicht das letztemal hier«, sagte er.

»Statten wir dem Vermieter noch einen Besuch ab«, sagte der Staatsanwalt.

Sie stiegen in den Wagen. Tjarden kannte den Weg. Sie fuhren über ländliche Versorgungswege an Weiden, Bauernhöfen und kleinen Friesenhäuschen entlang.

Der Alte Postweg war eine ausgebaute Straße, die Berumerfehn mit Berumbur und Großheide verband.

Sie parkten vor dem Haus mit der Nummer 74, einem ehemals ländlichen Krämerladen, der umgebaut worden war. Vor einem großen Fenster hingen Gardinen. Neben der ehemaligen Ladentür befand sich die Klingel. Mertens drückte den Klingelknopf.

Ein Mann, er mochte um die siebzig Jahre sein, öffnete die Tür und schaute die Besucher überrascht durch eine Brille an, deren Gläser seine Augen entstellten.

»Mein Name ist Mertens. Ich bin Staatsanwalt. Herr Ufen, Sie haben sicherlich erfahren, daß Ihr Mieter Holger Häßling ermordet wurde.«

Der Alte erschrak. »Ich lese wenig Zeitung. Meine Frau ist nach einem Schlaganfall behindert. Wir leben zurückgezogen.«

»Kannten Sie Herrn Häßling näher?« fragte Wübbena.

»Nein. Er bezahlte pünktlich die Miete. Es gab keinen Ärger.«

»Wir haben in dem Haus recherchiert und die Haustür versiegelt. Die Exverlobte des Mieters wird sich um seine Hinterlassenschaft kümmern«, sagte Wübbena.

»Das ist entsetzlich. Ich fange an zu begreifen. Starb er im Haus?«

»Nein, in Norddeich. Betreuen Sie das Anwesen selbst?« fragte Tjarden.

»Nein, mein Steuerberater. Er hat mir nichts vom Tod meines Mieters gesagt.«

»Vielleicht weiß er es selbst noch nicht«, sagte Mertens. »Benachrichtigen Sie ihn bitte. Er wird Ihnen beistehen.«

Der Alte nickte, betrat das Haus und zog die Tür hinter sich in das Schloß.

17

Die Zeitungen im ostfriesischen Raum brachten am nächsten Morgen das Bild des ermordeten Journalisten.
In schwarz umrandeten Balken würdigten sie den Kollegen mit Kommentaren. Dabei baten sie Zeugen, die sich am besagten Gewitterabend gegen dreiundzwanzig Uhr im Norddeicher Fischerhafen aufgehalten hatten, sich an die Kriminalpolizei zu wenden.

Wübbena und Tjarden warteten am Morgen im Dienstzimmer vergeblich auf Hinweise der Leser. Gegen elf Uhr fuhren sie zur Ostfriesen-Post und suchten den Chefredakteur auf. Onning empfand tiefe Trauer. Der Tod seines Mitarbeiters ging ihm sehr nahe.

»Häßling war hochbegabt, äußerst redegewandt und sehr intelligent«, sagte Onning. »Er recherchierte konsequent und besaß überdurchschnittliche Fähigkeiten, komplizierte Sachverhalte für den Leser verständlich darzustellen. Allerdings besaß mein Mitarbeiter einen fast krankhaften Ehrgeiz, der ihm im Wege stand. Häßling wäre bei uns nicht alt geworden.«

»Hat Häßling den Neid seiner Kollegen herausgefordert?« fragte Wübbena.

»Sie reagierten anfangs aufgeschreckt. Aber sie wußten genau so wie ich, daß der neue Kollege das Spielchen Alles oder Nichts aufgeben mußte. Er übernahm sich und mußte irgendwann scheitern.«

»Und er ist gescheitert. Man hat ihn erwürgt und in die Nordsee geworfen«, sagte Wübbena.

»Herr Kommissar, wenn Sie im Team meiner Redaktion nach seinem Mörder suchen, dann befinden Sie sich auf dem falschen Dampfer«, sagte der Chefredakteur und lehnte sich in seinen Sessel zurück. »Wir erhielten eine Menge Leserbriefe. Viele enthielten böse Beschimpfungen, aber keiner enthielt eine Morddrohung. Warum auch? Das Thema Rauschgift wird uns in Zukunft noch mehr, als mir lieb ist, beschäftigen, und auch die Asylantenflut trägt nicht gerade zum sozialen Frieden bei.«

»Der Verdacht liegt nahe, daß Ihr Mitarbeiter mit seinen Beiträgen seinen Mörder herausgefordert hat«, sagte Tjarden.

»Häßling war nicht zimperlich. Ich hatte ihn gebeten, nicht zu forsch die Sache anzugehen, weil er den Kollegen der überregional arbeitenden Sonderkommission mit seinen Recherchen in die Quere kam«, sagte Wübbena.

»Und ich bedaure im nachhinein, daß wir seine Beiträge, die reißerisch und ohne Fingerspitzengefühl von ihm verfaßt worden waren, unredigiert gebracht haben«, sagte Onning.

»Ich nehme an, daß er sich juristisch abgesichert hat, dennoch hat er die Intimsphäre einiger junger Menschen verletzt«, sagte Wübbena.

»Ein Vater eines Süchtigen, er ist ein höherer und angesehener Beamter, hat uns hier eine Szene gemacht und vergeblich seinen Anwalt bemüht, Häßling zu verklagen«, antwortete der Chefredakteur.

»Aber Häßling hat mit seiner ihm eigenen Art, Journalismus zu betreiben, für starke Zuwachsraten, was die Auflage angeht, gesorgt«, sagte Tjarden und grinste schmal. Onning spielte mit seiner Lesebrille. Seine Augen verrieten seine Mißstimmung.

»Sie sind Beamte. Ich mache eine Zeitschrift. Sie suchen einen Mörder. Das ist Ihr Job. Ich muß das Magazin im harten Wettbewerb kommerziell in der Gewinnzone halten. Meine Mitarbeiter leben wie auch ich von den Lesern. Da muß man gelegentlich abweichen von hochgestochenen moralischen Ansprüchen und Sensationen aufgemacht anbringen.«

»Wir haben eine Menge Filmmaterial in seiner Kate gefunden. Uns wäre es lieb, wenn Ihr Mitarbeiter Manhorst es in Ihrem Labor entwickeln würde«, sagte Wübbena.

»Sie nehmen an, Häßling habe seinen Mörder irgendwann fotografiert?« fragte Onning.

»Immerhin hat er die Bremer Kollegen verärgert, weil er sich an die Spur eines Dealers geheftet hat, der wahrscheinlich von Bremen Heroin in großen Mengen in ein konspiratives Appartement auf Norderney deponiert hat. Der Dealer hat Lunte gerochen und ist den Kollegen auf der Insel entkommen. Das Rauschgift wurde nicht aufgefunden.«

»Und dieser Dealer hat wohl möglicherweise Häßling umgebracht?« fragte Onning.

»Wir tappen im dunkeln. Wir vermuten allerdings den Mörder in der Rauschgiftszene«, antwortete Wübbena.

»Ich hole das Filmmaterial«, sagte Tjarden. Er erhob sich und verließ das Büro.

»Herr Kommissar, wenn Sie mich fragen, dann befinden Sie sich auf der richtigen Spur. Häßling hatte sich zu weit vorgewagt«, sagte Onning.

Tjarden kam zurück und stellte die Plastiktüte im Zimmer ab.

»Manhorst versteht sein Geschäft«, sagte der Chefredakteur und erhob sich. »Ich wünsche Ihnen viel Erfolg.«

Die Beamten verließen das Chefbüro der Redaktion des Magazins.

Schoolmann versah mit Rodering den Spätdienst. Sie hatten die Fenster geöffnet. Im Raum lag noch die schwüle, schwere Abendluft. In das Zimmer drang der Lärm der Wagen, die vor der Ampel an der Heringstraße an- und abfuhren.

Schoolmann zuckte zusammen, als das rote Licht der Notrufanzeige aufleuchtete. Er drückte die Taste. »Polizeirevier Norden«, sagte er und horchte.

»Claussen, Lehrer, Osteel, Überfall ...« Die Stimme erstarb.

»Hallo, Herr Claussen!« rief Schoolmann in den Hörer. Er vernahm ein Röcheln und ein Geräusch, als wäre der Hörer auf den Boden gefallen.

Schoolmann reagierte sofort. Er langte nach dem Telefonbuch und schlug die Seiten auf. Marienhafe! Er blieb kühl. Seine Blicke huschten über die Buchstaben. Claussen, Jan, Realschullehrer. Er drückte die Taste des Rettungsdienstes.

»Krankenhaus«, meldete sich der Pförtner.

»Einen Notwagen nach Osteel, Lehrer Claussen, Kolkstraße«, sagte Schoolmann. Er benachrichtigte die Streifenwagen und rief Kommissar Wübbena an.

Vor dem umgebauten Bauernhaus standen der Rettungswagen des Kreiskrankenhauses und zwei Streifenwagen mit flackerndem Blaulicht.

Wübbena stellte seinen Wagen ab und hastete in das Haus. Im Korridor bemühte sich ein Arzt um das Opfer. Er war dabei, die klaffende Stirnwunde zu verbinden. Claussen lag auf der Bahre wie tot. Der Arzt hatte eine Flasche mit Traubenzuckerlösung an den Haken der Bahre gehängt und die Kanüle in die Armvene des Opfers gesteckt. Auf dem Steinboden befand sich eine Blutlache.

Wübbena betrat das Wohnzimmer und schaute sich um. Claussen mußte sich gewehrt haben. Dafür sprach der gekippte Stuhl. Der Telefonhörer lag auf dem Boden. Eine Blutspur führte in den Korridor. Die Tischlampe war heruntergefallen. Die Schreibtischschublade war herausgerissen und durchwühlt worden. Sie enthielt Sparbücher, Kontoauszüge, Wertpapiere und die persönliche Korrespondenz mit der Dienstbehörde.

Beim Ordnen der Unterlagen fand Wübbena einen Briefumschlag, der keine Anschrift trug und auch keinen Absender verriet. Das Kuvert enthielt Fotos. Sie zeigten den gutgewachsenen Körper eines jungen Mädchens, das neben dem Lehrer saß. Auf einem weiteren Foto sah man die Hand des Lehrers, die auf dem Unterleib der jungen Frau lag. Der Fotograf hatte das Gesicht des Mädchens unkenntlich gemacht. Wübbena steckte die Fotos in seine Jackentasche.

Tjarden mußte noch die Schublade nach Fingerabdrücken untersuchen. Er betrat den Korridor.

»Der Täter hat mit einem Stock oder einer Eisenstange auf sein Opfer eingeschlagen«, sagte der Arzt zu Wübbena. »Das Schultergelenk ist angebrochen. Der Lehrer hatte einen Schutzengel. Er muß den Schlag mit dem Arm abgefangen haben. Seine Schädeldecke blieb unverletzt. Der Täter erwischte seine Stirn. Das rechte Auge ist total verquollen. Er hat viel Blut verloren. Wir kamen gerade noch zur rechten Zeit, sonst wäre er verblutet.« Er winkte die Sanitäter zu sich. »Krankenhaus, Intensivstation. Fahrt langsam, ich befürchte eine Gehirnblutung. Einer bleibt bei ihm.« Er streifte seine Gummihandschuhe ab und stopfte sie in eine Plastiktüte, die er in die Tasche legte. Der Arzt war Mitte Dreißig.

»Dr. Terjung«, stellte er sich Wübbena vor.

»Mein Name ist Wübbena«, sagte der Kommissar.

»Sie bekommen unseren Bericht«, sagte Terjung und verließ den Tatort.

Wübbena trat vor das Haus. Im Licht der Streifenwagen tanzten Mücken. Die Luft hatte sich abgekühlt. Die Kollegen der Streifenwagen hatten das Gelände rund um das Haus gründlich abgesucht.

»Herr Kommissar, kommen Sie bitte mit«, sagte ein Kollege der Schutzpolizei.

Seitlich der Garage, die verschlossen war, lagen zwei Masken. Wübbena hob sie vorsichtig auf. Es handelte sich um grobe, blaue Pudelmützen, wie sie Fischer und Segler im Herbst und Winter tragen. Die Täter hatten Augenschlitze ausgeschnitten.

»Der Lehrer hatte keinen zufälligen Besuch. Der Überfall war geplant«, sagte Wübbena.

»Raubüberfall! Vielleicht Schüler, die süchtig sind«, sagte der Kollege der Schutzpolizei.

»Denkbar«, sagte Wübbena. Er dachte an die Fotos. Hatte der Journalist Holger Häßling sie dem Lehrer zugeschickt? Er war ein wenig enttäuscht. Claussen hatte auf ihn nicht den Eindruck gemacht, daß er sich den Einsatz für seine ehemalige Schülerin auf diese Art und Weise hatte bezahlen lassen. Doch man mußte einfach abwarten. Er ging mit dem Beamten zur Haustür.

»Der Schlüssel steckte von innen, als wir eintrafen. Der Rettungswagen kam später. Die Außenleuchte brannte bereits, die Tür lag im Schloß«, sagte der Wachtmeister.

»Dann hat Claussen den Gangstern selbst die Haustür geöffnet«, stellte der Kommissar fest.

Sie gingen gemeinsam in das Haus und schauten sich im Wohnzimmer um. Sie warteten auf den Kollegen Tjarden und begannen mit der Spurensicherung. Als Tjarden zu ihnen stieß, bat Wübbena ihn, die Pudelmütze in eine Plastiktüte zu stecken, um sie nach Haarresten untersuchen zu lassen.

Wübbena hatte in Absprache mit dem Staatsanwalt zu einer Pressekonferenz geladen. Im Etat für Öffentlichkeitsarbeit befanden sich noch freie Mittel, um den Presseleuten im unteren Saal des ehemaligen historischen Weinhauses, den die Kirche für ihre Übungsabende des Posaunenchores angemietet hatte, eine Tasse Tee anbieten zu können.

Wübbena und Tjarden liehen sich aus der Kantine Geschirr und Warmhaltekannen aus, deckten den Tisch und bereiteten Tee zu. Kurz vor Konferenzbeginn rief Wübbena das Krankenhaus an und ließ sich mit Dr. Terjung verbinden.

»Ich mache Überstunden, Herr Kommissar. Den Untersuchungsbericht kann ich noch nicht abschließen. Mir fehlen noch einige Laborergebnisse.«

»Herr Doktor, in wenigen Minuten bombardieren mich die Journalisten mit Fragen. Beim Bäcker erfuhr meine Frau, daß Claussen bereits verstorben ist«, sagte Wübbena.

»Das ist der blanke Unsinn. Der Lehrer liegt zwar noch im Koma, wir erwarten allerdings während der nächsten Stunden eine Besserung. Unser Neurologe strahlt Optimismus aus.«

»Danke, Herr Doktor.« Wübbena legte den Hörer auf die Gabel. »Wilko, Manhorst hat die entwickelten Fotos gebracht. Da könnte es schon einige Überraschungen geben.«

»Gehen wir zu den Presseleuten, Chef«, drängte Tjarden.

In dem kleinen Saal saßen die Journalisten an den Tischen. Das unbenötigte Mobiliar stand ineinander verkeilt an der fensterlosen Wand. Die Wände schmückten Kollagen, die den Hunger in der Dritten Welt anklagend dokumentierten. Durch die Fenster fiel der Blick der Besucher auf die hochgewachsenen Bäume des Marktplatzes. Als die Beamten den Saal betraten, stellte Tjarden fest, daß fast alle Plätze besetzt waren.

Wübbena und Tjarden setzten sich an die Stirnwand des Karrees. Der Staatsanwalt hatte bereits Platz genommen.

»Meine Damen und Herren, ich heiße Sie herzlich willkommen«, sagte Tjarden. »Wir haben für Sie Tee bereitgestellt, bitte bedienen Sie sich. Ich beginne mit dem Überfall auf den Lehrer Claussen. Nach den Aussagen des Arztes ist eine Besserung seines Gesundheitszustandes zu verzeichnen. Die Täter, vermutlich Süchtige der Rauschgiftszene, haben mit einer Eisenstange Claussen niedergeschlagen und ihn beraubt. Wir haben bei der Raiffeisenbank im Marienhafe erfahren, daß Claussen am Nachmittag tausend Mark von seinem Konto abgehoben hat, die wir bei der Durchsuchung seiner Wohnung nicht gefunden haben. Vor dem Haus in der Nähe der Garage fanden wir zwei Masken.« Tjarden erhob sich und hielt die Pudelmützen mit den Sehschlitzen hoch. »Ich bitte Sie, die Mützen zu fotografieren und mit entsprechenden Suchmeldungen in Ihren Zeitungen zu veröffentlichen.«

Die Reporter fotografierten die Masken.

»Da der Türschlüssel von innen steckte, gehen wir davon aus, daß der Lehrer den Tätern selbst die Wohnungstür geöffnet hat«, fuhr Wübbena fort. »Ihr verstorbener Berufskollege Häßling hat in der Rauschgiftszene recherchiert.«

»Gibt es einen möglichen Zusammenhang?« fragte der Reporter des Kuriers.

»Ich denke schon, doch darauf komme ich noch zu sprechen«, antwortete Wübbena. »Wir hoffen, daß Claussen sich nach seiner Genesung an seine Besucher erinnern wird. Das Verbrechen an dem Journalisten Häßling ereignete sich nur wenige Tage vorher. An dem verregneten Abend wurde er, wie Sie wissen, das Opfer eines Anschlages. Sein Mörder oder seine Mörder haben ihn erwürgt und in Norddeich von der Mole in die Nordsee geworfen. Sie haben darüber berichtet. Wir vermuten einen Zusammenhang, denn wir fanden im Wagen des Journalisten eine grob angefertigte Mitteilung. Es handelte sich um aus Illustrierten und Zeitschriften ausgeschnittene und zusammengefügte Buchstaben, die die Anlandung einer großen Heroinmenge im Norddeicher Hafen ankündigte. Sie kannten Ihren Kollegen Häßling. Er war ein Mann, der sich durch seine intellektuellen Fähigkeiten auszeichnete und roher Gewalt nicht gewachsen war. Wir fragen uns deshalb, wie er auf diesen albernen Trick hereinfallen konnte. Ich bitte Sie, auch diese primitive Klebearbeit abzulichten und den Lesern mit der Bitte um Hinweise zugänglich zu machen. Wen Häßling während des Gewitterregens in Norddeich angetroffen hat, entzieht sich unserer Kenntnis. Um das zu klären, benötigen wir Zeugen, die sich zur Tatzeit im Norddeicher Hafengelände befanden.«

Wübbena unterbrach seinen Vortrag. Die Presseleute fotografierten auch das bunte Schnipselwerk.

»Kollege Häßling war nicht nur ein hervorragender Berichterstatter, sondern auch ein exzellenter Fotograf. Haben Sie seinen Bildbestand gesichtet?« fragte die kleine, sympathische Journalistin der Ostfriesen-Zeitung.

»Frau Agemann, der anwesende Bildjournalist der Ostfriesen-Post hat nur wenige Minuten vor Beginn der Pressekonferenz das von ihm entwickelte Bildmaterial abgeliefert«, sagte Wübbena.

»Fanden Sie seine Kamera?« fragte Frau Agemann.

»Nein! Bemerkenswert ist, daß Häßling weder Papiere noch den Autoschlüssel bei sich trug. Nicht einmal drei Groschen für ein Telefongespräch. Auch im Auto fanden wir außer einem Paar Socken, Wanderschuhen und einem Schirm nichts. Der Täter hat auch keine Fingerabdrücke hinterlassen.«

»Welche Schlüsse ziehen Sie daraus?« fragte ein Reporter.

»Nach dem üblichen Ablaufschema hätte sich der Mörder hinter das Steuer gesetzt und den Passat des Opfers irgendwo hingefahren, vielleicht nach Dornum oder ihn in Emden vor dem Bahnhof abgestellt, um uns abzulenken. Er hätte keine Probleme gehabt, denn die Straßen waren leergefegt an diesem gewittrigen Regenabend. Er hat vermutlich diese primitive Klebearbeit in Häßlings Wagen gelegt, um anzudeuten, daß Ihr Kollege Häßling sich zu weit in das Geschäft mit dem Rauschgift getraut hatte.«

»Hat der Mörder bei seiner Absicht, Häßling umzubringen, sich das schlechte Wetter zunutze gemacht?« fragte der Reporter der Nord-West-Zeitung.

»Wir wissen nicht einmal, ob Häßling die Information überhaupt gesehen hat«, sagte Wübbena. »Vielleicht hat der Mörder ihn telefonisch in den Hafen bestellt. Ich gehe davon aus, daß der Mörder den Wetterfunk studiert hat, um den Mord planmäßig durchzuführen, denn bei gutem Wetter beleben Touristen das Hafengelände bis spät in die Nacht.«

»Sein Tod war also eine beschlossene Sache«, folgerte die Journalistin der Ostfriesen-Zeitung.

»Davon gehen wir aus, Frau Agemann. Häßling stand dem Mörder oder den Mördern im Wege. Die Motive sind noch unklar. Vielleicht hätten er oder sie Häßling in einen anderen Hinterhalt gelockt, ihn erstochen oder erschossen. Doch das sind theoretische Spielereien.«

Die Pressevertreter stellten keine weiteren Fragen. Sie tranken Tee, unterhielten sich untereinander und verließen dann den kleinen Saal, den sonst die Kirche nutzte.

Wübbena wandte sich an den Staatsanwalt.

»Manhorst hat die Filme entwickelt, die wir in der Kate gefunden haben.«

Sie stiegen die Treppe hoch und gingen zum Dienstzimmer.

»Nehmen Sie Platz«, sagte Tjarden und rückte den Besucherstuhl an den Schreibtisch.

Wübbena öffnete die prall gefüllte Versandtasche und entnahm ihr die vergrößerten Fotos und betrachtete sie. Er gab sie dem Staatsanwalt einzeln.

Die Luft im Raum war schwül. Sie hatten die Fenster geöffnet. Sie überhörten den Verkehrslärm, der in das Dienstzimmer drang.

Der Staatsanwalt studierte die von einem Profi geschossenen Fotos und reichte sie an Tjarden weiter.

»Häßling war ein Realist. Da ist nichts drin mit Romantik. Jedes Foto enthält eine negative Perspektive«, kommentierte Mertens.

»Hier, das sind Süchtige«, sagte Wübbena.

Mertens nahm das Bild in die Hand und betrachtete es. »Uns interessieren die Dealer«, sagte er und wandte sich an Tjarden. »Betrachten Sie das Umfeld. Sie sind hier zu Hause.«

Tjarden schaute die Bilder an und legte sie auf den Schreibtisch. »Das ist die kleine Componga. Der junge Mann neben ihr ist ihr Freund. Sie hängen an der Nadel. Claussen hat sich mehrmals für Helga stark gemacht«, sagte Wübbena.

»Und geriet dabei unter Mordverdacht«, fügte der Staatsanwalt hinzu. »Und ihren Bruder hatten Sie auch verdächtigt.«

»Ich bleibe immer noch bei meinem Verdacht«, sagte Wübbena.

»Häßling hat auch ihn im Heimatmagazin ganz mies heruntergemacht und seinen Bericht an eine Agentur verkauft. Die Boulevardpresse ist danach über Tammo Componga hergefallen«, sagte Tjarden.

Wübbena blickte überrascht auf ein Bild, das Schafe vor einem Verschlag zeigte.

»Diese Aufnahme könnte Manhorst geschossen haben«, sagte er.

Der Staatsanwalt gab das Foto weiter. Das nächste Foto zeigte einen Bauernhof, der umgeben von weiten Weiden unter einem freien Wolkenhimmel stand. Wübbena griff zum Stapel. Er stutzte, als er das Foto betrachtete. Es zeigte Helga Componga, die vor dem Hofgebäude mit einem Besen die Auffahrt fegte. Auf einem weiteren Foto lud sie Schafbälger mit einer Mistgabel von einer Schubkarre. Das nächste Foto war unscharf. Bei näherem Hinsehen erkannte er junge Leute, die um einen Wohnzimmertisch saßen und bei Kerzenlicht fixten.

»Das ist die Höhe«, sagte Mertens. »Wir müssen herausfinden, wo sich das Gehöft befindet.«

Die weiteren Bilder bestätigten, daß Häßling sich auf der Spur der im Hinterland operierenden Dealer befunden hatte. Er hatte Fotos mit dem Teleobjektiv geschossen, die zeigten, wie Helga und eine weitere junge Frau vor einer Klinkerwand spritzten. Türkische oder kurdische Käufer belagerten einen Marktstand. Ein junger Mann befand sich auf dem Weg zur Fähre in Norddeich und klemmte eine harmlose Schultasche gegen seine Hüfte. Sie fanden noch ein Gruppenbild der Hausbewohner.

»Diese Clique muß es sein«, sagte Wübbena. »Sie haben Häßling in den Hafen gelockt! Sie haben ihm die Luft abgedrückt und ihn in die Nordsee geworfen. Er war ihnen auf der Spur. Aus dem Jäger wurde der Gejagte.«

»Und ein Killer der Kurden oder Türken?« fragte Mertens.

»Wir können das nicht ausschließen. Ich schätze, Häßling mußte sterben, weil er in Bremen recherchiert hat und die vier Süchtigen um ihren Dealerlohn und um die Zufuhr des Stoffes fürchten mußten. Sie töteten aus Verzweiflung. Häßling hat uns, ohne konkrete Hinweise zu liefern, auf die Verlagerung des Rauschgifthandels von Amsterdam nach Bremen aufmerksam gemacht. Er beging den folgenschweren Fehler, sich für den Alleingang zu entscheiden.«

»Ich werde mit meinem Kollegen aus Bremen sprechen«, antwortete der Staatsanwalt.

»Sie verkauften Hammelfleisch, zur Tarnung, versteht sich«, sagte Tjarden.

»Sie müssen eine Konzession besessen haben«, sagte Wübbena. »Beim Gewerbeaufsichtsamt und bei der Handwerkskammer werden wir entsprechende Hinweise bekommen.«

»Ich schlage vor, daß Sie sich im Hause des Journalisten noch einmal umsehen. Verhören Sie den Lehrer, sobald es sein Gesundheitszustand zuläßt«, sagte Mertens.

»Es ist vorstellbar, daß die kleine Componga ihren Lehrer überfallen hat«, sagte Wübbena nachdenklich.

»Sie und ihre Clique waren abgeschnitten vom Heroinhandel. Verfolgen Sie die Spur«, sagte der Staatsanwalt und erhob sich. »Ich habe noch einen Termin.« Er verabschiedete sich.

18

Dem schwülheißen Abend folgte kurz vor Mitternacht ein heftiges Gewitter. Als Wübbena am Morgen sein Haus verließ, ging die Sonne auf, und nur wenige weiße Wolken trieben bei einer Windstärke von vier bis fünf am Himmel. Wübbena ging zur Garage, stieg in seinen Golf und fuhr zur Dienststelle. Seine Frau besuchte mit der kleinen Mareike für einige Tage ihre Eltern in Norddeich, um das sonnige Sommerwetter am Strand zu genießen. Wübbena hatte am Abend auf das Fernsehen verzichtet, die Ruhe genossen und beim Bier über die »Fälle« nachgedacht.

Als er sein Dienstzimmer betrat, lag die Post bereits auf seinem Schreibtisch. Er ging ans Fenster, öffnete es und ließ die stickige Luft, die nach einem Putzmittel roch, entweichen. Das wird ein herrlicher Tag, dachte er.

Tjarden betrat das Dienstzimmer. Er wirkte blaß.

Wübbena grinste. »Du hast wohl zuwenig Schlaf gehabt. Es war sündig schwül gestern abend.«

»Nicht das, was Sie denken, Chef«, sagte er und lächelte verlegen. »Mich hat es erwischt. Sommerdurchfall.«

»Mein Freund Ade hat Medizin studiert. Er pflegte zu sagen, daß großzügige Menschen unter Durchfall leiden, während Knauser nicht kacken können.«

»Da mag was dran sein. Ich war mit meiner Verlobten Eis essen, und ich habe hinterher ein kaltes Bier getrunken«, antwortete Tjarden und blickte vorwurfsvoll auf die Post, die ungeöffnet auf dem Schreibtisch des Chefs lag. »Gibt es was Neues?«

»Moment«, sagte Wübbena. Er schritt an den Schreibtisch und hob den DIN A 4-Umschlag auf. »LKA«, sagte er und öffnete ihn. »Der Laborbericht! Das Schnipselwerk.« Er zog den Bericht aus dem Umschlag und las: »Der Papierbogen, Größe DIN A 4, entstammt einem unlinierten Schreibblock. Hersteller ist die Firma Plaka AG, Hannover. Es handelt sich um die handelsübliche Qualität. Käufer sind Schüler, Studenten und Hobbymaler. Es eignet sich auch für die Anfertigung von Zeichnungen. Bei dem Kleber handelt es sich um einen Vielzweckartikel, der in Büros verwendet wird. Die aufgeklebten Buchstaben wurden zum größten Teil der HÖR-ZU und der Illustrierten NEUE REVUE entnommen. Die restlichen Buchstaben entstammen vermutlich einem in Ostfriesland vertriebenem Heimatmagazin. Es gab keine verwertbaren Fingerabdrücke. Die Klebearbeit wurde mit den für Hausarbeiten üblichen Gummihandschuhen ausgeführt.« Wübbena schaute jetzt auf. »Die Süchtigen von der Schaffarm könnten die Verfasser sein«, sagte er.

»Häßling stand ihnen im Wege«, stellte Tjarden fest.

»Versuchen wir herauszufinden, wo die Kate liegt«, sagte Wübbena und griff zum Telefonhörer. Er wählte die Nummer der Polizeistation von Marienhafe.

Werner Olmütz betrat gegen zehn Uhr das Dienstzimmer. Er war um die Dreißig, hatte ein spitzes Gesicht, war schlank und mittelgroß. Er trug einen leichten Sommeranzug. Sein Haar war leicht angegraut. Er wirkte mehr wie ein Abteilungsleiter eines Kaufhauses und nicht wie ein Spezialbeamter des LKA. Er führte eine schwarze Ledertasche mit sich, die einem kleinen Koffer ähnlich sah.

»Moin«, sagte Wübbena.

»Ich habe mich ein wenig verspätet. Ein Stau auf der Autobahn«, sagte Olmütz und reichte den Beamten die Hand.

»Möchten Sie einen Tee?« fragte Tjarden.

»Danke«, sagte Olmütz, der seinen Ausweis lächelnd vorzeigte. »Sicher ist sicher.«

»Dann schlage ich vor, daß wir sofort losfahren«, sagte Wübbena.

»Wir wollten uns sowieso noch einmal in der Kate des Opfers umschauen«, sagte Tjarden.

Sie fuhren nach Berumbur zur Moorlage sieben und parkten den Dienstwagen vor der Kate. Wübbena entfernte das Siegel und öffnete die Tür.

Eine schwüle, warme, abgestandene Luft strömte ihnen entgegen. Tjarden betrat die Wohnung und öffnete die Fenster, auf die die Sonne schien. Wübbena führte Olmütz in den kleinen büroähnlichen Raum, in dem der Computer stand.

Olmütz nickte. »Das dürfte keine Probleme bringen.« Er griff nach Diskettenboxen und rückte sie zurecht. »Ich komme klar«, sagte er, öffnete sein Köfferchen und griff nach Aktenordnern. Er studierte die Inhalte.

Unterhalb des Bücherregals befanden sich einige Schubladen, die dem Reporter als Ablage seiner persönlichen Papiere gedient hatten. Wübbena studierte die Nachweise der Universitäten und die Zeugnisse, die sich unter Plastikschutzhüllen in einer Dokumentenmappe befanden. Häßling hatte nicht nur seine Arbeitgeber öfter gewechselt, sondern sich auch in mehreren akademischen Berufen versucht. In seinem Leben mußte es mehrere Krisen gegeben haben. Die ehemalige Verlobte hatte sich nicht wieder gemeldet. Irgend jemand mußte sich um seinen Nachlaß kümmern und für seine Leiche eine Grabstelle finden, dachte Wübbena.

Tjarden hatte sich in den übrigen Räumen umgesehen. »Nichts Aufregendes, Chef. Ich habe noch etliche Bilder gesichtet, doch für uns ohne Wert. Da bleibt nur noch unser Computerspezialist.«

Während Olmütz eifrig die Datenbank des Opfers absuchte, weltvergessen auf den Bildschirm schaute, verließen die Beamten die Wohnung und suchten die Nachbarn auf.

Im Haus gegenüber öffnete eine fünfzigjährige Frau die Tür. Sie betrachtete die Besucher mißtrauisch und blickte auf die Messingplakette, mit der sich die Beamten auswiesen. Sie lud die Besucher zum Tee ein. Als habe sie den Tee bereits vorbereitet, schenkte sie nach wenigen Minuten ein und setzte sich zu den Beamten an den einfachen Eßtisch im Wohnzimmer, das wie hundert andere im Stil der Zeit eingerichtet war.

»Der Reporter war sehr eigensinnig. Er grüßte nicht. Wir haben ihm zum Einzug einen Bogen geflochten, den er nicht einmal zur Kenntnis genommen hat. Das kommt einer Beleidigung gleich. Nein, er hat sich nicht einmal vorgestellt. Ja, er arbeitete auch nachts lange. Besuche? Nein, wohl kaum. Keine Parties. Kein Hund. Ja, er war ruhig und zurückgezogen. Wir waren für ihn nur Luft.«

Das war das Ergebnis der Befragung. Aber Häßling hatte die Kate bewohnt und war nicht zurückgekehrt, was den Nachbarn nicht einmal aufgefallen war. Erst der Bericht im Kurier hatte sie aufgeschreckt.

Als sie zurückkamen, saß Olmütz immer noch vor dem Bildschirm. »Ich finde keine Hinweise auf irgend jemanden, den sie belasten könnten. Anschriften von Zeitungsverlagen und Agenturen hat er zur Genüge programmiert. Er hat seine gesamten

Arbeiten gespeichert. Ich schaffe es zeitlich nicht, die restlichen Disketten einzulegen. Ich nehme sie mit nach Hannover«, sagte Olmütz. Er verstaute die Disketten in seine Tasche.

»Gehen wir«, sagte Wübbena. Sie schlossen die Fenster und verließen das Haus. Wübbena klebte ein Siegel auf das Türschloß.

Lehrer Claussen bemühte sich um ein Lächeln, als Dr. Terjung die Beamten in das Krankenzimmer führte. Er lag auf dem Bett. Sein Kopf ruhte auf einem bauschigen Kissen. Er trug einen Kopfverband, der sein rechtes Auge mit abdeckte. Sein Gesicht war blaß.

»Herr Claussen, Sie haben dem Besuch der Kripobeamten zugestimmt. Ich bitte Sie, sich nicht zu übernehmen. Soweit Sie sich ohne große Anstrengungen an die Vorfälle des Überfalls erinnern, geht das in Ordnung. Die Kripo kann sich Zeit lassen. Es geht um Ihre Gesundheit.« Dr. Terjung verließ das Krankenzimmer.

»Setzen Sie sich«, sagte der Lehrer und wies auf die Stühle, die an der weißen Wand standen. Oberhalb der Stühle hing ein Druck von Paula Modersohn-Becker.

»Herr Claussen, Sie sind dem lieben Gott noch einmal von der Schippe gesprungen«, sagte Wübbena freundlich.

Der Lehrer blickte den Kommissar ernst an. »Es hätte für mich schlimmer kommen können. Es geht mir von Tag zu Tag besser.«

»Wir benötigen Hinweise auf die Täter. Sie haben Ihnen die Tür geöffnet«, sagte Tjarden.

Claussen richtete den Blick auf das Fenster, als suche er am wolkenlosen Himmel nach einer Antwort. Nach einigen Sekunden sagte er: »Ich war für meine Schüler stets ansprechbar. Ich habe die Tür geöffnet, weil ich dachte, jemand braucht meinen Rat.«

»Und?« fragte Wübbena.

»Es waren Unbekannte. Sie trugen Wollmützen mit Sehschlitzen. Sie stießen mich beiseite, als seien sie ganz von Sinnen, und stürzten in die Wohnung. ›Geld!‹ hat einer der beiden geschrien. Ich zögerte noch. Ich hatte Geld bei der Bank abgeholt. Es war furchtbar! Das waren keine Menschen! Das waren Bestien, die Kräfte entwickelten, gegen die ich nicht ankam. Sie trieben mich zum Schreibtisch. Ich öffnete die Schublade und griff nach dem Geld. Dann schlug mich einer der beiden mit einer Stange nieder.«

»Erinnern Sie sich an die Waffe?« fragte Tjarden.

»Sie war aus Metall. Sie glich einer dieser kleinen Abgrenzungsstangen, mit denen man frisch eingesätes Gras schützt«, sagte er. Er schloß die Augen und schwieg für Sekunden. Dann fuhr er fort: »Ich lag bewußtlos auf dem Boden. als ich zu mir kam, bemerkte ich das Blut. Mich überfiel eine panische Angst. Ich kroch zum Schreibtisch und rief die Polizei an, danach fiel ich in Ohnmacht.« Claussen wirkte erschöpft. Das Gespräch strengte ihn an.

»Und Sie haben keinen Verdacht, wer die Gangster waren?« fragte Wübbena.

Claussen winkte ab.

»Waren es Männer?« fragte Tjarden.

Durch das abgemagerte Gesicht des Lehrers fuhr ein leichtes Zucken. »Ja«, antwortete er.

»Junge Männer? Vielleicht ehemalige Schüler?« fragte Wübbena.

»Sie trugen diese Masken«, sagte Claussen.

»Und finden Sie eine Erklärung dafür, daß diese Männer gerade Sie überfallen haben?« fragte Tjarden.

»Darüber habe ich lange nachgedacht. Sie müssen mich in der Raiffeisenbank beobachtet haben, als ich tausend Mark abgehoben habe.«

»Haben Sie im Schalterraum oder vor dem Eingang der Bank irgend jemanden bemerkt, der sich verdächtigt verhielt?« fragte Tjarden.

»Nein«, antwortete Claussen müde. »Die Bank war gut besucht, wie immer.«

»Der Reporter Häßling ist, wie Sie wissen, ermordet worden«, sagte Tjarden. »Sie haben einen bösen Leserbrief verfaßt, in dem Sie ihm Vorwürfe machten, weil er Ihre Schülerin Helga Componga in der Notunterkunft fotografiert hatte und das Foto in seinem Magazin veröffentlicht hat. Doch mehr noch überraschten uns Bilder, die Sie in Ihrem Schreibtisch verwahrten. Sie zeigen Sie neben einem entkleideten Mädchen, und nicht nur das. Ihre Hand ruhte auf dem entblößten Unterleib der jungen Frau. Wir nehmen an, daß die abgelichtete weibliche Person Helga ist.«

Claussen fuhr hoch, sackte dann sofort zurück auf das Bett. Erschöpft legte er seine Hand auf seinen Verband. »Dieser Häßling hat rücksichtslos auf Kosten seiner Opfer mit seinen Sensationsberichten nur seine Karriere im Auge gehabt! Auch mich versuchte er einzuschüchtern. Ich habe mit ihm telefoniert.«

»Und wie hat er reagiert?« fragte Tjarden.

»Gehässig. Ich habe ihm den Zusammenhang erklärt«, antwortete der Lehrer.

»Und wie war es wirklich?« fragte Wübbena.

»Helga hatte mich angerufen. Sie bat mich, sie in Marienhafe vor einer Telefonzelle zu treffen. Ich bin hingefahren. Sie war am Ende. Sie trug nur ein T-Shirt und einen Jeansrock. Sie zitterte und jammerte und bettelte mich um hundert Mark an. Sie benötigte einen Schuß. Ich schlug ihr vor, mich am nächsten Tag in der Schule aufzusuchen, und verweigerte ihr Ansinnen. Sie reagierte hysterisch, brüllte drauflos und warf sich auf den Beifahrersitz. Was hätte ich sonst tun sollen? Sie war total kaputt! Wohin hätte ich sie schicken sollen? Wir erhalten jetzt die Quittung für die laschen Jahre unserer Pädagogik! Ich habe im Wagen auf sie gewartet, während sie sich den Stoff besorgt hat. Als sie zurückkam, war sie happy. Sie öffnete die Wagentür, setzte sich zu mir auf den Beifahrersitz. Ich wollte losfahren, als sie sich blitzschnell auszog und sich nackt zu mir herüberbeugte, ihre Arme um mich schlang. Ich habe Helga abgewehrt und sie zurechtgewiesen. Ich wollte keinen Dank, erst recht nicht diesen. Häßling hat uns in der Dunkelheit aufgelauert. Er überraschte uns mit den Blitzen aus seiner Kamera. Dabei war er ohne Kenntnis der Situation, in der ich mich befand. Er war weg, als ich ausstieg!«

Claussen atmete schwer und machte den Eindruck, als hätte er Schmerzen.

»Und er wollte Sie erpressen?«

»Nein, er hat mir die Fotos nur so zugeschickt. Ich bin Beamter! Mein Ruf als Lehrer! Der Oberschulrat hätte bestimmt nicht auf meiner Seite gestanden.«

»Sie haben Buchstaben aus Illustrierten geschnitten und Häßling mit einer Sensationsmeldung in den Norddeicher Hafen gelockt! Sie sind kräftig! Sie haben den kleinen Mann nach einem Streit erwürgt und ihn in das Hafenbecken geworfen!« sagte Tjarden kalt.

Claussen stierte den Beamten fassungslos an.

»Es ging um Ihren Ruf«, fügte Tjarden erbarmungslos hinzu.

Claussen rang nach Luft. »Sie nehmen doch wohl nicht an, ich hätte ...«, er stutzte verwirrt, als hätte er die Mordanklage erst jetzt begriffen. »Ich dachte, Sie fahnden nach den Verbrechern, die mich beraubt und mich beinahe umgebracht hätten?«

»Ihre Verbindung zu Helga Componga ist bereits mehrmals aktenkundig geworden«, sagte Wübbena. »Sie gerieten in den Verdacht, den Maurer Componga aus dem Fenster gestürzt zu haben. Sie haben Helga Componga in Ihre Wohnung aufgenommen. Häßling erwischte Sie mit dem nackten Mädchen. Uns würde schon interessieren, wo sich Helga Componga aufhält.«

Claussen legte die Hände an seinen Körper. Die Finger waren in Bewegung und massierten seine Oberschenkel. »Ich weiß es nicht! Sie ist süchtig! Vielleicht hat sie noch eine Chance!«

»Irgend jemand hat den Journalisten mit falschen Informationen in den Hafen gelockt. Wenn Sie das nicht waren, könnten Ihre Schülerin und ihr Freund das gewesen sein?« fragte Wübbena.

»Ich kenne mich in der Drogenszene nicht aus. Helga haßte diesen Reporter, und ich gehe davon aus, daß Sie wissen, warum! Und mich lassen Sie bitte aus Ihren Spekulationen!« Claussen deutete an, daß er allein gelassen werden wollte.

»Und Helgas hübscher Körper steckte nicht zufällig in Jeans, und sie trug auch nicht zufällig eine Pudelmütze mit Schlitzen, unter der sie ihr langes schönes Haar versteckt hatte?« fragte Tjarden.

Claussen schwieg. Er schloß die Augen. Nach einigen Sekunden sagte er geschafft: »Mich überfielen skrupellose Gangster! Das steht fest.«

»Und ein Tip, wer den Reporter ins Wasser geworfen hat?« fragte Tjarden.

»Ich weiß es nicht. Ich habe damit nichts zu schaffen. Dem Täter gehört allerdings meine Sympathie«, sagte er müde.

»Wir wünschen Ihnen gute Besserung«, sagte Wübbena.

Sie verließen das Krankenzimmer. Die reguläre Besuchszeit war zu Ende, und sie hatten Claussen bereits einiges zugemutet. Die Beamten gingen zum Wagen und fuhren zum Revier.

Tjarden füllte den Wasserkocher und bereitete den Tee zu. Wübbena setzte sich an seinen Schreibtisch und studierte die Hauspost. Er fand die Mitteilung eines Kollegen der Schutzpolizei vor. »Wilko, hör zu«, sagte er und las: »Das Anwesen gehört einem Max Köstler. Es wird von den Osteelern Schaffarm genannt, weil Max Köstler dort Schafe züchtet. Die Anschrift lautet: Osteel, Hirtenweg.«

Wübbena ging zum Ablageschrank und suchte die Fotos heraus, die Häßling von der Schaffarm und ihren Bewohnern gemacht hatte. Tjarden servierte den Tee.

»Das sind die Betreiber der Schaffarm. Geschossen mit einem Teleobjektiv. Helga Componga, Onno Hayenna, eine Unbekannte und der mutmaßliche Max Köstler«, sagte Wübbena und reichte Tjarden die Fotos.

Wübbena trank Tee. Im Dienstzimmer lag die warme Sommerluft. Die Sonne ging unter und schien auf die offenen Fenster, durch die der Lärm der Heringsstraße drang.

»Claussen wird sich von den Folgen des brutalen Überfalls schnell erholen«, sagte Tjarden.

»Aber nicht von seinem Knacks«, sagte Wübbena. »Er ist ein Superpädagoge. Er hat dieser kleinen Componga mehrmals beigestanden und Kopf und Kragen riskiert.«

»Und seine Story?« fragte Tjarden.

»Ich möchte daraus keine voreiligen Schlüsse ziehen. Allerdings steht fest, daß die Veröffentlichung dieser Fotos Claussen in Verlegenheit gebracht hätte.«

»Und Claussen hat das durch den Mord an Häßling verhindern wollen«, folgerte Tjarden.

»Ich sagte bereits, daß mir dieser Verdacht ein wenig voreilig erscheint.« Wübbena langte zum Telefonhörer und wählte die Nummer des Staatsanwaltes.

Die Sekretärin des Staatsanwaltes meldete sich. »Ich verbinde Sie«, sagte sie.

»Was gibt es Neues, Herr Wübbena?« fragte Mertens.

»Es ist uns gelungen, das von Häßling fotografierte Anwesen ausfindig zu machen«, sagte Wübbena. »Die Osteeler nennen es die Schaffarm. Ein uns bisher unbekannter Max Köstler züchtet dort Schafe. Wir nehmen an, daß auch er sich auf den Fotos, die Häßling vor seinem tragischen Ende geschossen hat, befindet.«

»Sie kennen die Anschrift der Farm?«

»Ja.«

»Das klingt recht hoffnungsvoll. Warten Sie! Um diese Zeit kann ich meinen Bremer Kollegen noch erreichen.«

Wübbena legte den Hörer auf die Gabel. »Jetzt kommt Schwung in den Fall!«

Tjarden studierte die Fotos. »Da gibt es keine Zweifel, Chef. Wir müssen der Schaffarm einen Besuch abstatten.«

»Fassen wir uns in Geduld. Mertens bestimmt, wie es weiter geht«, meinte Wübbena.

Um siebzehn Uhr meldete sich Mertens.

»Haben Sie Informationen aus Bremen?« fragte Wübbena.

»Dieser Max Köstler besaß eine Konzession. Mein Bremer Kollege wußte zu berichten, daß Köstler den Stand nur zur Tarnung unterhalten hat, um mit seinen Kunden, es waren zumeist Kurden und Türken, Rauschgiftgeschäfte abzuwickeln. Die Bremer Kripo war ihm auf der Spur. Häßling hat ihnen die Tour vermasselt.«

»Das bestätigen die hinterlassenen Fotos«, antwortete Wübbena.

»Sie vermuten, daß Max Köstler oder jemand von der Schaffarm den Journalisten nach Norddeich gelockt hat, um ihn dort zu ermorden?« fragte der Staatsanwalt.

»Der Verdacht liegt nahe. Die Bewohner der Schaffarm sind vermutlich alle süchtig«, sagte Wübbena.

»Suchen Sie die Schaffarm auf. Sie bekommen den erforderlichen Durchsuchungsbefehl. Ich spreche mit dem Amtsrichter«, sagte Mertens und beendete das Gespräch.

Es war bereits nach achtzehn Uhr, als sie Osteel erreichten. Wübbena steuerte den Wagen an der Friedhofswarf und der wuchtigen Backsteinkirche entlang und bog auf den Hirtenweg, dem sie in das weite Vorland folgten. Der mit Betonsteinen gepflasterte landwirtschaftliche Versorgungsweg führte an Weiden entlang, auf denen Buntvieh graste. Parallel zu dem Weg floß ein Tief nur träge dem Siel entgegen. An dem Böschungsgraben stand der mächtige, hochgewachsene Bärenklau. Schilf und heranreifende Lampenputzer wuchsen zwischen Disteln, Kamille und Schafgarben. Die Sonne ging rot unter, Bussarde und Sperber erhoben sich, während Wübbena den Wagen im kleinen Gang über den Weg lenkte.

»Das ist also die Schaffarm«, sagte Tjarden, als sie sich dem ehemaligen Bauernhof näherten.

Das Anwesen wirkte trostlos im Licht der untergehenden Sonne. Auf der gegenüberliegenden Weide stand der Schafverschlag leer und warf Schatten.

Wübbena parkte den Wagen auf der Einfahrt. Das Haus mit dem schräg abfallenden Dach wirkte ungepflegt. Auf dem verriegelten Tor hing ein Schild. ›Betreten verboten. Der Eigentümer.‹

Sie schauten durch die Fenster und gingen um das Gebäude herum. Ein traniger Geruch stieg ihnen in die Nase. Der Garten war verwildert.

»Die Vögel sind ausgeflogen«, sagte Wübbena.

»Sie sind untergetaucht. Sollen wir uns gewaltsam Zutritt verschaffen? Ich würde gerne einen Blick in die Opiumhöhle werfen.«

»Noch haben wir keinen Durchsuchungsbefehl. Wir müssen wissen, wer der Eigentümer ist. Komm, wir fahren zum Revier«, sagte Wübbena.

Es war kurz vor zwanzig Uhr, als die Beamten aus Osteel zurückkamen. Über dem Marktplatz bummelten Feriengäste. Die Eisdiele war proppenvoll. Vor der Altstadtpinte saßen Gäste im Freien und tranken Bier.

Sie stellten den Wagen ab und betraten das Dienstzimmer.

»Ich erkundige mich beim Katasteramt nach dem Eigentümer der Schaffarm«, sagte Wübbena. »Sollte es ein Rheinländer sein, der sie zum Feriendomizil umbauen lassen will, dann öffnen wir die Tür gewaltsam. Die Gangster haben bereits einen großen Zeitvorsprung.«

Er langte zum Telefonbuch und suchte die Nummer des Steuerbeamten Hayenna heraus. Er nahm den Hörer ab und drückte die Nummer.

»Hayenna.« Die Stimme klang ängstlich.

»Kripo Norden, Wübbena. Herr Hayenna, wir suchen Ihren erwachsenen Sohn Onno. Können Sie uns weiterhelfen?«

Er hörte den schwergehenden Atem des Beamten, als leide er unter Asthma.

»Wir sind dabei, unseren Sohn zu vergessen, bevor wir selbst draufgehen«, sagte Hayenna mit leiser Stimme. »Meine Frau grämt sich zu Tode. Ich habe alles Erdenkliche unternommen, ihn ausfindig zu machen. Durch einen Zufall erfuhr ich, daß er seinen teuren Golf unter Preis verkauft hat, um sich endgültig zu vergiften. Wir hatten für Onno einen Therapieplatz. Benachrichtigen Sie mich, wenn er sich seinen Todesschuß gesetzt hat. Ich bin dann froh, daß das Leiden ein Ende hat.«

Wübbena vernahm, wie er schluchzte. Der Finanzbeamte legte den Hörer grußlos auf.

Das war verständlich. »Der Mann ist fertig«, sagte Wübbena.

»Wie wäre es mit einem Bier in der Backstube zum Entspannen?« fragte Tjarden.

»Nicht nur eins!« antwortete Wübbena.

Sie drückten die Lichtschalter und verließen das Dienstzimmer.

19

Der Beamte des Katasteramtes reichte dem Kommissar die Kopie der Grundbuchseite.

»Ich kenne mich in Osteel aus«, sagte er. »Das war für den Käufer ein Schnäppchen. Die Stadtsparkasse ließ das Anwesen versteigern, weil der Eigentümer die Zinsen hatte auflaufen lassen. Das Finanzamt verlangte von dem Schafzüchter eine hohe Einkommensteuernachzahlung.«

»Und wer ersteigerte das Anwesen?« fragte Wübbena.

»Das steht hier«, sagte der Beamte und zeigte auf die entsprechende Spalte der fotokopierten Aktenseite.

Wübbena las: »Miriam Steildorf, Journalistin, Berlin.« Er stutzte. »Das darf doch nicht wahr sein!«

»Kennen Sie die neue Eigentümerin?« fragte der Beamte neugierig.

»Nein, noch nicht«, antwortete Wübbena. Er rollte die Kopie zusammen. »Wurde die Kate zur Besichtigung freigegeben?« fragte er.

»Die Stadtsparkasse hat vorher eine Entrümpelung vornehmen lassen. Ganz privat habe ich erfahren, daß containerweise Abfall, Tierkadaver, Unrat, Einwegspritzen und ein vergifteter Hund entsorgt werden mußten. Da haben Süchtige gehaust wie die Vandalen.«

»Damit ist der Durchsuchungsbefehl für die Katz«, sagte Wübbena.

»Soviel ich weiß, hat die Käuferin bereits Handwerker beauftragt, mit der Renovierung zu beginnen«, sagte der geschwätzige Beamte.

Auf Spurensuche konnte die Kripo nicht mehr gehen. Die

Käuferin war die Exverlobte des ermordeten Journalisten. Das stimmte den Kommissar nachdenklich. Hatte Häßling mit dem Blick auf die idyllische Lage des ehemaligen Kleinhofes die Fixer unter Druck gesetzt? Max hatte in der Tat in Bremen, wie Mertens bestätigt hatte, Rauschgift gekauft. Seine Observierung auf Norderney war ein Flop gewesen. Häßling muß seiner ehemaligen Verlobten vor seinem Tod bereits einen Tip gegeben haben, dachte Wübbena und verließ das Katasteramt.

Als er das Dienstzimmer betrat, lag auf seinem Schreibtisch ein Fax vom Landeskriminalamt. Olmütz hatte bei der Durchsicht der Disketten keine Hinweise gefunden, die weiterhelfen konnten. Wübbena setzte sich an seinen Schreibtisch und verfaßte das Protokoll.

Auch Tjarden hatte nicht ergebnislos recherchiert. Er hatte die Autohändler aufgesucht und vom Mercedeshändler erfahren, daß er den Wagen von Max günstig gekauft hatte, um ihn als Werkstattwagen zu benutzen. Max hatte Bares auf die Hand bekommen.

Doch wo befanden sich die ehemaligen Bewohner der Schaffarm? Wübbena telefonierte mit dem Staatsanwalt. Mertens lehnte es ab, Suchfotos in der Presse veröffentlichen zu lassen. Auch er ging davon aus, daß die Süchtigen den Journalisten umgebracht hatten. Dennoch galten sie als nicht überführt. Er empfahl der Kripo, eine interne Fahndung zu starten und die Fotos der Gesuchten bundesweit den Polizeidienststellen zuzusenden.

Den Verdacht, daß der Lehrer Claussen sich wegen seiner befürchteten Rufschädigung seines Mitwissers entledigt hatte, ließen sie vorerst fallen.

Sie konzentrierten ihre Arbeit auf die Suche nach den ehemaligen Bewohnern der Schaffarm. Auf diese fiel der Verdacht, sich an Häßling gerächt zu haben. Sie waren alle süchtig und mußten zwangsläufig irgendwann mit dem Gesetz in Konflikt geraten. Doch was hatte es auf sich mit dem Umbau der Schaffarm? Sie mußten mit Frau Steildorf ein Gespräch führen.

Miriam Steildorf hatte sich im Restaurant des Hotels Fährhaus für einen Tisch mit Fensterblick entschieden. Sie hatte eine Flasche Wein bestellt, nachdem sie ein Krabbenbrot mit Rührei und Zwiebelringen zu sich genommen hatte. Sie nippte am Glas und schaute durch das Fenster.

Die Sonne ging unter. An der Mole lagen die weißen Frisia-Schiffe der Reederei. Segelyachten liefen in den Sporthafen. Sie blickte auf die Silhouette von Norderney. In dem noblen Restaurant waren die meisten Tische besetzt. Die Ober bedienten in schwarzen Anzügen.

Sie dachte an Holger und weinte still vor sich hin. Miriam Steildorf war zweiunddreißig Jahre alt, Journalistin, Sparte Kultur. Sie hatte gelitten. Zuerst unter der Einsamkeit, nachdem ihr Verlobter und Kollege sich nach einem Streit entschlossen hatte, ohne sie in die Provinz zu ziehen. Holger war dem zusätzlichen Streß zum Opfer gefallen, den die gesamte Belegschaft des ehemals angesehenen Berliner Blattes zu spüren bekommen hatte, nachdem die Mauer gefallen war. Der Druck der Konkurrenzzeitungen! Dann die plötzliche Leere, nachdem sie all die Jahre mit dem Blick auf das DDR-Regime über das unterschiedlich angelegte kulturelle Schaffen berichtet hatten. Holger hatte erst vor zwei Monaten den Kontakt zu ihr wieder aufgenommen. Er hatte in Ostfriesland einen erfolgreichen Start gehabt. Ihm war es mit einigen aufsehenerregenden Berichten gelungen, das kleinbürgerliche Denken und die zurückhaltende Art der Menschen vor den Deichen mit kritischen Themen aufzurütteln. Damit hatte er sich gute Aussichten verschafft, irgendwo im norddeutschen Raum bei einer der großen überregionalen Zeitungen den gewünschten Aufstieg zu finden.

Holger war stets bemüht gewesen, sich seine geistige Unabhängigkeit zu bewahren. Er hatte auf der Suche nach seiner Selbstverwirklichung die Studienrichtungen öfter gewechselt und das kleine Erbe der Pastorenfamilie verbraucht.

Miriam stand besser da. Ihr Vater, ein praktizierender Arzt, besaß genügend Mittel, der Tochter beizustehen.

Miriam hatte sofort zugestimmt, als Holger ihr empfohlen hatte, das alte Bauernhaus mit den dazugehörigen Weiden, in

Küstennähe gelegen, in dem einige Fixer gehaust hatten, zu kaufen.

Sie hatte über das Anwalts- und Notariatsbüro Dirks und Dörfler ihr Gebot abgegeben und den Zuschlag erhalten.

Miriam Steildorf steckte sich eine Zigarette an. Alles hätte anders kommen können, dachte sie. Holger war hier im Hafengelände ermordet worden. Sie wollte seine Leiche nicht sehen. Sie nahm sich vor, tapfer zu sein. Holger mußte überführt werden. Sie hatte alles in die Wege geleitet. Holger sollte in Kassel im Grab seiner Eltern seine letzte Ruhe finden.

Miriam entschloß sich, den Kauf der Kate nicht rückgängig zu machen. Ihr Vater hatte ihr seine Hilfe angeboten. Noch praktizierte er. Auch er suchte nach Abstand und liebte die grüne Küstenlandschaft.

Sie mußte mit den Kriminalbeamten sprechen, den Vermieter aufsuchen, die Wohnung Holgers räumen und entscheiden, was von Holgers Habseligkeiten verwertet werden konnte.

Das Telefon klingelte. Der Kommissar nahm den Hörer ab.

»Herr Wübbena, eine Frau Steildorf wünscht Sie zu sprechen«, sagte der Beamte des Reviers.

Wübbena stutzte. »Ja, bringen Sie sie zu uns«, sagte er. Er schritt ans Fenster und blickte auf die historische Fassade des Reviers. Auf dem Marktplatz standen zwei Reisebusse. Seit Wochen bescherte das Wetter einen wolkenlosen Himmel. Die Blätter der Bäume bewegten sich im leichten Ostwind. Am Markt vorbei floß der Verkehr.

Er beobachtete, wie der Beamte die Dame begleitete. Sie trug ein blaues Kostüm und ging auf Pumps mit kleinen Schritten dem ehemaligen Weinhaus entgegen.

»Eine Dame von Welt«, sagte er und schaute Tjarden an, der dabei war, die Suchmeldung nach den ehemaligen Bewohnern der Schaffarm mit entsprechenden Fotos zu erstellen.

»Trägt sie Schwarz?« fragte Tjarden.

»Nein, Blau«, antwortete Wübbena und setzte sich an seinen Schreibtisch. »Journalistin, vielleicht sogar Schriftstellerin. Vielleicht will sie auf der Schaffarm träumen, wo die Träume der Fixer endeten.«

»Warum so gehässig? Der Häßling muß unter die Erde. Die Frau hat ihn geliebt«, sagte Tjarden.

Wübbena schwieg und wartete auf die Ankunft der Exverlobten des ermordeten Journalisten.

Er vernahm das Klopfen.

»Ja«, sagte er. Die Tür wurde geöffnet. Das Gesicht der Besucherin war nicht schön, wirkte aber dennoch irgendwie anziehend. Ihre Figur war stämmig.

Die Frau blickte ihn fragend an. Sie hatte blaue Augen. »Steildorf«, sagte sie und lächelte reserviert.

Wübbena fühlte, daß sie ihn nicht ernst nahm. Sie hatte die Größen der DDR-Literatur interviewt, die sich geängstigt haben mußten vor der Feder dieser Frau. Doch Wübbena war kein DDR-Literat. Er hatte den Mord an ihrem Exverlobten aufzuklären.

»Nehmen Sie Platz«, sagte Tjarden und rückte ihr den Besucherstuhl zurecht.

»Wir haben miteinander telefoniert. Mein Name ist Wübbena, Herr Tjarden ist mein Assistent. Ihr ehemaliger Verlobter hat keine Anverwandten. Seine Leiche wurde zur Bestattung freigegeben.«

Das blaue Sommerkostüm verlieh ihr Würde. Ihr Haar war blond und getönt. Sie trug es kurz geschnitten.

»Es scheint mir angebracht, wenn ich meinen ehemaligen Verlobten nach Kassel überführen lasse, um ihn dort im Familiengrab seiner Eltern beisetzen zu lassen. Sein Vater war Pastor«, sagte sie ernst.

»Dem steht nichts im Wege, doch da gibt es noch ein Problem. Sie haben das Anwesen gekauft. Der vorige Eigentümer hat dort Schafe gezüchtet«, sagte Wübbena.

»Ich sah in dem Erwerb des heruntergekommenen Anwesens eine Basis für meine und Holgers gemeinsame Zukunft. Wir waren dabei, uns wieder zu vertragen. Holger konnte dort günstig wohnen, und ich beabsichtigte, dort meine Ferien und Feiertage zu verbringen«, sagte sie. Sie holte aus ihrer Handtasche ein Taschentuch und begann zu weinen. »Verzeihen Sie. Ich leide sehr unter dem Verlust.«

»Sie arbeiten in Berlin. Beabsichtigen Sie, unter den jetzigen Umständen das Anwesen dennoch zu behalten?« fragte Tjarden.

Frau Steildorf sah überrascht auf.

»Selbstverständlich! Sie sind Beamte und kennen nicht den Streß, dem man bei einer Zeitung ausgesetzt ist. Ich sitze auf einem Schleudersitz.« Sie blickte die Beamten von oben herab an.

»Ihre Anspielung auf unseren Beamtenstatus ist abgedroschen«, sagte Wübbena. »Wir müssen den Mörder Ihres ehemaligen Verlobten überführen, deshalb interessieren wir uns für die näheren Umstände, die zum Kauf des herabgewirtschafteten Hofes geführt haben.«

Miriam Steildorf lächelte arrogant. »Wissen Sie, ich habe in jungen Jahren in Frankfurt als Gerichtsreporterin gearbeitet und kenne mich aus. Schon alleine, wie Sie mit mir das Gespräch führen, macht mir Ostfriesland sympathisch. Ich habe meinen ehemaligen Verlobten nicht umgebracht! Holger wünschte, daß wir uns wieder zusammenraufen sollten. Er schickte mir Fotos, die mich begeisterten. Ich besaß genügend Gespartes. Ich kann meine Mietwohnung in Berlin bezahlen und in ihr langfristig wohnen. Aber zusätzlich ein Feriendomizil in Ostfriesland, das reizte mich. Ich bediente mich eines Norder Notars. Sonst noch Fragen?« Miriam Steilhaus erhob sich. »Wenn Sie so freundlich sind, das Siegel von der Tür des von meinem Verlobten angemieteten Häuschens zu entfernen, dann kann ich mit der Wohnungsräumung beginnen.«

»Dem steht gar nichts im Wege«, sagte Tjarden. »Allerdings drängt sich uns der Verdacht auf, daß Ihr Freund die ehemaligen Bewohner der Schaffarm systematisch und eigennützig beobachtet hat. Er hat seine Zeitungsberichte raffiniert lanciert, die Süchtigen, ohne uns einzubeziehen, von Rauschgiftlieferungen abgeschnitten, und wie ich bei der Stadtsparkasse erfahren habe, hat die Kreditabteilung, hellhörig geworden, auf Zahlung der fälligen Hypothekenzinsen gedrängt. Wir gehen davon aus, daß er damit die Süchtigen vergrellt hat, die sich mutmaßlich an ihm gerächt haben.«

Miriam Steildorf drückte mit dem Ellbogen die kleine Tasche gegen ihre Rippen. Sie blickte irritiert um sich. Diese Gedanken waren ihr fremd.

»Häßling hat sich in Ostfriesland auf seinem Weg nach oben neben Bewunderern auch Feinde geschaffen. Einer davon war sein Mörder«, sagte Wübbena.

»Aber Holger stand immer auf der Seite der Schwachen. Er war ein Kämpfer für die soziale Gerechtigkeit«, sagte sie überzeugt.

»Ihr Verlobter fühlte sich weder dem Wohl der Allgemeinheit verbunden, noch bot er den Opfern eine Chance, wenn er mit seiner Kamera junge Menschen in die Pfanne haute, um Sensationen zu verkaufen«, sagte Tjarden.

Das war zuviel für die Literaturkritikerin. Ihre Augen versprühten Haß. »Vielleicht waren Sie nicht fähig, seinen Hinweisen zu folgen!« zischte sie.

»Im Gegenteil«, sagte Wübbena kalt. »Ihm verdankt die Bremer Polizei einen großen Flop, Frau Steildorf. Wir entfernen die Siegel und bemühen uns weiterhin, den Mord an Ihrem Verlobten aufzuklären,«

Frau Steildorf verließ grußlos das Dienstzimmer.

Die Sauna am FKK-Strand steht auf einer Rampe. Bei Flut rollen die Wellen vor der Treppe aus. Die Saunagäste stürzen sich dann nach dem Schwitzgang zur Abkühlung direkt in die Nordsee. Bei Ebbe laufen sie dampfend etwa hundert Meter den Wellen entgegen. Für Saunafreunde, die sich in ihrer Nacktheit wohl fühlen, ein einmaliges Naturerlebnis, an dem auch Helga Componga und Nina ihre Freude gefunden hatten. Die Sonne hatte ihre abgemagerten Körper tief gebräunt. Sie zogen die Blicke der männlichen Badegäste auf sich, wenn sie im Kreise der mit Gewichtsproblemen und dem Alter kämpfenden weiblichen Besucherinnen schwitzten und sich danach in den Wellen der Nordsee abkühlten.

Sie reagierten abweisend, wenn sich junge Männer ihnen mit Discomanieren zu nähern versuchten. Sie flirteten mit den Männern, deren Haare sich bereits grau zu färben begannen. Ihnen gelang es schon nach wenigen Saunagängen, den Kontakt zu den Männern herzustellen, die alleine kurten, mit denen sie nach einem feudalen Essen abends in die Hotelbetten stiegen. Natürlich gegen Bares, versteht sich.

Die Frisia-Schiffe, fast immer ausgebucht, boten Max und Onno genügend Schutz, wenn sie zum Festland fuhren. In Norden, im Schatten der Ludgerikirche, in Wurfnähe des alten Weinhauses, in dem die Kripo residierte, beschafften sie sich das lebensnotwendige Heroin. Gespritzt wurde im ehemaligen Wohnwagen des Konditormeisters Worringer, und am Abend täuschten die jungen Leute, wenn sie auf den Plastikstühlen vor dem kleinen Tisch im Freien saßen, eine heile Welt vor.

Die Frage, wie es weitergehen würde, wenn die sexsüchtigen »Opis« die Insel verlassen hatten, hatten die Bewohner des aufgebockten Campingwagens bereits geklärt. Im Herbst kamen die Kegelclubs, die mit gefüllten Portemonnaies an zwei bis drei Tagen ihre aufgestaute Vereinskasse auf den Kopf hauten. Angst hatten die Mädchen vor Aids. Max hatte deshalb einen großen Vorrat an Kondomen angelegt.

Norderney, sicherlich mit Sylt die attraktivste Insel, verwöhnt ihre Besucher nicht nur mit den einmaligen landschaftlichen Reizen, sondern bietet auch ein kulturelles Spitzenprogramm. Weder den Stadtvätern noch der Polizei war bekannt, daß auf dem Campingplatz in der Nähe des Leuchtturms ein Krebsgeschwür zu wuchern begann, das der Insel großen Schaden zufügen konnte, denn Max und Onno blieben nicht untätig. Sie machten sich abends ebenfalls mit Urlauberbräune zu den Discos auf den Weg und suchten nach weinerlichen Typen, denen sie leichte Einstiegsdrogen und auf Wunsch auch Heroin verkauften. Hinzu kam, daß als Asylanten getarnte Dealer das Absatznetz von Bremen ausweiteten und damit begannen, über die schützenden Deiche zu den ostfriesischen Inseln vorzustoßen.

Auf der Insel Norderney suchten Tausende von Urlaubern aus den Großstädten Erholung in der salz- und jodhaltigen Luft. Beim Baden in der Brandung und bei Spaziergängen durch die Dünen fanden sie zu sich selbst zurück. Um ihre Sicherheit bemühte sich die Polizei. Ihre Präsenz zeigten auch die beiden Beamten, die hoch zu Roß durch die Dünenlandschaft des Osthellers in das Schutzgebiet zur Spitze der Insel ritten.

Höflich machten sie Wanderer darauf aufmerksam, wenn sie verbotenes Terrain aufgesucht hatten. Danach ritten sie am Strand entlang zurück, den sie am FKK-Strand verließen. In der Nähe des Campingplatzes an den Salzwiesen hielt Wachtmeister Apke Wiards sein Pferd an, stieg aus dem Sattel und hob aus dem blühenden Strandflieder eine Einwegspritze.

»Rauschgift, das ist neu«, sagte er zu seinem Kollegen.

»Das könnte doch auch eine andere Spritze sein«, antwortete sein Kollege.

»Wer weiß? In der Ostfriesen-Post habe ich einen Artikel gelesen. Es gab bereits mehrere Rauschgifttote in Ostfriesland. Diese Rucksacktouristen, die hier nachts unkontrolliert pennen. Soll die Kripo das Ding untersuchen«, sagte Apke Wiards und steckte die Spritze ein. Er stieg auf sein Pferd. Die Beamten setzten ihren Kontrollritt fort.

Kommissar Meyers war beunruhigt. Eine kurze Zeit nach dem Fund der Einwegspritze durch die berittene Staffel der Polizei hatten einige Gäste empört das Revier angerufen. Sie hatten im Bereich der öffentlichen Toiletten an der Kaiserstraße Einwegbestecke und blutgetränkte Tempotücher gefunden. Auch in der Toilette des Busbahnhofes auf der Jann-Berghaus-Straße hatten Urlauber entsprechende Fixerutensilien entdeckt.

Selbst die Müllwerker hatten sich gemeldet. In den Müllbehältern am Zuckerpadd waren sie auf Einwegspritzen gestoßen. Meyers hatte die Funde an das Gesundheitsamt Norden geschickt. Es gab keinen Zweifel, auf der Insel wurde Heroin gespritzt. Meyers, verantwortlich für die Sicherheit der Inselbesucher, schlug während einer von ihm einberufenen Dienstbesprechung vor, ihre Präsenz an den Abenden zu verstärken. Nach einer ausgiebigen Diskussion ordnete er an, die Discos, das Gelände rund um die Campingplätze und besonders das Landschaftsschutzgebiet oberhalb des Leuchtturms von Beamten in Zivil kontrollieren zu lassen. Nach der Dienstbesprechung rief Meyers das Revier in Norden an.

»Wübbena«, meldete sich der Kollege.

»Hier Meyers, Norderney. Wir haben eine Menge Fixermüll gefunden. Dealer und Fixer versuchen auf der Insel Fuß zu fassen. Sie nutzen das beständige Sommerwetter und kommen als Rucksacktouristen auf die Insel. Sie nächtigen in den Dünen und verstecken sich tagsüber an den Stränden. Ich habe Beamte vom Tagesdienst abgezogen. Sie gehen abends in Zivil auf Streife. Zur wirksamen Durchführung benötige ich zusätzlich zwei Beamte.«

»Das geht klar. Ich werde mir Rückendeckung in Aurich holen«, sagte Wübbena. Er blickte Tjarden an, der am Schreibtisch saß und Akten bearbeitete.

»Danke«, sagte Meyers und legte auf.

»Das Heroin schwappt rüber nach Norderney. Meyers fehlen zwei Beamte für zusätzliche Kontrollen«, sagte Wübbena.

»Chef, Kost und Logis gratis. Ich mache mit«, sagte er spontan.

»Und wer soll dich begleiten?« fragte der Kommissar.

»Ich denke an Ufke Rose«, meinte Tjarden.

»In Ordnung«, sagte Wübbena.

20

Wilko Tjarden und Ufke Rose trugen T-Shirts und Jeans. Sie betraten am Zuckerpadd die Dünen. Nach einem heißen Sommertag mit Temperaturen knapp unter achtundzwanzig Grad strich am Abend von der See her ein kühler Wind erfrischend über die Dünen. Der Himmel war wolkenfrei. Der Mond warf fades Licht.

Meyers hatte darauf bestanden, daß sie ihre Dienstwaffen mit sich führten. Schon seit Tagen versahen sie abends ohne sonderliche Vorkommnisse ihren Dienst. Die Eintönigkeit der langen Nachtstunden erinnerte sie an ihre Zeit bei der Bundeswehr. Sie unterhielten sich und führten die Stablampen in ihren Händen und beobachteten das Gelände.

Das Café »Weiße Düne« hatte die Türen geschlossen. Sie stapften durch den weißen Sand, nachdem sie die öffentlichen Toiletten und Duschanlagen hinter dem Café inspiziert hatten. Sie blickten auf das Meer, von dem sie nur die weißen Schaumkämme sahen, und hörten das Ausrollen der Brecher. Zwei berittene Beamte kreuzten ihren Weg. Sie ritten zur Inselspitze, die Norderney nur einige Seemeilen von Baltrum trennte, um das Gelände nach illegalen Campern abzusuchen, während die Beamten den Weg zum Campingplatz nahmen.

Der Leuchtturm warf im Rhythmus seinen Strahl über die Insel. Sie sahen seine schmalen Umrisse, während der rotierende Strahl sie blendete. Im Golfhotel brannten noch Lichter. Hotelgäste saßen auf der Terrasse. Fetzen ihrer Unterhaltung trug der abgekühlte Wind ihnen entgegen. Sie überquerten die Straße und schritten dem Campingplatz entgegen. In einigen Wohnwagen brannten noch Lichter. Auf der Terrasse des Cafés »Um-Ost« saßen Camper und tranken Bier. Es roch nach gegrillten Würstchen.

Tjarden und Rose schritten durch den weichen Sand. An der Steinfassade der Sanitäranlagen brannte eine matte Lampe. Sie stutzten, als der Strahl des Leuchtturmes für Sekundenbruchteile über zwei Männer huschte, die aus dem Toilettengebäude kamen. Sie bemerkten, wie der eine etwas unter seine Achsel schob. Als wolle er sich orientieren, verharrte er auf der Stelle, während der andere Mann eilig in die Dunkelheit eintauchte.

»Hast du gesehen?« zischte Tjarden und rannte los, um den Mann zu verfolgen. Der andere Mann kam Rose entgegen. Rose schaltete die Stablampe an. Es war ein Farbiger. Rose hielt ihn an.

»Polizeikontrolle«, sagte er.

Der Farbige war stämmig. Sein Haar war kurz geschoren. »Bin Asylant«, sagte der Fremde und lächelte.

»Ihre Papiere!« sagte Rose.

»Habe Papiere nicht hier. Haben in Bremen. Bin nur auf Insel, um zu schauen«, sagte er.

»Und wo wohnen Sie?« fragte Rose.

»Ich arm, nicht brauchen Zimmer. Wetter gut«, sagte der Farbige und wollte davonlaufen.

Rose zog die Dienstwaffe. »Lassen Sie das!« sagte er forsch. Der Asylant blieb stehen. Rose durchsuchte ihn. Er fand unter seiner Achselhöhle ein Geldpäckchen. Es waren fünf Tausendmarkscheine. Er steckte das Geld ein.

Er hielt den Fremden in Schach und wartete auf Tjarden.

Tjarden war um das Café gelaufen, um dem Unbekannten zu folgen. Er hatte Schritte vernommen und war an den Campingwagen entlang in die Dünen gelaufen. Dort hatte er sich für Sekunden orientiert, die Stablampe eingeschaltet und nach dem Unbekannten gesucht. Seine Bemühungen waren vergeblich. Er brach die Suche ab und ging zu Rose zurück, der wachsam den Farbigen im Auge behielt.

»Ein Dealer?« fragte Tjarden.

»Bin nicht Verbrecher«, sagte der Asylant.

Sie nahmen ihn in die Mitte und brachten ihn zum Revier.

Meyers saß am Schreibtisch. Tjarden hatte an dem kleinen Seitentisch Platz genommen, auf dem die Schreibmaschine stand. Er führte das Protokoll, während Rose einen Stuhl in Türnähe gerückt hatte und dem Verhör folgte.

»Ihren Paß haben Sie in Bremen?«

»Ja.«

»Ihr Name?«

»Tom Rabuta.«

»Und Sie wohnen?«

»Alte Ziegelei, Lehmweg siebzehn, Bremen dreizehn.«

»Ihr Beruf?«

»Student und Vater ohne Arbeit. Keine Semester.«

»Sind Sie anerkannter Asylant?«

»Nein, warten auf Bescheid.«

»Von wem bekamen Sie das Rauschgift?«

»War Landsmann aus Ghana, selbst drei Jahre in Deutschland. Ist in Heimat reich. Bezahlte Ticket für Asyl. Ich muß verkaufen heiße Stoff, weil er will Geld zurück.«

»Wie heißt dieser Landsmann?«

»Haben viele Namen. Viele Passports.«

»Wieviel Heroin haben Sie verkauft?«

»War kleine Menge, gut Ware, vielleicht fünfzig Gramm.«

Tom Rabuta antwortete bereitwillig. Er zeigte keine Reue. So als handele es sich um täglichen Kleinkram, blieb er gelassen.

»Seit wann leben Sie in der BRD?«

»War halbes Jahr in Bremen. Mußte fahren zu Insel nach Campingplatz vor Leuchtturm. Zeit war halb zwölf Uhr Toilette. Mußte sagen zu Mann: Wie spät ist es? Er mußte antworten: Habe immer Zeit. Dann ich gebe Ware und bekomme Geld.«

»Sie sprechen gut Deutsch.«

»Habe gelernt in Schule. Liebe deutsche Kultur. Ist viel Armut bei Vater und Mutter.«

»Können Sie den Abnehmer des Heroins beschreiben?«

»Kann nicht. War dunkel auf Toilette, und Menschen hier alle ähnlich.«

»Und die Anschrift Ihres Freundes?«

»Ist unbekannt. Wohnt bei Asylanten hier und dort und immer Geschäft. Müssen alle zahlen für Ticket und verkaufen Rauschgift«, antwortete er.

»Wir werden Sie dem Amtsrichter vorführen. Sie haben gegen ein Gesetz unseres Landes verstoßen«, sagte Tjarden.

»Ich gezwungen, kann nicht zahlen Ticket von Sozialgeld. Möchte nicht Gefängnis. Möchte sagen, was weiß und nicht zurück nach Ghana.«

Meyers blickte auf die Fahrkarte und auf das Schiffsticket, die mit der Barschaft des Dealers vor ihm auf dem Schreibtisch lagen. »Sie sind mit der Bundesbahn angereist. Ihren Paß haben Sie in Bremen. Und Ihr Gepäck?« wandte er sich an den Schwarzen.

Er wunderte sich über die Selbstsicherheit des Mannes, der nicht zu begreifen schien, daß er sich wegen einer Gesetzesübertretung zu verantworten hatte.

»Bin ohne Tasche. Ist Sommer. Habe Geld. Kann essen und trinken. Und irgendwo warten auf Schiff«, antwortete er.

»Herr Rabuta, Sie befinden sich bei uns in Untersuchungshaft. Unterschreiben Sie bitte das Protokoll«, wies Meyers an.

Tjarden zog den Bogen aus der Schreibmaschine. Rabuta las das Protokoll durch. Dann unterschrieb er.

»Der Amtsrichter wird über Ihr weiteres Schicksal entscheiden.« Meyers langte zum Telefonhörer und rief die Bereitschaft an. »Holt den Dealer ab. Er verbringt die Nacht in der Zelle.«

Gelassen saß der Schwarze auf dem Stuhl. Er wirkte wie ein Gast in seiner gepflegten Sommerkleidung. Ein Beamter der Schutzpolizei erschien und führte Rabuta ab.

Tjarden stellte die Schreibmaschine ab. Er schritt an das Fenster und blickte auf den Onnen-Fisser-Platz. Feriengäste spazierten durch die milde Nachtluft.

»Wir benötigen einen Durchsuchungsbefehl«, sagte Tjarden. »Wir beobachteten einen Mann, der mit dem Dealer die Toilette verließ. Ich habe die Dünen vergeblich durchsucht. Er muß in einem der Campingwagen am Dünenrand Unterschlupf gefunden haben.«

»Vielleicht der Kunde des Herrn Rabuta«, folgerte Meyers.

»Davon können wir ausgehen«, antwortete Tjarden. Er langte nach dem Telefonhörer. »Ich benachrichtige den Staatsanwalt.«

»Ich faxe das Protokoll an unsere Bremer Kollegen«, sagte Meyers.

Tjarden und Rose fuhren gegen neun Uhr zehn in Begleitung eines Wachtmeisters zum Campingplatz. Sie parkten ihren Bully vor dem Café ›Um-Ost‹. Die Sonne schien. Kinder spielten in den Dünen. Vor dem Kiosk hatte sich eine Schlange gebildet.

Urlauber in Badekleidung saßen im Freien auf Plastikstühlen vor ihren Campingwagen. Möwen kreischten im leichten Wind.

Vom Wattenmeer stieg ihnen ein leichter salziger Tang- und Fischgeruch entgegen. Es war Ebbe.

Tjarden schaute sich um. Rechts lagen die Waschräume mit den Toiletten. »Hier geht es lang«, sagte er. Sie schritten an den sonnenhungrigen Feriengästen vorbei. Tjarden betrachtete die Campingwagen. Es waren mehrere, die in der Nähe der Dünen standen. Vor einigen frühstückten die Bewohner im Freien. Ihm fiel ein Campingwagen auf, der unbewohnt wirkte.

Vielleicht schlafen die Bewohner noch, dachte er, näherte sich dem Campingwagen und schlug mit der Faust gegen die Außenhaut. Sie horchten erwartungsvoll. Tjarden klopfte gegen die Tür. Sie vernahmen Geräusche.

Sekunden später wurde die Tür aufgestoßen. Tjarden sah in das Gesicht eines schmächtigen Mannes. Das ist Max, schoß es ihm durch den Kopf. Max Köstler blinzelte verwirrt. Die Sonne blendete ihn.

»Was wollen Sie?« fragte er unwirsch. Sein Gesicht war knochig und sein Körper mager. Er trug nur eine Badehose.

Tjarden griff zur Messingmarke und hielt sie hoch. »Kripo, mein Name ist Tjarden.«

Aus dem Campingwagen drangen Stimmen nach draußen. Der aufgebockte Wagen begann leicht zu schaukeln. Hinter Max erschien ein weiterer Bewohner und blickte sich finster um. Er sah gut aus, trotz des verkaterten Gesichts.

»Was ist hier los?« fragte er böse.

»Sie sind Onno Hayenna«, sagte Tjarden.

»Verschwinden Sie!« rief Hayenna.

»Langsam, nicht so vorlaut. Ich gehe davon aus, daß sich auch Helga Componga im Wagen befindet«, sagte Tjarden.

»Sie haben kein Recht, uns hier zu stören«, schimpfte Max Köstler.

»Über Recht und Unrecht läßt sich reden«, sagte Rose ironisch.

»Wir spielen hier nicht Blindekuh«, sagte Tjarden. »Wir haben einen Durchsuchungsbefehl. Der Staatsanwalt fahndet nach Ihnen. Sie stehen im Verdacht, im großen Stil mit Rauschgift zu handeln. Verlassen Sie den Wohnwagen.«

Der Wachtmeister schritt an die Tür und zog Max aus dem Wagen.

»Steigen Sie aus«, befahl Tjarden Hayenna.

Onno folgte widerstandslos der Aufforderung. Auch er trug nur eine Badehose. Rose betrat den Campingwagen. Er sah die beiden Mädchen, die sich hastig anzogen.

»Packen Sie Ihre Papiere und einige Wäschestücke in eine Tasche, und verlassen Sie den Campingwagen. Sie müssen uns zum Revier begleiten.«

Die Luft im Wagen war stickig und warm. Lebensmittel standen auf dem Tisch. Auf dem Boden lagen benutzte Spritzbestecke. Kleidungsstücke lagen überall herum. Die Mädchen stopften ihre Rucksäcke voll und verließen den Wagen.

Rose trat an die Tür. »Herr Köstler, kommen Sie, packen Sie eine Tasche für die Untersuchungshaft«, forderte er den Mann auf.

Max betrat wortlos den Campingwagen. Der Wachtmeister stellte sich zur Sicherung an die Tür. Unter den Blicken des Beamten suchte Max im Durcheinander nach Wäsche, Hemden und Hose. Er zog sich an und packte einen Rucksack.

»Vergessen Sie Ihre Papier nicht«, sagte Rose.

Nach Max war Onno an der Reihe. »Scheiße, Sie nehmen mir die Chance, selbst Schluß zu machen«, schimpfte er.

»Tragen Sie das dem Amtsrichter vor. Ihr Vater war da anderer Meinung«, sagte Tjarden.

Onno Hayenna stopfte Klamotten in eine große Sporttasche und verließ mit Rose den Campingwagen.

»Folgen Sie uns bitte«, sagte Tjarden. »Wir werden den Wohnwagen später durchsuchen.« Er versiegelte die Tür.

Das kleine Sitzungszimmer lag zur Nordwestseite. Das Fenster stand offen. Im Raum war es angenehm kühl. Meyers saß mit Tjarden und Rose an der Stirnseite der zum Karree zusammengerückten Tische. In der Nähe der Tür hatte der Wachtmeister der Schutzpolizei auf einem Stuhl Platz genommen.

Die Süchtigen saßen kleinlaut den Beamten gegenüber. Sie

standen, so schien es, noch unter Drogenwirkung. Der Raum wirkte nüchtern. An den weißen Wänden hingen Luftbildaufnahmen von Norderney. An einem Tisch in Fensternähe saß Wachtmeisterin Kleen mit einem Stenoblock in der Hand.

Meyers begann das Verhör. »Es steht fest, daß Sie Drogen zu sich nehmen. Wir vermuten, daß Sie auch auf Norderney in Discos Rauschgift verkauft haben. Gestern abend haben wir auf dem Campingplatz einen Dealer überführt, der Ihnen Heroin verschafft hat. Wir fanden bei ihm fünftausend Mark.«

Max blickte den Kommissar böse an. »Sie haben keine Beweise!«

»Doch, die haben wir. Der Farbige hat gestanden. Er hat Ihnen auf der Toilette die Ware ausgehändigt«, sagte Meyers.

»Sie sind uns nur knapp entkommen«, sagte Tjarden.

»Herr Kommissar, jetzt spielen Sie wirklich Blindekuh«, erwiderte Max und grinste.

»Nehmen Sie mich nicht auf den Arm, Herr Köstler«, sagte Meyers. »Wir werden Ihren Campingwagen durchsuchen und Rauschgift finden.«

Tjarden schaltete sich ein. »Fräulein Componga, an Sie muß ich eine Frage richten, die in das Protokoll aufgenommen wird. Haben Sie mit Ihrem Freund Ihren Lehrer überfallen und beraubt, weil Sie dringend Geld und Stoff benötigten?«

Helga senkte den Blick und weinte.

»Mit Freund meinen Sie mich?« fragte Onno Hayenna und lachte gehässig.

»Ja, Herr Hayenna«, erwiderte Tjarden gelassen.

»Sie bluffen!« antwortete Hayenna und wandte sich an Helga. »Hör auf zu flennen!«

»Ich muß Sie enttäuschen, Herr Hayenna. Das Labor fand in den Pudelmützen, die Sie und Fräulein Componga sich überstülpten, als Sie den Lehrer überfielen, einige Haarrückstände. Ich gehe davon aus, daß wir bei der Durchsuchung des Campingwagens weitere Haarreste finden werden.«

»So ein Stuß!« empörte sich Hayenna.

»Es liegt an Ihnen, uns zu helfen, Ihre Unschuld zu beweisen«, sagte Meyers. »Zupfen Sie sich ein Haar aus, das gilt auch für Sie, Fräulein Componga. Wir werden sie im Labor mit den vorliegenden Haarrückständen vergleichen lassen.«

Tjarden zog ein Tempotuch aus seiner Tasche. »Bitte«, sagte er.

Helga Componga war sehr blaß. »Ich möchte das nicht«, sagte sie kleinlaut.

»Na, los! Es geht um einiges!« sagte Meyers.

Helga griff in ihr langes Haar, wickelte eines um ihren Finger und riß es aus. »Hier«, sagte sie und begann zu schluchzen.

Auch Onno folgte dem Beispiel und legte angewidert ein Haar auf das Papiertuch.

»Wir werden sehen, ob Sie Ihren Lehrer für läppische tausend Mark überfallen haben«, sagte Tjarden.

»Hängen Sie uns nichts an!« zischte Hayenna. »Sie haben dafür keine Beweise!«

»Noch nicht«, sagte Meyers. »Sie können Gott danken, daß Herr Claussen überlebt hat. Aber sterben mußte der recherchierende Journalist Häßling.«

Helga blickte überrascht auf. »Was ist mit ihm?« fragte sie und wischte sich die Tränen aus dem Gesicht.

»Ach?« fragte Tjarden. »Das wissen Sie nicht?« Er grinste ironisch. »Wir fischten Häßling in Norddeich aus dem Hafenbecken. Er wurde erwürgt.«

»Häßling ist tot?« fragte Helga ungläubig.

»Ja, er wurde ermordet!« antwortete Meyers mit vorwurfsvoller Stimme.

Nina blickte nur kurz auf, als ginge sie das alles nichts an. Onno lachte wieder.

»Sagen Sie das noch einmal, Herr Kommissar. Den Häßling hat jemand geschaßt?«

»So verhält es sich«, sagte Meyers.

Max schaute böse drein. »Und nun wollen Sie uns dafür verantwortlich machen.«

»Häßling war Ihnen zu nahe gerückt. Er wußte, daß Sie im großen Stil in Bremen Heroin kauften. Sie betrieben Ihren Verkaufsstand nur zur Tarnung. Sie sind Häßling nur knapp entkommen, weil er der Bremer Kripo erst den Tip gab, als Sie eine

Großlieferung auf Norderney deponiert hatten. Sie haben Häßling in den Hafen gelockt! Sie haben ihn erwürgt und in das Hafenbecken geworfen!«

»Herr Kommissar, ich spritze, auch Max spritzt«, sagte Onno Hayenna. »Wir haben Probleme, für uns gilt es nur, daß wir den Stoff bekommen. Aber wir sind keine Mörder!«

Er wirkte müde und blaß. Max saß zusammengesunken auf dem Stuhl und stierte vor sich hin.

»Warum hat dieser eklige Zeitungsmensch uns nicht in Ruhe gelassen!« empörte sich Nina. »Ich schreibe Gedichte. Ich war glücklich auf der Schaffarm.«

»Und Sie haben sich die Mühe gemacht, aus Illustrierten und Zeitschriften, für die der Reporter schrieb, Buchstaben herauszuschneiden und sie zu einer aufregenden Nachricht zusammenzukleben?« fragte Tjarden.

Nina schaute den Beamten verwirrt an. Sie sah hübsch aus mit ihren kastanienbraun gefärbten Haaren und dem irgendwie verträumten Blick.

»Ich weiß nicht, wie Sie das meinen. Ich schreibe Gedichte, schneide hin und wieder die Zeilen aus und klebe sie dann zusammen«, sagte sie.

»Spielen Sie nicht die Naive«, sagte Meyers vorwurfsvoll.

»Herr Kommissar, Ihren Gedanken liegt wohl ein Irrtum zugrunde«, sagte Max und kicherte vor sich hin. »Wir haben den Reporter nicht in den Norddeicher Hafen gelockt. Wir haben ihn auch nicht umgebracht! Wir haben erst jetzt von Ihnen erfahren, daß er nicht mehr lebt.«

»Und warum haben Sie die Schaffarm fluchtartig verlassen, um hier auf der Insel unterzutauchen?« fragte Tjarden.

»Weil man uns vertrieben hat. Das Finanzamt und die Stadtsparkasse forderten Beträge, die wir nicht aufbringen konnten. Mein Anwesen ließen sie versteigern. Sie zerstörten meine Existenz. Der Campingwagen war unsere letzte Möglichkeit, ein Dach über dem Kopf zu haben.«

»Ein kleines Inselmärchen«, sagte Tjarden ironisch.

»Spielen Sie sich nicht so auf«, schimpfte Max.

»Wir werden Sie dem Untersuchungsrichter zuführen«, sagte

Tjarden. Frau Kleen begann das Protokoll zu tippen. Meyers schaute auf die Uhr.

»Wir haben einen Haftbefehl. Ich bitte Sie, sich den notwendigen Maßnahmen nicht zu widersetzen.« Er erhob sich. »Herr Rose, bitten Sie die Kollegen der Schutzpolizei, sich bereit zu halten. Sie können die Vierzehn-Uhr-Fähre nach Norddeich noch erreichen.«

Rose verließ das Zimmer.

»Es liegt an Ihnen, ob wir Handschellen verwenden müssen«, sagte Meyers und ließ sich von Wachtmeisterin Kleen das Protokoll anreichen. Er verlas das Protokoll.

»Wir unterschreiben nur, wenn Sie vermerken, daß wir mit dem Mord nichts zu schaffen haben«, forderte Max.

»Frau Kleen, tippen Sie diesen Zusatz in das Protokoll«, sagte Meyers.

Danach unterschrieben die ehemaligen Bewohner der Schaffarm das Protokoll. Die Beamten der Schutzpolizei betraten das Sitzungszimmer und begleiteten die jungen Leute zum bereitgestellten Kleinbus. Meyers faxte das Protokoll zur Staatsanwaltschaft.

Am Nachmittag begannen Tjarden und Rose mit der Durchsuchung des Campingwagens.

Der Platzwart half ihnen, die vergammelten Lebensmittel und benutzten Einwegspritzen und den übrigen Fixermüll zu entsorgen. Sie fanden Restbestände des gedealten Heroins. Die Clique hatte keine Dokumente hinterlassen, die es ermöglichten, ihren bisherigen Lebensstationen zu folgen. Keine Zeugnisse, weder eine Steuerkarte noch den Nachweis einer Mitgliedschaft in einer Krankenkasse. All das, was das Leben des normalen Bürgers an Formularen, Berechtigungsnachweisen, Bestätigungen und Quittungen gewöhnlich begleitet, fehlte.

Die Süchtigen waren in der Tat Aussteiger, die sich von allem gelöst hatten, was die Gesellschaft für wichtig hielt. Um so überraschter reagierten die Beamten auf einen groß angelegten Vorrat an Kondomen. Der Verdacht lag nahe, daß die Mädchen auf den Strich gegangen waren. Die Beamten steckten einige Wäschestücke in Plastiktüten und trugen sie zum Wagen.

Neugierige Camper hatten sich eingefunden. Als Tjarden die Tür des Campingwagens versiegelte, befragte Rose sie und erkundigte sich bei den benachbarten Bewohnern der Campingwagen nach den Rauschgiftsüchtigen.

Sie folgten den Hinweisen und suchten den FKK-Strand auf. Der von der Sonne tiefgebräunte Medizinstudent aus Pewsum, der ihnen in seiner Funktion als Bade- und Saunameisters Antwort gab, erinnerte sich an die beiden hübschen Mädchen, die, so hatte er beobachtet, gezielt den Umgang mit reiferen Jahrgängen bevorzugt hatten. »Mehr ist nicht drin«, hatte er geantwortet und die Beamten auf der kleinen Terrasse in der Sonne stehen lassen, um in der Sauna den fälligen Aufguß zu machen.

Nackte kamen und gingen und betrachteten sie böse, als seien sie Voyeure.

21

Durch das Fenster schien die Sonne. Im Dienstzimmer war es sehr heiß. Wübbena studierte die Akten. Sie hatten den Fall Componga zu den Akten gelegt. Und nun ging es um die Tochter. Hatte sie, wie sie annahmen, mit ihrem Freund den Lehrer Claussen überfallen? Sie mußten auf die Laborergebnisse warten.

Sie hatten auch noch keine Beweise, daß die Süchtigen von der Schaffarm den Journalisten umgebracht hatten.

Wübbena zweifelte auch weiterhin daran, daß der Maurer Componga ohne Fremdeinwirkung auf den Container gestürzt war.

Er vermißte Tjarden, der auf Norderney seinen Dienst versah. Er setzte seine Gedanken dort noch einmal an, wo für ihn der Fall begonnen hatte.

Als er mit Wachtmeisterin de Boer an jenem späten Abend

die Wohnung der Compongas betreten hatte, waren sie davon ausgegangen, daß der Maurer bei seiner Absicht, nach seiner Tochter zu schauen, in der Tat verunglückt war.

Weder er noch Wachtmeisterin de Boer hegten bei ihrem Besuch einen Mordverdacht. Deshalb hatten sie darauf verzichtet, sich in der Wohnung genauer umzusehen.

Wübbena erhob sich und bereitete sich einen Tee zu. Während er Tee trank und dazu eine Pfeife rauchte, versuchte er sich zu erinnern.

Vor dem Tisch, dem Platz gegenüber, an dem Frau Componga gesessen hatte, hatte eine billige Fußmatte auf dem fleckigen Bodenbelag gelegen. Er hatte sie bei seinem letzten Besuch bei Frau Componga nicht mehr gesehen und festgestellt, daß der Fußbodenbelag gründlich gereinigt worden war.

Vielleicht hatte Frau Componga die Matte dort plaziert, weil ihr trinkender Mann, der auch viel rauchte, mit den glimmenden Zigaretten unvorsichtig hantiert und die herabfallende Glut Löcher in den Teppichbelag gebrannt hatte.

Nach einigen Minuten griff Wübbena nach dem Telefonbuch und suchte vergeblich nach der Telefonnummer der Frau Componga.

Er blies das Licht im Stövchen aus, trank die Tasse leer, klopfte die Pfeife aus und verließ die Dienststelle. Er stieg in seinen Dienstwagen und fuhr nach Marienhafe, um der Mutter der straffällig gewordenen Tochter einen Besuch abzustatten.

Die Landwirte begannen viel früher als in den vorherigen Jahren mit der Getreideernte. Mähdrescher zogen mit riesigen Staubwolken über die Felder. Die Maispflanzen standen bereits hoch. Das Gras der Weiden, auf denen das Buntvieh graste, hatte sich nach einigen regenträchtigen Gewittern erholt.

Wübbena befand sich auf dem Wege zu Frau Componga. Er ging davon aus, daß sie ihre Entziehungskur beendet hatte. Ihre Tochter war volljährig. Sie war juristisch gesehen ihrer Mutter weder Rede noch Antwort schuldig. Doch Helgas Familienleben war verworrener als das ihrer Mitschülerinnen verlaufen.

Wübbena hielt es daher für notwendig, Frau Componga mitzuteilen, daß Helga sich in einer Clique befunden hatte, die nicht nur gegen das Betäubungsgesetz verstoßen, sondern sich auch wegen eines Raubüberfalls mit ihrem Freund zu verantworten hatte. Hinzu kam, daß Helga mutmaßlich zum Mittäterkreis gehörte, falls, was es noch zu beweisen galt, Max und Onno Häßling in Norddeich ermordet hatten.

Doch der eigentliche Grund für seinen Besuch bestand darin, sich bei Frau Componga nach dem Verbleib der Fußmatte zu erkundigen.

Wübbena parkte vor dem Block, verließ den Wagen und betrat das Haus.

Er schritt zu der Wohnung der Compongas und war überrascht, als er auf dem Namensschild oberhalb der Klingel ›Vladimir Stokowska‹ las. Er drückte den Klingelknopf. Eine Frau öffnete die Tür. Sie war um die Dreißig. Ihr Haar war schwarz, ihr Teint verriet ihre slavische Herkunft.

»Bitte?« sagte sie und musterte ihn.

»Entschuldigen Sie bitte, hier wohnte eine Frau Componga«, sagte er und lächelte gewinnend.

»Ja, hat hier gewohnt. Ist ausgezogen, jetzt ich und mein Mann mit Kindern hier. Kommen aus Rußland.«

»Und Frau Componga ...?« fragte Wübbena.

»Nicht weiß«, sagte sie.

»Ich komme von der Polizei«, sagte Wübbena.

Die Frau erschrak. Wübbena zeigte seine Messingmarke.

»Darf ich kurz einen Blick in die Wohnung werfen?« fragte er.

Die junge Frau blickte ihn ängstlich an.

»Frau Stokowska, ich bin wegen Ihrer Vormieterin hier«, beruhigte Wübbena sie.

Kinder spielten an einem Tisch. Er befand sich dort, wo auch der Tisch der Compongas gestanden hatte. Die Wohnung war sauber. Die Gemeinde hatte den abgetretenen Bodenbelag nicht erneuern lassen. Das Mobiliar war neu. Vor den Türen lagen bunte Brücken.

»Danke«, sagte Wübbena. »Ich wünsche Ihnen alles Gute!« Er verließ die Wohnung.

Wübbena fuhr zum Gemeindeamt. Er suchte den Sachbearbeiter auf, der für Asylanten und Aussiedler zuständig war.

»Herr Saathoff, ich komme vom Block«, sagte Wübbena und wies sich aus. »Ich habe die ehemalige Wohnung der Familie Componga aufgesucht. Ich wollte Frau Componga einen Besuch abstatten.«

»Frau Componga ist hier abgemeldet. Wir haben ihre Wohnung räumen lassen, während sie zur Kur war. Sie wohnt jetzt auf Norderney in der Jann-Berghaus-Straße, Appartementhaus ›Inselglück‹«, sagte Saathoff.

»Eine noble Adresse«, antwortete Wübbena.

»Das kann man wohl sagen. Wir sind darüber sehr glücklich. Wir wissen nicht, wo wir die Asylanten und Aussiedler noch unterbringen können«, sagte Saathoff reserviert.

»Können Sie den Teppichboden in der Wohnung nicht erneuern lassen?« fragte Wübbena.

Saathoff schaute den Kommissar überrascht an. »Uns fehlt es an Geld«, antwortete er.

»Mir läge es daran, wenigstens ein Stück des ausgedienten Bodenbelags für unsere Untersuchung zu bekommen«, sagte Wübbena.

Saathoff zog die Stirn kraus. »Wir können doch nicht einfach ein Stück herausreißen«, sagte er irritiert.

»Schicken Sie einen Handwerker hin. Soviel Geld haben Sie doch noch im Etat«, sagte Wübbena.

»Warten Sie«, sagte Saathoff. »Das kann ich nicht entscheiden. Sprechen Sie mit unserem Kämmerer.«

Wübbena folgte Saathoff, der ihm den Weg zeigte. Dann betrat er das Zimmer des Kämmerers. Wilken, den Wübbena von seiner Schulzeit her kannte, begrüßte ihn freundlich. Nach einem vertraulichen Gespräch erklärte sich der Gemeindekämmerer bereit, dem Wunsch der Kripo nachzukommen und beauftragte den Gemeindemaler in Anwesenheit des Kommissars, den alten Teppichboden zu entfernen und mit neuer Ware auszulegen.

Am Morgen befand sich der Laborbericht des Gerichtsmedizinischen Institutes in der Post. Die Untersuchung hatte ergeben, daß die von Helga Componga und Onno Hayenna für die Aufklärung gespendeten Haare mit an Sicherheit grenzender Wahrscheinlichkeit mit den in den Pudelmützen und in der Bettwäsche gefundenen Haarrückständen übereinstimmten.

Wübbena benachrichtigte den Staatsanwalt. Der eingeschaltete Untersuchungsrichter ließ Helga und Onno vorführen, um sich ihre Stellungnahmen zu den vom Staatsanwalt erhobenen Vorwürfen anzuhören. Sie tagten im kleinen Sitzungszimmer des Amtsgerichtes Aurich. Helga weinte ununterbrochen und gestand schließlich die Tat. Auch Onno zeigte Reue und bekannte sich zu dem Verbrechen.

Der Richter bat sie, sich einem Rechtsbeistand anzuvertrauen oder ihre Belange von einem durch das Gericht bestellten Strafverteidiger wahrnehmen zu lassen.

Der Richter machte darauf aufmerksam, daß Lehrer Claussen auf die Rolle als Nebenkläger verzichtet hatte. Er ordnete an, daß Helga Componga bis zum Prozeß in die Vollzugsanstalt Hameln eingewiesen wurde. Helga wurde abgeführt. Sie warf Onno beim Verlassen des Zimmers mit verheulten Augen einen traurigen Blick zu.

Onno Hayenna, der zusätzlich unter dem Verdacht stand, mit seinem Freund Max Köstler den Journalisten Holger Häßling in Norddeich ermordet zu haben, wies diese Tat vehement von sich. Alle Versuche des Staatsanwaltes, ihn zu einem Geständnis zu bewegen, blieben ohne Erfolg.

Der Richter entschied, daß Onno der Strafvollzugsanstalt Lingen/Ems zugewiesen wurde.

Das Verhör des Verdächtigen Max Köstler verlief ebenfalls im Sande. Max gestand, im größeren Stil gedealt zu haben. Weder er noch Onno Hayenna seien zur Tatzeit in Norddeich gewesen. Er beteuerte seine Unschuld an dem Mord an Häßling.

Der Richter ordnete an, daß Max Köstler wegen erwiesener grober Verstöße gegen das Betäubungsgesetzes und wegen Mordverdacht bis zur Prozeßeröffnung der Vollzugsanstalt in Oldenburg einzusitzen hatte.

Tjarden stand an der Reling und beobachtete das Anlegemanöver der »Frisia IV«, die sich langsam dem Anleger näherte.

Der aufgebriste Wind spielte mit der Reedereifahne, die auf dem Mast der Verladerampe flatterte. Taxis und Busse warteten auf dem Vorplatz auf Fahrgäste. Die Luft war salzig und sauber. Er hörte das laute Klatschen der Bugklappe. Das Schiff hatte angelegt.

Er verließ das Autodeck und folgte den Passagieren durch die Tür auf die Fußgängerbrücke. Zwei Reedereiangestellte in blauen Hemden und mit Prinz-Heinrich-Mützen sahen aus wie Zwillinge. Sie kontrollierten die Fahrkarten. Tjarden nahm sich Zeit. Er mochte das Gedränge der aufgeregten Urlauber nicht. Er entdeckte Meyers. Der Kommissar stand vor der Wartehalle.

»Moin«, sagte Meyers. »Wir gehen zu Fuß.«

Sie ließen das Gewühle der Inselbesucher, die vor den geparkten Bussen nach Orientierung suchten, hinter sich und schritten durch das Hafengelände an teuren Yachten entlang und besprachen ihren dienstlichen Auftrag. Nach zwanzig Minuten standen sie vor dem eleganten weißen Klinkerbau, in dem reiche Binnenländer teure Ferienwohnungen besaßen.

»Stinkvornehm«, sagte Tjarden.

»Hier zu wohnen, das ist nicht billig«, sagte Meyers.

»Und diesen Luxus kann sich der Bundesligakicker leisten?« fragte Tjarden.

»Warum sollte er in Marienhafe, Großheide oder Hage investieren? Er ist gut beraten«, sagte Meyers.

Sie betraten das Haus und gelangten in eine elegante Vorhalle. Die Rezeption bediente ein ergrauter Mann. Er grüßte freundlich.

»Ich bin der Hausmeister, kann ich Ihnen helfen?« fragte er höflich.

»Wir möchten Frau Componga einen Besuch machen«, sagte Meyers.

»Appartement zwei eins sieben, zweite Etage. Sie ist zu Hause. Sie kam vor einer halben Stunde aus der Sauna«, sagte der Hausmeister.

Tjarden verschlug es die Stimme. »Sauna?« fragte er.

Der Hausmeister nickte.

Die Beamten betraten den Flur. Wie in einem Hotel standen Blumenkübel in toten Winkeln. Aus Fenstern fiel Licht auf den teuren Fußbodenbelag.

»Alles vom Feinsten«, sagte Tjarden.

Sie nahmen die Treppe, betraten den Flur der zweiten Etage und standen vor dem Appartement Nummer 217. Sie blickten auf den eleganten Schriftzug, der Edda Componga als Besitzerin der Wohnung auswies. Tjarden drückte den Klingelknopf. Nach wenigen Sekunden öffnete sich die Tür. Vor ihnen stand die Witwe Componga.

Tjarden blickte die Dame überrascht an. Sie trug ihr Haar blondiert im Pagenschnitt. Sie wirkte in weißen Jeans, über der sie lässig eine bis in Kniehöhe reichende beige Leinenbluse trug, elegant. Sie hat ihr Gesicht liften lassen, dachte Tjarden. Die ehemalige Trinkerin wirkte jugendlich und selbstbewußt. Sie war kaum wiederzuerkennen.

»Herrenbesuch?« fragte sie ironisch.

»Frau Componga, wir hatten bereits die Ehre«, sagte Tjarden.

Durch ihr Gesicht fuhr ein Zucken. »Ja, ich kann mich erinnern. Sie sind bei der Kripo«, sagte sie und bemühte sich um ein Lächeln. Ihr Gesicht wirkte fast hübsch.

»Das ist Kommissar Meyers, der Leiter des Norderneyer Reviers«, sagte Tjarden.

Frau Componga, die während ihrer Kur etliche Kilo abgehungert haben mußte, bat die Beamten, einzutreten. Tjarden, der ihre Armut in dem Block kennengelernt hatte, traute seinen Augen nicht. Teurer Teppichboden, eine Sitzecke, ein Eichenschrank aus massivem Holz, eine Eßecke in bayerischem Stil. Nobel, dachte er.

»Nehmen Sie Platz«, sagte sie.

Die Beamten ließen sich in den Sesseln nieder.

»Einen Tee?« fragte sie freundlich.

»Wenn es Ihnen keine Umstände macht«, sagte Meyers.

»Das ist anders als damals im Block«, antwortete sie. »Ich mag an diese Zeit nicht mehr zurückdenken.«

Frau Componga schritt in die Küchenzeile und setzte Wasser auf. Neben dem Couchtisch lagen auf einem kleinen Bücherregal Illustrierte.

»Ich habe einen vortrefflichen Sohn, der mich vergessen läßt, was ich während meiner Ehe mit meinem Mann durchgemacht habe«, sagte sie.

»Nicht nur Sie sind stolz auf Ihren Sohn. Er wurde zum Vorbild der ostfriesischen Sportjugend«, sagte Tjarden.

Frau Componga lehnte sich nun zufrieden an den Küchenschrank. »Ich habe jahrelang in einem Rattenloch gewohnt. Ich hatte vergessen, daß ich lebte. Behrend, der mein Mann war, Gott habe ihn selig, hat mich all die Jahre unterdrückt und gedemütigt.« Sie strahlte glücklich. »Jetzt besuche ich das Kurkonzert und habe gelernt, ohne Scheu einen Badeanzug überzustreifen und ohne Hemmungen im Meer zu baden. Im Haus befindet sich eine Sauna.«

»Und Ihr kleiner Sohn Bonno?« fragte Tjarden.

Die Componga senkte den Blick. Ihr Gesicht wirkte ernst. »Er hat mich vergessen«, sagte sie. »Die Zieheltern wollen ihn nicht mehr hergeben. Er entwickelt sich prächtig.« Sie wandte sich ab und brühte den Tee auf.

Die Beamten schwiegen. Frau Componga setzte Teegeschirr auf den Tisch und teilte die Gedecke aus, brachte das Stövchen und füllte eine Schale mit Gebäck.

»Bitte, bedienen Sie sich«, sagte sie und schenkte Tee ein. Dann nahm sie auf der kleinen Couch Platz.

Hatte sie ihre Tochter vergessen? Helga hatte mehr unter den mißlichen Verhältnissen gelitten als ihr erfolgreicher Bruder. Sie war zum Opfer ihres hemmungslosen Vaters geworden. Frau Componga hatte gelitten und geschwiegen und bemühte sich nun, die verlorenen Jahre im Luxus nachzuholen. Der Familientyrann Componga war tödlich verunglückt. Die näheren Umstände waren ungeklärt geblieben. Der Staatsanwalt hatte unter die Akte einen Schlußstrich gezogen.

Tjarden nahm ein Plätzchen aus der Schale, schob es in den Mund und trank Tee. Er blickte Frau Componga an, die an der Tasse nippte.

»Frau Componga, seit wann wohnen Sie in der hübschen Wohnung Ihres Sohnes?« fragte er.

Sie lächelte glücklich. »Wohnen? Das ist untertrieben. Warten Sie.« Die Witwe schloß die Augen, als müsse sie nachdenken. »Die Kur – seit Mitte Juli mache ich hier Ferien auf Lebenszeit.«

»Und niemand hat Ihnen gesagt, daß Ihre hübsche rauschgiftsüchtige Tochter Helga in Ihrer Nachbarschaft auf dem Campingplatz in der Nähe des Leuchtturms mit Freunden in einem Campingwagen gewohnt hat und für den Heroinbedarf auf den Strich ging?«

Frau Componga schaute den Beamten böse an. Er fühlte die Kälte ihres Blickes.

»Helga hat mich enttäuscht. Ich habe mich einer Entziehungskur unterworfen! Ich habe gelitten. Nicht einmal eine einfache Postkarte hat sie mir geschickt. Sie hat sich nicht um mich gekümmert, hat ihren kleinen Bruder verlassen. Ich habe keine Tochter mehr!«

»Frau Componga, Ihre Tochter befindet sich in Hameln in der Haftanstalt. Sie hat mit ihrem Freund Onno Hayenna ihren ehemaligen Lehrer Claussen überfallen und beraubt. Claussen schwebte in Lebensgefahr. Wir hielten es für unsere Pflicht, Sie davon in Kenntnis zu setzen.«

»Ich habe für meine Tochter mehr getan, als Sie sich vorstellen können. Mein Mann hat mich geschlagen, wenn ich für sie eingetreten bin«, sagte sie, zündete sich eine Zigarette an und rauchte hastig.

»Ihre Tochter ist erwachsen«, sagte Tjarden. »Sie und Ihr verunglückter Mann trugen selbst Schuld an Ihrem sozialen Abstieg. Sie fühlten sich geehrt, als der Reporter Ihre Kinder für seinen Zeitungsbericht ablichtete, und vergaßen dabei, daß Sie damit Helga in einen Konflikt stürzten.«

Frau Componga stierte die Beamten böse an.

»Das sind Lügen!« zischte sie. »Behrend hat das Geld in Corvit umgesetzt. Der Reporter wollte uns helfen!«

»Und hat er?« fragte Meyers.

»Nein, es gibt zuwenig Wohnungen.«

»Er hat Helga mit ihrem Freund Onno noch einmal bloßgestellt«, sagte Tjarden böse. »Er hat ihnen aufgelauert. An einem sonnigen Nachmittag vor dem Campener Leuchtturm, als sie dort Rauschgift spritzten.«

»Davon weiß ich nichts«, antwortete sie kühl.

»Doch, davon wissen Sie durch uns. Erinnern Sie sich bitte an unseren Besuch. Außerdem lesen Sie doch Zeitungen«, sagte Meyers und wies auf die Illustrierten, die auf dem kleinen Beitisch lagen.

»Ich habe immer nach Ablenkung gesucht. Mir war alles über den Kopf gewachsen. Suchen Sie den Reporter auf! Stellen Sie ihn zur Rede, wenn er meiner Tochter Schaden zugefügt hat.«

»Da kommen wir zu spät«, sagte Meyers. »Der Journalist lebt nicht mehr. Er wurde ermordet! Jemand hat ihn erwürgt und in Norddeich in das Hafenbecken geworfen.«

»Das ist ja entsetzlich!« sagte sie kalt.

»Er war den Dealern auf der Spur, die zum engsten Bekanntenkreis Ihrer Tochter zählten«, sagte Tjarden.

Meyers beobachtete, wie sie erschrocken zusammenfuhr. Ihr Gesichtsausdruck verriet ihre Abneigung. So, als wollte sie alles verdrängen, was die Beamten vortrugen, nahm sie eine kampfbereite Haltung an. Sie richtete den Oberkörper auf.

»Mir reicht es jetzt«, sagte sie und erhob sich. »Ich bin es satt, mir Ihre Vorwürfe noch länger anhören zu müssen. Helga ist ausgeflippt! Sie hatte genügend Chancen, sich zu besinnen. Vielleicht kommt sie im Gefängnis zur Vernunft. Mein Sohn wird ihr sicherlich beistehen. Für mich ist meine Tochter gestorben.«

»Ihr Sohn hat auch Ihnen beigestanden. Er ist auch angereist, als Ihr Mann aus dem Fenster gestürzt war«, sagte Tjarden.

Frau Componga lächelte geringschätzig. »Sie können es wohl nicht verkraften, daß der Staatsanwalt zu Ihren Anschuldigungen gegen meinen Sohn nichts hören wollte.«

»Wollte er nicht?« fragte Tjarden ironisch.

»Ja, weil Sie neidisch sind, daß er berühmt ist.«

»Frau Componga, Ihrer Tochter stehen harte Zeiten bevor«, sagte Meyers.

»Ich muß endlich einmal an mich selbst denken! Helga muß

für das einstehen, was sie angerichtet hat«, sagte sie entschlossen.

»Wir danken Ihnen für den Tee«, sagte Meyers.

Sie verließen das teure Appartement, das der berühmte Stürmer des VfB Stuttgart und seine hübsche Verlobte für seine Mutter gekauft hatten.

Sie gingen zum Revier. Die Urlauber hatten bei diesem schönen Sommerwetter die Strände aufgesucht. Auf dem Onnen-Fisser-Platz saßen einige Alte auf den Bänken in der Sonne und genossen den frischen Seewind, der in den Platz einfiel.

Die Beamten betraten das Revier und suchten das Dienstzimmer auf. Im Zimmer hing die schwüle Nachmittagsluft. Meyers wies auf den Besucherstuhl vor dem kleinen Tisch.

»Setz dich, Wilko«, sagte er und nahm an seinem Schreibtisch Platz.

»Ich habe die Componga kaum wiedererkannt«, sagte Tjarden. »Sie war fett, schlampig und versoffen, als sie noch in dem Block wohnte.«

»Sie hat einen großen Nachholbedarf und hat sich der neuen Situation angepaßt. Sie ist jetzt wer. Sie ist die Mutter eines bekannten Fußballspielers.«

»Der Junge hat dazugelernt. Er wollte verhindern, daß mißgünstige, sensationsgierige Journalisten der Yellow-Press seine soziale Herkunft mit entsprechenden Fotos ausschlachten.«

»Vielleicht war das Häßlings Absicht. Der Journalist suchte weiterhin nach dem großen Fisch«, sagte Meyers.

»Da könnte was dran sein. Häßling hat in der Tat Helga Componga nur geschadet. Er hat auch den Fußballer mit Dreck beworfen«, meinte Tjarden.

»Und Tammo hatte die Schnauze voll. Er lockte den Journalisten in den Hafen und warf ihn in die Nordsee«, sagte Meyers.

»Das klingt logisch. Und diese rätselhafte Einladung?« fragte Tjarden.

»Du setzt auf die Fixer. Aber bedenke dabei, daß die hübsche

Braut des Fußballers sie angefertigt haben kann, um uns abzulenken. Der Junge besitzt ein schnelles Auto. Sein Alibi steht noch aus«, sagte Meyers.

Tjarden schwieg, während Meyers das Gedächtnisprotokoll in die Maschine tippte.

22

Die IG-Medien hatte eine Belohnung von zweitausend DM für Hinweise ausgesetzt, die zur Aufklärung des Mordes an ihrem Mitglied Häßling führten. Die Ostfriesen-Post hatte den Betrag auf viertausend DM aufgefüllt.

Doch an dem gewittrigen, dunklen, verregneten Sommerabend schien es keine Zeugen gegeben zu haben. Der Mörder hatte sich wahrscheinlich mit seinem Opfer allein im Fischerhafen aufgehalten, während die Fischer mit ihren Kuttern auf Fang waren.

Tjarden betrat das Dienstzimmer, hängte seine Jacke auf den Bügel. »Chef, ich habe kein Schiff der Reederei ausgelassen. Kein Steward und keine Stewardeß erkannte Max und Onno auf den Fotos. Weder die Angestellten der Reederei, die die Fahrkarten verkauften, noch die, die auf Norderney die Fahrkarten kontrollierten, konnten weiterhelfen. Das sagt allerdings wenig, denn bei diesem lang anhaltendem Sommerwetter haben Tausende die Insel besucht«, berichtete Tjarden.

»Wir besitzen keine Beweise, dennoch gehe ich davon aus, daß Max und Onno den Mord an dem Journalisten verübt haben«, sagte Wübbena. Er saß im schwül-warmen Dienstzimmer vor den Akten. »Helga, Onno und Max sitzen in Untersuchungshaft. Nina hat sich ihren Eltern anvertraut. Ihr Vater ist Arzt. Vielleicht schafft sie den Ausstieg aus der Drogenszene«, sagte Wübbena.

Tjarden lächelte. »Sie wußte mit der Schere umzugehen. Verdankte Häßling ihr die Einladung?«

»Und wer brachte Häßling um?«

»Es ist zum Kotzen. Angenommen, Max und Onno sind unschuldig, dann sind aus unserer Sicht nur noch der Fußballer, der Finanzbeamte und der Lehrer verdächtigt«, antwortete Tjarden.

»Es sei denn, der kleine Schreiberling hätte in Berlin einen Feind hinterlassen, von dem seine ehemalige Verlobte nichts erfahren konnte. Doch das halte ich für unwahrscheinlich«, sagte Wübbena.

Frau Hayenna öffnete die Haustür. Sie sah krank aus. Ihr Haar war grau. Um ihre Augen lagen Schatten. Ihr Gesicht war abgemagert. Sie trug eine beige Bluse, die reizlos ihren Oberkörper bedeckte. Um ihre knochigen Hüften spannte sich ein blauer Rock.

»Die Kripo«, sagte sie mißtrauisch. »Sie kommen wegen Onno?«

Wübbena nickte.

»Ist Ihr Mann zu Hause?« fragte Tjarden.

»Ja, treten Sie ein.«

Sie folgten Frau Hayenna in das Wohnzimmer. Hayenna saß am Tisch. Sein Blick verfinsterte sich. Er erhob sich.

»Bitte, nehmen Sie Platz«, sagte er und zeigte auf die Stühle, die vor dem Tisch standen. Sein Gesicht war knochig und trug die fahle Farbe eines Magenkranken. Die Beamten setzten sich.

»Sie haben Zeit für ein paar Fragen?« fragte Wübbena.

Hayenna nahm wieder Platz. »Um diese Zeit trinken wir Tee. Ich bin eben erst aus Emden vom Amt gekommen. Dort auf der Anrichte liegen die Akten, die ich heute abend bearbeiten werde. Nur in der Arbeit finde ich den erforderlichen Abstand.«

Wübbena blickte auf die farbigen Ordner. »Es tut uns leid, Sie mit schwerwiegenden Vorwürfen gegen Ihren Sohn belasten zu müssen.«

»Ich bereite einen Tee zu«, sagte Frau Hayenna.

»Machen Sie bitte keine Umstände«, antwortete der Kommissar.

»Ein paar Tassen mehr, das ist keine Arbeit«, sagte sie und verließ das Wohnzimmer.

»Meine Frau versteht die Welt nicht mehr. Sie ist dankbar für jede Unterbrechung, die sie ablenkt. Wir kennen nur ein Thema. Es ist furchtbar, hilflos zusehen zu müssen, wie unser Sohn sich selbst zugrunde richtet. Und jetzt erscheinen Sie mit neuen Vorwürfen.« Hayenna kämpfte mit den Tränen.

»Auf ihm lastet ein weiterer schwerer Verdacht. Darüber möchte ich mit Ihnen sprechen, wenn Ihre Frau anwesend ist«, sagte Wübbena.

Hayenna nickte und schaute den Kommissar ernst an. »Und Sie interessiert es, wo ich mich am Abend aufhielt, als jemand die kaputte Welt von diesem schrägen Vogel befreit hat?«

Die Beamten sahen sich überrascht an. Hayenna stierte vor sich hin.

»Und wo waren Sie?« fragte der Kommissar.

Der Finanzbeamte hob den Kopf. In sein Gesicht stieg das Blut. »Auf diese Frage habe ich gewartet. Ich war in Norddeich.«

»Und was wollten Sie dort?« fragte Tjarden neugierig.

»Ich suchte Häßling«, antwortete Hayenna, bemüht, ruhig zu wirken.

»Sie waren am Tatort«, stellte Wübbena fest.

»Ziehen Sie bitte daraus keine voreiligen Schlüsse, Herr Kommissar. Da bleiben auch für mich noch Rätsel«, sagte Hayenna.

Frau Hayenna betrat das Zimmer. Ihr Blick war stumpf, als sie das Geschirr mit der ostfriesischen Rose zurechtrückte. Danach erschien sie mit der Teekanne, zündete das Licht im Stövchen an und fragte: »Darf ich einschenken?«

Die Beamten ließen sich von Frau Hayenna den Tee servieren. Auch der Steuerdirektor des Finanzamtes Emden vergaß für Minuten den Streß und trank den heißen Tee.

Doch Tjarden unterbrach die friedliche Pause nach einigen Minuten.

»Und woher erfuhren Sie, daß Häßling sich im Norddeicher Hafen aufhielt?«

Hayenna schaute auf. »Das hat eine Vorgeschichte«, sagte er und blickte seine Frau an, die mit verheulten Augen nickte. »Wir hatten für unseren Sohn einen Therapieplatz bei Professor Andermatt reserviert. In meiner Verzweiflung besuchte ich mit meiner Frau in Bremen einen Rotarierfreund. Er bekleidet im Polizeipräsidium der Hansestadt ein hohes Amt. Wir tranken Tee, und unsere Frauen freundeten sich an. An diesem Nachmittag erfuhr ich vertraulich, daß dieser Reporter Onno und einem Max auf der Spur war. Der Reporter haßte mich. Ich hatte ihm auf dem Open-Air-Festival in Halbemond, als ich dort nachts nach meinem Sohn suchte, in die Fresse geschlagen, als er dabei war, mich in meinem Elend zu fotografieren. Als ich mit meiner Frau wieder zu Hause war, habe ich am Abend Häßling angerufen und ihn gefragt, wo sich mein Sohn aufhält. Häßling hat mich am Telefon verhöhnt. ›Ich werde Ihren Sohn hochgehen lassen, Herr Steuerdirektor. Vor dem Gesetz sind alle gleich!‹ hat er gesagt und eingehängt. Einige Stunden später, es war so gegen dreiundzwanzig Uhr, klingelte das Telefon. Ich nahm den Hörer ab und meldete mich. Ich hörte eine Frauenstimme, die gehetzt klang. ›Der Reporter der Ostfriesen-Post befindet sich auf dem Wege nach Norddeich. Ihr Sohn plant im Fischerhafen mit einem süchtigen Freund einen groß angelegten Deal.‹ Ich war aufgeregt. ›Rufen Sie aus Bremen an?‹ habe ich gefragt. Die Stimme der Anruferin klang blechern. ›Ja, von einer Telefonzelle‹, sagte die Anruferin und legte auf. Ich vermute, daß es die Frau meines Rotarierfreundes war.«

Hayenna legte eine Pause ein. Er griff zur Teetasse. Auch die Beamten tranken Tee.

Dann fuhr Hayenna fort: »Ich dachte mir, daß mein Freund von dem Hinweis nichts erfahren durfte. Ich habe meine Jacke genommen und bin sofort losgefahren. Der Regen troff in Strömen von der Windschutzscheibe und ließ mir wenig Sicht. Ich bin zum Hafen gefahren und habe in der Dunkelheit meinen Wagen abgestellt. Als ich durch den Hafen schritt, habe ich einen geparkten Wagen in der Nähe der Hallen entdeckt. Ich bin durch den Hafen und über die Mole gelaufen und habe den Namen meines Sohnes laut herausgebrüllt. Niemand außer mir war unterwegs. Das Gewitter entlud sich. Es goß in Strömen. Das Bahnhofsgebäude war erleuchtet. Versieht dort noch ein Beamter seinen Dienst, habe ich mich gefragt. Erwartet er noch einen Spätzug? Ich bin zum Bahnhof gelaufen. Die Eingangshalle und der Fahrkartenschalter waren erleuchtet, die Tür verschlossen. Ich spürte einen Blasendruck, bin an die Büsche des Bahndammes getreten und habe mein Wasser abgelassen. Seitlich des Bahnhofs warf eine hohe Straßenleuchte Licht auf die Güterrampe. Dort lag ein Penner. Trotz des schummrigen Lichts und des herabstürzenden Regens erkannte ich geleerte Bierdosen und eine Flasche. Ich erschrak und bin dann zurückgelaufen. Ich habe weder Häßling noch meinen Sohn angetroffen.« Hayenna langte nach der Teekanne und schenkte sich Tee ein.

»Sie waren völlig durchnäßt und haben sich einen Schnupfen geholt?« fragte Tjarden ironisch.

»So war das«, sagte Hayenna böse und trank Tee.

»Und Sie erwarten, daß wir diese Geschichte glauben?« fragte Wübbena.

»Das war so. Mein Mann hat die nassen Klamotten ausgezogen und heiß gebadet«, sagte Frau Hayenna.

»Mein Ehrenwort, Herr Kommissar«, sagte Hayenna.

»Und Sie haben aus Illustrierten und der Ostfriesen-Post eine Einladung zum tödlichen Rendezvous zusammengeschnippelt und in Häßlings Wagen gelegt?« fragte Tjarden.

Hayenna schaute die Beamten verständnislos an.

»Sie haben doch Zeitung gelesen«, sagte Tjarden.

»Sie nehmen doch nicht an, daß ich als Beamter ...?« Er war außer sich.

»Es ist doch denkbar, daß Sie am Hafenbecken standen und auf den Reporter regelrecht gewartet haben. Sie sind hochgewachsen und besaßen die Kraft und auch den Haß, den schmächtigen Reporter zu überwältigen«, sagte Tjarden.

»Ich bitte Sie, auch Sie sind Beamte. Unterlassen Sie diese Vorwürfe!« sagte Hayenna sauer.

»Nun, da bleibt noch Ihr Sohn«, sagte Wübbena. »Er gehörte zu einer Clique, die mit Rauschgift handelte und selbst süchtig war, wie Sie wissen. Die jungen Leute bewohnten die Schaffarm in Osteel. Das Anwesen ließ die Hypothekengläubigerin versteigern. Die Süchtigen gingen davon aus, daß sie ihre Misere dem Journalisten Häßling zu verdanken hatten. Sie kauften auf Norderney einen Campingwagen. Sie befürchteten nicht zu unrecht, daß dieser Häßling sie erneut in der Ostfriesen-Post den Lesern vorführen und die Kripo auf sie ansetzen würde. Der Telefonanruf aus Bremen spricht ebenfalls dafür, daß der Journalist der Clique auf der Spur war. Häßling wurde erwürgt und in die Nordsee geworfen.«

»In langen schlaflosen Nächten haben mein Mann und ich uns zerstritten«, sagte Frau Hayenna und kämpfte mit den Tränen. »Onno ist süchtig. Er hat mit seiner Freundin den Lehrer überfallen. Das müssen wir hinnehmen. Aber Onno ist kein Mörder! Das fühle ich als Mutter!« Sie erhob sich und schenkte Tee nach.

»Haben Sie Argumente, die gegen unseren Verdacht sprechen?« fragte Tjarden.

»Sie tappen im dunkeln«, sagte Hayenna.

»Onno ist kein Mörder!« schluchzte Frau Hayenna erneut.

»Mutter, hör auf zu flennen«, sagte Hayenna unwirsch.

»Wer wollte außer den in die Enge getriebenen Fixern ein Motiv gehabt haben, den Journalisten zu ermorden?« fragte Wübbena. »Solange wir auf diese Frage keine schlüssige Antwort finden, bleiben auch Sie verdächtig.«

»Ihr Sturmlauf durch den Norddeicher Hafen ändert nichts daran«, sagte Tjarden.

Frau Hayenna saß zusammengekauert auf dem Stuhl. Sie weinte. »Nein, mein Mann hat nichts damit zu tun«, sagte sie unter Tränen.

»Ich verstehe Ihren Unmut, Herr Kommissar, aber warten Sie, da gab es etwas! Ich beginne mich zu erinnern«, sagte Hayenna und schaute nachdenklich auf den Tisch.

»Sprechen Sie sich aus«, forderte Wübbena ihn auf.

Der Finanzbeamte hob den Blick und schaute den Kommissar

ernst an. »Ich war sehr aufgeregt, es ging ja schließlich um meinen Sohn. Ich war bis auf die Haut durchnäßt, und immer noch goß es in Strömen. Ein starker Wind fegte durch den Hafen. Sie kennen sich aus in Norddeich. Ich irrte umher und suchte meinen Sohn. Ich lief am Schiffsausstattungsgeschäft vorbei zur Mole. Nur die Leuchten auf der Mole waren eingeschaltet. Ich kann mich daran erinnern, daß ich im Licht des Fährhotels ein Taxi gesehen habe. Es fuhr zum Hafen.«

»Aber trotz mehrfacher Aufforderung in den Zeitungen hat sich kein Taxifahrer als Zeuge gemeldet«, antwortete Tjarden.

»Wir haben immer noch Hoffnung, unseren Sohn retten zu können«, warf Frau Hayenna ein.

»Wir werden über unseren Besuch ein Protokoll anfertigen und es Ihnen dann vorlegen«, sagte Wübbena. »Sie hören von uns.«

Frau Hayenna erhob sich. Sie war am Ende ihrer Kräfte. »Ich begleite Sie zur Tür«, sagte sie mit verheultem Gesicht.

»Danke«, sagte Wübbena.

Sie schritt ihnen voraus. Als sie die Haustür öffnete, sagte sie mit bebender Stimme: »Onno hat uns enttäuscht! Aber er ist kein Mörder!«

Kein Zeuge und erst recht kein Taxifahrer hatte sich auf die wiederholt in den Zeitungen erschienenen Aufforderungen gemeldet.

Der letzte Zug hatte um zweiundzwanzig Uhr den Bahnhof Norddeich-Mole erreicht. War ein Taxifahrer ohne Rückruf auf dem Heimweg mit seiner Freundin noch im Hafen unterwegs gewesen, um im bequemen Fahrzeug ein Schäferstündchen zu genießen? Oder hatte der Taxifahrer, dessen Fahrzeug der Finanzbeamte gesehen zu glauben vorgab, Max und Onno bei der Durchführung eines großen Deals zur Verfügung gestanden? Es war aber auch nicht auszuschließen, daß Hayenna sie, um seinen Sohn aus der Schußlinie zu bringen, auf eine im Sande verlaufende Fährte gelockt hatte.

Wübbena und Tjarden machten sich auf den Weg. Sie befragten systematisch die Taxifahrer, suchten auch die Fahrer auf, die auf der 520-DM-Basis nur aushilfsweise fuhren. Einige von ihnen waren mehrmals in Norddeich gewesen, doch nicht zu der späten Zeit. Diese mühevolle Kleinarbeit blieb ohne Erfolg. In das Dienstzimmer fiel die Dunkelheit. Die Beamten saßen vor den Akten und bemühten sich, die spärlichen Ergebnisse ihrer Recherchen auf einen Nenner zu bringen.

»Es gibt keine Zeugen«, sagte Tjarden. »Kein Hotelgast des Fährhauses hat am offenen Fenster gestanden und in den Hafen geschaut, als der Journalist mit seinem Passat und kurz danach der Finanzbeamte mit seinem Mercedes in den Hafen gefahren sind. Waren der Täter oder die Täter zu Fuß unterwegs?«

»Wenn Tammo Componga seinen teuren Wagen in Wittmund, Leer oder selbst in Wilhelmshaven abgestellt hat, und sich per Taxi nach Norddeich hat fahren lassen?« fragte Wübbena.

»Das halte ich für unwahrscheinlich«, sagte Tjarden. »Solche rentablen Aufträge sind selten. Und Taxifahrer sind eifrige Zeitungsleser. Selbst die Bildzeitung hat über den Mord berichtet.«

»Irgendwie bewundere ich Tammo. Er hat sich verbissen hochgekämpft. Sein Erfolg kommt der alten Componga zugute. Um seine Schwester kümmerte er sich zu spät.«

»Und der Tod seines Vaters?« fragte Tjarden.

»Tammo ist ein Hitzkopf. Zum Leidwesen seines Trainers bekam er bereits mehrmals die gelbe Karte des Schiedsrichters zu sehen«, sagte Wübbena.

»Seit wann sehen Sie die Sportschau, Chef?« fragte Tjarden und grinste.

»Seitdem ich den jungen Star aus Ostfriesland kenne. Mir scheint es gerechtfertigt zu fragen, ob Tammo ein Doppelmörder ist. Hat er seinen Vater und auch den Häßling umgebracht?«

»Unserer Phantasie sind keine Grenzen gesetzt. Nina entledigte sich ihres Weltschmerzes und schrieb Gedichte. Hat sie aus den gängigen Illustrierten und dem Heimatmagazin die Einladung zusammengeschnipselt? Oder haben sich Franziska und der Fußballer dieses hinterhältigen Tricks bedient?«

»Angenommen, Max Köstler und Onno Hayenna hätten Häßling nicht umgebracht, dann fiele auch auf den Finanzbeamten der Verdacht«, meinte Wübbena. »Er haßte den Reporter. Er war besessen von der Idee, seinen Sohn in die Therapie zu schicken, dabei schreckte er vor nichts zurück.«

»Hayenna bemerkte unter dem Dach des Güterbahnhofes auf der Rampe einen Penner. Es ist doch wohl auszuschließen, daß dieser Obdachlose den Journalisten umgebracht hat«, sagte Tjarden.

»Davon können wir ausgehen. Im Sommer treiben sich hier an der Küste eine Menge Penner herum«, sagte Wübbena.

»Und Hayenna, auf der Suche nach Ausflüchten! Das Taxi, wer weiß, eine Schutzbehauptung?« sinnierte Tjarden. »Mich kotzt es an, im Nebel mit der Stange im trüben Wasser herumzustochern. Trinken wir ein Bier?«

»Ja, machen wir Schluß«, meinte Wübbena.

Helga hatte es abgelehnt, mit einer gleichaltrigen Straffälligen eine Doppelzelle zu teilen. Ihr wurde wunschgemäß eine Einzelzelle zugewiesen. Obwohl Helga von ihrem Bruder in regelmäßigen Abständen Briefe erhielt, in denen er sich bemühte, ihr Mut zu machen, fühlte sie sich einsam und weinte viel.

Tammo hatte einen angesehenen Rechtsanwalt mit ihrer Verteidigung beauftragt, der Dank seiner Erfolge in Strafprozessen ihr auch prompt einige Hafterleichterungen verschafft hatte, denn sie wurde dem Küchenpersonal zugeteilt.

Der Gefängnisarzt hatte ihr die Ersatzdroge Methadon verschrieben, die ihr half, mit der Sucht fertig zu werden. So gesehen war sie besser dran als viele andere Mitinsassen. Dennoch bedrückte sie nicht nur der Freiheitsentzug und die karge Zelle sondern auch das ungewisse Schicksal Onnos, von dem sie nichts hörte.

Der Anwalt diskutierte gefühllos an ihr vorbei während seiner mehrmaligen Besuche. Er setzte auf ihre Unzurechnungsfähigkeit zur Tatzeit. Seine Strategie lief darauf hinaus, für Helga mildernde Umstände zu erreichen unter Aussetzung der

Strafe auf Bewährung. Er bat Helga, keine Drogen mehr zu nehmen, denn auch in der Vollzugsanstalt wurde gedealt.

Helga gab die Hoffnung auf eine Zukunft auf. Selbst wenn Tammo, wie angekündigt, ihr eine Stelle in einem Supermarkt verschaffen konnte, blieb der Ruf des Verbrechens an ihr haften. Sie ließ sich gehen und drohte im Umgang mit Kapitalverbrecherinnen zu verrohen. Sie begann Onno zu hassen, weil er sie in die Rauschgiftszene zu Max und Nina gebracht hatte.

Ihr Vater hatte sie mißbraucht. Ihre Mutter hatte sie aufgegeben. Sie begann die Männer zu hassen und auch ihren Bruder, der ihr nicht einmal einen Besuch abgestattet hatte. Er war ein Star. Für ihn war sie nur eine unangenehme Belastung, ein Schandfleck beim Aufbau seiner Karriere. Helga begann immer mehr unter Depressionen zu leiden. Sie wußte nicht, was aus ihrem kleinen Bruder Bonno geworden war. Tammo erwähnte ihn in keiner Zeile. Nur der Psychiater hätte ihr helfen können. Doch von dieser Seite wünschte sie keinen Beistand. Sie stellte sich störrisch, wenn sie zu dem angesetzten Termin ging. Sie verlor die Freude daran, von ihren Mitinsassinnen wegen ihrer Schönheit bewundert zu werden. Selbst den Rat und die guten Worte des Gefängnispastors schrieb sie in den Wind.

Helga verlor die Lust am Leben. Sie aß nur noch wenig, zog sich zurück in ihre Zelle und meldete sich von den Freigängen ab. Sie schluckte das Methadon und lag oft stundenlang apathisch auf der Gefängnispritsche. Helga war erwachsen und verweigerte ihre Zustimmung, als die Gefängnisleitung ihr vorschlug, ihre Mutter und ihren Bruder zu einem Gespräch einzuladen.

Helga verfaßte einen testamentähnlichen Text, in dem sie den Wunsch äußerte, daß weder ihre Mutter noch ihre Brüder von ihrem Gesundheitszustand in Kenntnis gesetzt werden durften.

Helgas Körper begann abzumagern. Schließlich verweigerte sie die Nahrung. Der Gefängnisarzt überwies Helga in das Krankenhaus. Sie zeigte Symptome einer Magersucht.

Die Ärzte entschlossen sich zu einer Zwangsernährung und legten Helga an den Tropf.

Die Traubenzuckerlösung hielt Helga am Leben. Den Ärzten

gelang es, ihren Kreislauf stabil zu halten, doch die Versuche des Gefängnispastors und des Psychologen, Helgas Lebenswillen herauszufordern, scheiterten kläglich.

Trotz der aufmerksamen Bemühungen der Nachtschwester war es Helga gelungen, die zu ihrer Rettung angebrachten Kanülen aus ihren Armvenen zu entfernen.

Helga hatte sich aufgegeben. Der von der Nachtschwester herbeigerufene Arzt konnte nur noch ihren Tod feststellen.

23

Frau Componga hatte über ihr blondgefärbtes Haar ein dezentes, dunkelgetöntes seidenes Kopftuch gelegt. Sie trug ein schwarzes Kostüm. Auch Tammo trug schwarz. Franziska hatte eine schwarze Schleife in ihr Haar gebunden, das über den weißen Kragen ihres schwarzen Jäckchens fiel. Sie saß mit Tammo und seiner Mutter in der ersten Bank der Friedhofskapelle.

Vor ihnen stand der Sarg. Kerzen brannten mit flackernden Flammen von schmiedeeisernen Ständern. Blumengebinde und Kränze mit Schleifen umrahmten den Sarg der Fixerin.

Der VfB Stuttgart, die Süddeutsche Handelsbank, die Eigentümergemeinschaft der Wohnanlage Norderney und der Ostfriesische Sportbund gedachten einer Toten, die sie nicht gekannt hatten.

Wübbena betrachtete die Besucher. Ein paar alte Damen saßen in der zweiten Bank. Ihre teuren Roben ließen darauf schließen, daß sie von Norderney angereist waren. Ein junger Mann, ein Kollege des Fußballers und zwei ältere Vereinsfunktionäre waren aus Stuttgart angereist. Weder Frau noch Herr Hayenna waren anwesend. Aus Marienhafe hatte sich niemand bemüht, an Helgas Beisetzung teilzunehmen. Kein ehemaliger Lehrer, auch nicht Claussen, und keine ehemalige Mitschülerin waren erschienen, um der Toten ihre Anteilnahme zu erweisen.

Der aus Emden angereiste Pastor, der erst vor wenigen Monaten den Maurer Componga die Totenandacht gehalten hatte, schritt an den kleinen Altar. Er kniete nieder und sprach laut ein Gebet. Danach erhob er sich und wandte sich an die kleine Schar der Trauergäste. Er trug den vorgeschriebenen schwarzen Talar mit dem weißen Spitzenumhang. Sein Gesicht war blaß. In den Händen hielt er das Gebetsbuch.

»Liebe Frau Componga, lieber Herr Componga, verehrte Trauergäste, wir nehmen heute Abschied von unserer Glaubensschwester Helga Componga.«

Wübbena hörte, wie Frau Componga schluchzte. Auch Tammo weinte.

»Helga hat den Weg, der zu bürgerlichem Ansehen führt, nicht gefunden. Ihr ist es nicht gelungen, in unserer konsumorientierten Leistungsgesellschaft Fuß zu fassen. Sie ließ sich leiten von Wunschvorstellungen nach einer paradiesischen Harmonie, die herzustellen wir Menschen zu schwach sind. Helga war dem Rauschgift verfallen. Sie hat gekämpft und den Kampf verloren. Wir dürfen nicht richten und ihr das christliche Begräbnis vorenthalten, denn Helga war krank Sie hatte die Kraft verloren, sich ein- und unterzuordnen in die Notwendigkeiten irdischer Zwänge. Sie versagte an der harten Realität! Dabei hat sie selbst viele Enttäuschungen hinnehmen müssen. Gott wird ein Einsehen mit unserer geliebten Schwester haben. Nur er wird richten, denn er hat das letzte Wort. Er wird abrechnen mit den Geschäftemachern, die aus Habsucht junge Menschen dem Verderben und dem Untergang zuführen.«

Wübbena neigte sich zu Tjarden. »Bla, bla«, flüsterte er.

Tjarden nickte.

»Wir nehmen am Totenschmaus teil«, flüsterte Wübbena Tjarden zu.

Sie warteten, bis der Pastor seine Ansprache beendet hatte und sich vor dem Altar niederkniete. Als die Orgel einsetzte, verließen sie die Kapelle.

Nach der Beisetzung fand sich die kleine Trauergemeinde im Clubzimmer des Restaurants »Zum Anker« ein. Die Tische waren gedeckt. Es gab den obligatorischen Butterkuchen mit

Tee. Frau Componga hatte ihre stämmigen Arme auf den Tisch gestützt und schluchzte, während Tammo leidend die wenigen Gäste aufforderte, sich zu bedienen.

Er hatte die angereisten Vereinsmitglieder des VfB bereits verabschiedet, da sie so schnell wie möglich nach Stuttgart zurück mußten.

Niemand der Trauergäste konnte die Mutter trösten. Die Herrschaften von der Insel nippten am Tee und würgten sich den Butterkuchen hinunter. Auch Wübbena und Tjarden, die nicht eingeladen worden waren, blieb der Butterkuchen fast im Halse stecken beim Anblick der leidenden Frau Componga.

Sie schien ihre Anwesenheit nicht zu bemerken und würdigte sie keines Blickes. Schließlich nahm Tammo neben ihnen Platz. »Ich danke für Ihre Anteilnahme«, sagte er.

Seine hübsche Franziska kümmerte sich um die Mutter und reichte ihr Tempotücher, wie Tjarden bemerkte.

»Sie haben viel durchmachen müssen«, sagte Wübbena mitfühlend. »Der überraschende Tod Ihres Vaters, die Sorgen um Ihre Mutter und nun das tragische Ableben Ihrer Schwester.«

»Es ist einfach zuviel«, antwortete Tammo leise. »Unser Vater trug an allem die Schuld.«

Wübbena nickte. »Soweit können wir folgen. Dennoch bleiben da einige Fragen. Helga hat sehr darunter gelitten. Der Reporter Häßling, der nicht nur schamlos, sondern auch sensationslüstern Ihre Schwester in seinem Magazin bloßgestellt hat und auch Ihr Privatleben in der Regenbogenpresse zu vermarkten versucht hatte, wurde ermordet. Ich weiß nicht, ob es zu seiner Beerdigung auch frischen Butterkuchen und Tee gab.«

»Das klang recht vorwurfsvoll«, sagte Tammo gereizt.

»Es gibt nur wenige, die ein Motiv hatten, den unbequemen Schreiberling zu beseitigen«, sagte Tjarden provozierend.

»Und ich gehöre zu diesen Wenigen?« fragte Tammo und grinste geringschätzig.

»Vielleicht«, sagte Wübbena. »Doch nicht nur das. Es gibt da einen recht sonderbaren Zusammenhang zwischen dem Tod Ihres Vaters, dem Ableben Ihrer Schwester und dem Mord an dem Journalisten.«

Er sah, wie die Alte unter dem vorgehaltenen Tempotuch kurz zu ihnen herüberschaute. Das Bedienungsfräulein schritt mit gefüllter Kanne an die Tische, um frischen Tee nachzuschenken.

»Den gibt es nicht!« antwortete Tammo wütend mit gedämpfter Stimme. »Vater stürzte aus dem Fenster. Helga starb vor Kummer. Mit dem Verbrechen an Häßling habe ich nichts zu schaffen. Suchen Sie sich Ihren Mörder anderswo. Hier werden Sie ihn nicht finden! Entschuldigen Sie«, sagte er. Er hatte bemerkt, daß die Damen von Norderney sich erhoben hatten.

»Kommen Sie Ihren Pflichten nach, Herr Componga«, sagte Tjarden. »Sie bleiben sicherlich noch für einige Tage bei Ihrer Mutter auf Norderney?«

»Ja«, antwortete Tammo kurz angebunden.

»Auch wir müssen unseren Pflichten nachkommen«, sagte Wübbena und erhob sich. Er und Tjarden verließen das Clubzimmer des ›Ankers‹.

Nach einer wochenlangen Trockenperiode hatte Regen eingesetzt. Ein aufgebrister Wind warf dicke Tropfen gegen die Fensterscheiben.

Wübbena und Tjarden hatten bereits ihren Dienst begonnen und saßen an ihren Schreibtischen, als ein Kollege die Post brachte.

»Moin«, sagte er nur und verließ das Dienstzimmer.

Wübbena sah den Posteingang durch.

»Habe ich mir doch gedacht. Das ist ein Ding! Das Labor hat den Fußbodenbelag untersucht. Die Probe brachte Blutspuren ans Licht. Ich habe es geahnt. Jemand hat den Maurer niedergeschlagen, bevor er auf den Container gestürzt ist.« Wübbena reichte Tjarden den Bericht.

»Der Staatsanwalt hatte es zu eilig«, antwortete Tjarden und las den Bericht.

»Wir kommen dem Mörder erst spät auf die Spur. Er hat es verstanden, uns abzulenken«, antwortete Wübbena nachdenklich.

In das Zimmer drang das Rauschen des Regens.
»Es war doch wohl nicht der Lehrer?« fragte Tjarden ironisch.
»Wer weiß ...«, sagte Wübbena geheimnisvoll.

Am Samstag schien die Sonne. Marienhafe feierte das Dorffest. Rund um den Störtebekerturm hatten die Kaufleute und Vereine ihre Stände aufgebaut. Es gab Bier vom Faß. Bratwürste schmorten auf den Rosten, Erbsensuppe dampfte aus der Gulaschkanone. Das Angebot umfaßte Gyros, Spanferkel, Mettbrötchen, Matjes, Bratfisch, selbstgebackenen Kuchen und frische Berliner.

Einheimische und Urlauber wälzten sich an den Ständen vorbei. Die ostfriesische Blaskapelle sorgte für Stimmung. Auf dem Markt, in der Nähe der Statue des legendären Seeräubers, drehte sich das Karussell unter den Klängen der Orgel.

Mareike saß im Feuerwehrauto und bediente die Feuerglocke. Die Wübbenas spendierten Mareike ein Eis, kauften ihr ein Lebkuchenherz und gingen nach Hause. Wübbena hatte, als Mareike schlief, mit seiner Frau noch einmal das Dorffest aufgesucht. Sie trafen Freunde, plauderten, tranken Bier und waren aus Sorge, Mareike könne aufwachen, gegen halb zehn nach Hause gegangen. Frau Wübbena ging danach sofort zu Bett, während Wübbena in der Küche einige Flaschen Bier in den Korb packte und es sich im Wohnzimmer gemütlich machte.

Er schaltete den Fernseher ein und sah sich die Spätnachrichten an. In Jugoslawien tobte der unverständliche Bürgerkrieg. In Bonn stritten die Politiker um das Asylrecht. Die Wetternachrichten meldeten für Norddeutschland ein weiteres Hoch an.

Wübbena schaltete das Gerät ab. Die im Block untergebrachten Asylanten hatten am Dorffest teilgenommen. In Marienhafe gab es keinen Fremdenhaß. Die jungen Albaner und Rumänen hatten sich, wie auch die kurdischen Familien, zurückhaltend unter die Besucher gemischt.

Wübbena trank Bier und rauchte Pfeife. Er ließ seinen Gedanken freien Lauf. Er dachte an die Familie Componga, an deren Schicksal er beruflich Anteil nahm. Da war so vieles schiefgelaufen. Die Blutspuren verrieten, daß dem Maurer vor dem Sturz Verletzungen zugefügt worden waren. Damit hatten sie nicht rechnen können.

Wübbena paffte die Pfeife. Und hatte der Mörder nicht nur Behrend Componga aus dem Fenster geworfen, sondern auch noch zusätzlich den Journalisten Häßling in Norddeich erledigt?

Und immer wieder diese idiotische Schnipselarbeit! Sie hatten Nina in Osnabrück in der Therapieklinik aufgesucht und nacheinander verhört. Ihr ging es schlecht, denn der Tod Helgas hatte ihr sehr zugesetzt. Nina hatte geheult und geschworen, daß sie die Einladung nicht angefertigt hatte.

Wübbena kam ein Gedanke. Er schritt an den Bücherschrank, durchsuchte die dort abgelegten Zeitschriften und legte die Ausgaben der Ostfriesen-Post, in denen Häßling über die Drogensüchtigen und die Familie Componga berichtet hatte, vor sich auf seinen Schreibtisch. Während er Bier trank, blätterte er in den Zeitschriften. Er hatte das Gefühl, dicht vor dem Ziel zu stehen.

Staatsanwalt Mertens betrat gegen neun Uhr dreißig sein Dienstzimmer.

Er hatte an der obligatorischen Montags-Frühbesprechung teilgenommen.

»Herr Mertens, Herr Kommissar Wübbena aus Norden hat angerufen. Er bittet um Ihren Besuch«, sagte die Sekretärin und reichte ihm die Aktennotiz.

»Einzelheiten?« fragte er.

»Nein«, antwortete sie.

»Irgendwelche Termine?« fragte er kurz angebunden.

»Keine, Herr Mertens«, sagte die Sekretärin.

»Dann fahre ich nach Norden«, sagte Mertens.

In dem Besuch sah er mehr eine Routineangelegenheit, denn es gab kein Weiterkommen im Mordfall Häßling. Um so erstaunter empfand er die aufgebrachte Stimmung, die die Kripobeamten ausstrahlten.

Wübbena holte den Besucherstuhl an seinen Schreibtisch. Mertens nickte, als Tjarden die kleine Kochnische betrat, den Wasserkocher füllte und ihn fragend ansah. Es war heiß im Wagen gewesen. Er hatte geschwitzt und verspürte einen leichten Kopfschmerz. Sie hatten in der Nachbarschaft bis nach Mitternacht gefeiert. So mit sich selbst und den Dienstgeschäften unzufrieden, horchte er auf, als Wübbena ihn anlächelte.

»Wir müssen noch einmal von vorn anfangen, Herr Staatsanwalt«, sagte er und reichte ihm die Akte Componga.

Mertens nahm den mittlerweile angewachsenen Ordner in die Hand. »Ich kenne die Seiten fast auswendig«, antwortete er gereizt.

»Es kommt auf die Auslegung an«, antwortete Wübbena unbeeindruckt.

»Und Sie sind immer noch der Meinung, daß ich die Akte zu früh habe schließen lassen?« fragte Mertens und klopfte nervös mit seinen Fingern auf den Aktendeckel.

Wübbena nickte. »Öffnen Sie die Akte. Das Labor hat den Bodenbelag der ehemaligen Wohnung der Compongas untersucht und Blutspuren nachgewiesen. Damit steht fest, daß dem Maurer vor dem Fenstersturz Verletzungen zugefügt worden sind. Und im Fall Häßling erübrigt es sich meines Erachtens, auf einen Zeugen zu warten, der die ausgesetzte Prämie von viertausend Mark kassiert und uns den Namen des Mörders auf dem Präsentierteller serviert, denn es gab keine Zeugen. Die Rauschgiftsüchtigen Max und Onno hatten ein Motiv, ebenso der Finanzbeamte.«

Tjarden schenkte Tee ein. »Wir müssen noch einmal mit Tammo Componga reden.«

»Tun Sie das. Schalten Sie die Stuttgarter Kollegen ein«, sagte Mertens und trank Tee.

»Das haben wir bereits«, warf Wübbena ein.

Mertens verbarg seinen Unmut. Seit Wochen ging das nun schon so hin und her. Er blätterte in den Akten.

»Tammo befindet sich mit seiner Mutter auf Norderney. Er ist wegen der Beerdigung seiner Schwester vom Verein freigestellt«, sagte Wübbena.

»Sie bleiben bei Ihrem Verdacht und halten Max und Onno für die Täter?« fragte Wübbena.

»Ja«, antwortete Mertens entschlossen und fuhr fort: »Auch dem aufgebrachten Finanzbeamten traue ich die Tat zu. Seine Geschichte klingt recht unglaubwürdig. Was hat es auf sich mit dem Taxi, das er gesehen zu haben vorgibt?«

»Wir haben alle in Frage kommenden Taxifahrer befragt«, sagte Tjarden. »Entweder ein Bluff, oder der Mörder hat ein Taxi benutzt und es verstanden, den Fahrer zu bestechen.«

Der Staatsanwalt war sauer. »Seien Sie nicht böse, aber wie soll ich bei diesem Wischi-Waschi Entscheidungen treffen?«

»Wir haben weder Beweise für die Schuld der Fixer noch für ihre Unschuld«, sagte Tjarden. »Ich gebe zu bedenken, daß der Mörder gerissen zu Werke ging. Dabei war Häßling vertraut im Umgang mit Fixern.«

»Und Tammo Componga? Wie soll er zu Werke gegangen sein?« fragte der Staatsanwalt.

»Vielleicht half ihm seine hübsche Franziska, telefonierte mit dem Journalisten und lockte ihn zum Hafen«, sagte Tjarden.

»Und die Einladung? Die Schnipselarbeit?« fragte Mertens.

Wübbena zuckte nur mit den Schultern.

»Selbst wenn Tammo aus Stuttgart angereist sein sollte und Häßling im Streit ermordet hat, fehlen uns ebenfalls die Beweise«, sagte Mertens. »Ich teile Ihren Optimismus nicht. Die Presse wird langsam ungeduldig.« Er erhob sich.

»Die Presse muß mit uns noch ein wenig Geduld haben«, antwortete Wübbena. Auch er erhob sich.

Durch das Fenster fiel das Licht der Sonne. Der Verkehrslärm drang in die Dienststube.

»Wir nehmen die Dreizehn-Uhr-Fähre nach Norderney, um mit Tammo Componga zu sprechen«, sagte Wübbena.

Mertens schaute auf die Uhr. »Dann bleibt Ihnen nicht mehr viel Zeit«, sagte er.

»Sie hören von uns, Herr Staatsanwalt. Für einen Haftbefehl ist es noch zu früh«, sagte Wübbena.

24

Auf dem Autodeck der »Frisia VI« standen PKWs und Lastwagen Stoßstange an Stoßstange. Die Fahrgäste belagerten das Sonnendeck. Auch der letzte Klappstuhl war besetzt. Die Sonne schien. Ein frischer Ostwind strich über das Schiff und spielte mit den Fahnen, die am Mast flatterten. Im Restaurationsdeck hielten sich nur wenige Passagiere auf. Der dunkelhäutige Kellner trug gelassen Getränke und kleine Mahlzeiten an die Tische.

Wübbena und Tjarden hatten Kaffee bestellt. Das Schiff fuhr langsam. Es war Ebbe. Das ablaufende Wasser hatte die Sandbänke freigelegt. Auch sie schauten suchend durch das Fenster, als die Stimme des Kapitäns durch die Lautsprecher hallte, der die Fahrgäste auf die Seehunde aufmerksam machte.

»In einer Stunde setzt die Flut ein. Ein Bad an der weißen Düne müßte zeitlich noch drin sein«, sagte Tjarden und genoß den Kaffee.

»Ich bin mir da nicht so sicher«, sagte Wübbena und fühlte das aufkeimende Lampenfieber. Er suchte gedanklich nach einer Strategie, das Gespräch mit Tammo und seiner Mutter zu führen.

»Wir werden uns Tammo vornehmen, daß ihm Hören und Sehen vergeht«, sagte Tjarden. »Wenn er der Mörder ist, werden wir ihn in Handschellen zum Untersuchungsrichter schleppen lassen.«

Wübbena schaute durch das Fenster auf die Spitze der Insel Juist. »Noch spielt der Mörder mit uns Katz und Maus. Dennoch wird er keine Chance haben, uns zu entkommen. Wir werden ihn gewaltig bluffen.«

»Und wir jagen ein Phantom, während der Staatsanwalt davon ausgeht, daß Onno und Max die Mörder waren. Und dieses Phantom entpuppt sich dann als der Lehrer der Realschule.«

Wübbena schaute Tjarden an. »Ist das dein Ernst? Den habe ich längst von der List der Verdächtigten gestrichen.«

»Ich auch«, antwortete Tjarden.

»Und als Fußballfan glaubst du an die Unschuld des Stürmerstars vom VfB Stuttgart?« fragte Wübbena und grinste.

»Ja und nein«, meinte Tjarden. »Das kann ich so nicht sagen. Ich hege Zweifel. Dieser Steuerdirektor ist mir wesentlich unsympathischer. Ich nehme an, daß es das Taxi nicht gegeben hat.«

Wübbena schwieg. Er dachte an den Besuch bei der Familie Hayenna. Der Finanzbeamte hatte sich erst nach langem Nachdenken an das Taxi erinnert. Doch da war noch der Penner, den er erwähnt hatte, was Wübbena Anlaß zum Nachdenken gegeben hatte.

Das Schiff änderte den Kurs und steuerte die Insel an. Wübbena genoß den Blick auf die noch entfernt liegende Insel mit der Promenade, den teuren Hotels und Hochhäusern. Die vielen Menschen wirkten winzig. Der Himmel war blau. Das Schiff änderte noch einmal den Kurs und fuhr am Weststrand entlang. Bunte Strandkörbe standen im hellen Sand und lenkten ihn für Minuten ab. Er und Tjarden fuhren nicht als Urlauber zur Insel.

Die »Frisia VI« legte an. Busse und Taxis warteten auf die Passagiere. Wübbena und Tjarden ließen sich Zeit. Sie gingen zu Fuß durch das Hafengelände. Urlauber radelten über den Deich des Wattenmeeres. Die Luft roch nach Salz und Tang. Der frische Ostwind brachte eine angenehme Kühle.

Sie unterhielten sich über Belangloses auf dem Weg zum Appartementhaus ›Inselglück‹ auf der Jann-Berghaus-Straße. Der Pförtner saß hinter dem Tresen der anspruchsvollen Rezeption und blickte ihnen neugierig entgegen. Er wirkte blaß unter dem Licht einer Neonlampe.

»Familie Componga, bitte«, sagte Wübbena.

»Ihr Kollege war bereits hier und kennt den Weg.«

Die Beamten stiegen die Treppe hoch und schritten über den Flur zum Appartement 217. Wübbena drückte den Klingelknopf.

Die Tür wurde geöffnet. Die hübsche Franziska betrat bekleidet mit einem Bademantel den Flur. Sie hielt eine Sporttasche in der Hand.

»Treten Sie ein«, sagte sie freundlich und wies auf die geöffnete Tür. »Sie werden erwartet. Ich suche die Sauna auf, denn ich stehe wohl außerhalb Ihrer Verdächtigungen.«

»Das sehen wir anders«, sagte Tjarden und betrachtete die hübsche Verlobte des Fußballers, die im Bademantel eine gute Figur machte.

Franziska sah Tjarden irritiert an. »Das müssen Sie mir näher erklären«, sagte sie und hob die Augenbrauen.

Der Junge hat Geschmack, dachte Wübbena. »Gedulden Sie sich bitte ein wenig«, sagte er.

Franziska nahm eine Trotzhaltung an. »Wenn Sie meinen«, sagte sie schnippisch.

Tammo kam ihnen im kleinen Korridor entgegen. »Moin«, sagte er.

»Die Herren verwehren mir die Sauna«, schimpfte Franziska.

»Ich weiß nicht, was Sie von meiner Verlobten wünschen«, sagte Tammo aufgebracht.

»Wir wollen mit Ihnen und Ihrer Mutter sprechen und möchten, daß sie an dem Gespräch teilnimmt«, antwortete Wübbena.

Tammo führte sie in das Wohnzimmer. »Nehmen Sie Platz«, sagte er und zeigte auf die gemütliche Sitzgruppe.

Frau Componga stand in der Küchenzeile am Herd. Sie trug ein Trachtenkostüm aus einem leichten Sommerstoff, das ihr gut stand. Sie schaute auf, als Franziska mit den Besuchern im Zimmer erschien. Sie hatte sich zurecht gemacht. Ihr Haar war blondiert. Sie trug es kurz. Ihre Lippen waren geschminkt.

Tammo sah leidend aus, trotz der frischen Inselbräune.

Die Beamten setzten sich in die Sessel. Tammo nahm mit Franziska ihnen gegenüber auf der Couch Platz. Franziska bedeckte züchtig mit den Schößen des Bademantels ihre Beine.

»Wer hätte das gedacht«, sagte Edda Componga gequält, während sie sich bemühte, ihre Tränen zurückzuhalten.

»Frau Componga, Ihre Tochter war nicht nur süchtig. Ihr fehlte zusätzlich auch der Lebenswille«, sagte Wübbena.

Die Alte schwieg. In der luxuriösen Kleinwohnung lag eine Spannung, die fast unerträglich war. Frau Componga stierte vor sich hin. Sie hielt ein Päckchen Papiertücher in der Hand. Franziska saß bleich auf der Couch.

Wübbena spürte sein Sodbrennen, schluckte den Speichel, der sich im Munde angesammelt hatte, hinunter und gab sich einen Ruck.

»Frau Componga«, begann Wübbena, »wir wissen, daß Ihr verunglückter Mann Sie und Ihre Tochter tyrannisiert hat. Sie leisteten Ihrer Tochter nicht den nötigen Beistand, und nahmen es hin, daß sie Ihnen immer mehr entglitt. Sie begann Rauschgift zu nehmen und endete danach kläglich. Eine traurige Fixerkarriere!«

Die Alte bäumte sich auf und verzog ihr Gesicht. »Ich bin nicht schuld am Tod meines Kindes«, zischte sie und begann zu heulen.

»Sie haben für Ihre Tochter nicht gekämpft. Sie haben sich hängenlassen und mit Alkohol betäubt«, sagte Tjarden.

»Helga ist tot. Quälen Sie meine Mutter nicht zusätzlich«, schimpfte Tammo.

»Herr Componga, wir sind hier, weil wir von Ihnen ein Geständnis erwarten. Sie haben Ihren Vater in der Wohnung erschlagen und danach aus dem Fenster geworfen, weil Sie Ihrer Mutter beistehen wollten«, sagte Wübbena und ließ dabei Tammos Mutter nicht aus den Augen.

»Das hat Tammo nicht!« schrie Franziska auf.

»Das ist nicht alles. Sie haben sich auch an diesem Journalisten gerächt! Sie haben ihn in Norddeich in das Meer geworfen, nachdem Sie ihm die Luft abgedrückt hatten«, sagte Tjarden.

»Das ist eine Unverschämtheit!« schrie Tammo empört.

»Helga und ihr Freund spritzten«, fuhr Wübbena ungerührt fort. »Der Journalist hatte aus seiner gesellschaftlichen Verantwortung heraus über die Drogenszene berichtet, zur Abschreckung«, sagte Wübbena.

»Das ist Unsinn!« schrie die Alte, dabei rotzte sie in ein Taschentuch und zerknüdelte es in der Hand. Sie blickte die Beamten haßerfüllt an. »Ihnen ist doch bekannt, daß dieser miese Tintenpisser Fotos meiner Tochter in seinem Magazin veröffentlicht hat!« Sie heulte drauflos.

»Er hat auch Sie vorgeführt, Herr Componga«, sagte Tjarden,

»und beabsichtigte vermutlich, über Sie in der Regenbogenpresse zu berichten. Fräulein Franziska hat aus Illustrierten und aus dem Magazin, für das Häßling schrieb, Buchstaben ausgeschnitten und sie zu einer tödlichen Einladung zusammengeklebt.«

»Das ist nicht wahr!« sagte Franziska empört.

»Sie haben Häßling daraufhin im Hafen aufgelauert«, sagte Wübbena provozierend. »Sie sind stark und durchtrainiert und haben dem schwächlichen Reporter das Genick gebrochen.«

Tammo sah den Beamten für Sekunden irritiert an.

»Unsere Kollegen in Stuttgart informierten uns, daß Sie, aus welchen Gründen auch immer, Ihre Wohnung für einige Tage verlassen hatten«, sagte Tjarden.

»Tammo hatte sich beim Spiel gegen Bayern München verletzt. Tammo und ich haben in Norddeich übernachtet. Aber er hat mit dem Mord nichts zu tun!« schrie Franziska wütend.

»Ach, Sie befanden sich zur Tatzeit in Norddeich? Das läßt Rückschlüsse zu!« stellte Tjarden fest.

Das ging Tammo zu weit. Er erhob sich wütend und näherte sich Tjarden. »Was soll das, Mann? Hören Sie gut zu!« Er griff nach dem Revers von Tjardens Jacke.

Tjarden sprang auf und stieß Componga beiseite. »Beherrschen Sie sich!« schimpfte er.

Tammo ließ von Tjarden und schaute die Beamten böse an.

Wübbena beobachtete die Alte, die wie ein Häufchen Elend auf der Couch saß und in einem fort heulte.

»Versuchen wir es andersherum, Herr Componga«, sagte Wübbena. »Sie schlugen während einer Auseinandersetzung Ihren Vater mit einem eckigen Gegenstand nieder, schleppten ihn zum Fenster und warfen ihn auf den Schuttcontainer. Sie waren angereist und haben Klarschiff gemacht. Damit noch nicht genug. Frau Componga, Sie sind Alkoholikerin. Sie hatten es sich in den Kopf gesetzt, daß der Journalist Häßling die Schuld daran trug, daß Sie Helga verloren haben. Der Reporter hat Helga und Ihren Sohn in der Presse bloßgestellt. Helga war süchtig geworden. Zugegeben, Häßling hat sich nicht immer fair verhalten. Waren Sie es nicht, Frau Componga, die den

Journalisten in den Hafen lockte? Sie fertigten die Einladung an!«

»Das ist alles Unsinn!« antwortete sie wütend.

»Sie sind gerissen zu Werke gegangen, Frau Componga. Sie hatten reagiert. Das Wetter kam Ihnen zu Hilfe. Sie haben den Journalisten angerufen und ihm einen Rauschgiftdeal angekündigt. Sie stiegen in Leer oder in Emden in den D-Zug Hannover-Norddeich, der um zweiundzwanzig Uhr Norddeich-Mole erreicht. Sie führten Reisegepäck mit sich und hatten sich mit Ihrer Kleidung dem Wetter angepaßt! Sie brachten den zu Tode erschrockenen, Ihnen körperlich unterlegenen kleinen Reporter um. Es gab keine Zeugen. Sie riefen den Emder Finanzbeamten Hayenna von Norddeich aus der Zelle an, die sich nur knapp sechshundert Meter vom Tatort entfernt befindet. Daraufhin warteten Sie in Norddeich, ebenfalls nicht viel weiter entfernt, auf der ausgedienten, überdachten Rampe des Güterbahnhofes auf das Ende des gewaltigen Sturmtiefs. Dort konnten Sie sich zu recht sicher fühlen, denn der Bahnhof liegt gut hundertfünfzig Meter von der Straße entfernt auf dem Bahndamm in einer Sackgasse. Es kam kein Zug mehr an. Sie tranken Bier und Schnaps nach vollendeter Tat. Der Sohn des Steuerbeamten hatte Ihre Tochter an das Rauschgift gebracht! Auf Hayenna sollte der Verdacht fallen, falls doch jemand zufällig während des scheußlichen Wetters sich im Hafengelände aufgehalten haben sollte. Ein fast perfekter Mord!«

Tammo Componga starrte jetzt fassungslos seine Mutter an. »Mutter, du auf der Rampe des Güterbahnhofes?« fragte er unsicher.

Die Alte kicherte wie irr. »Das ist eine Finte!«

»Nein, Frau Componga, das ist keine Finte«, sagte Tjarden. »Herr Hayenna hat nach Ihrem Anruf in der Tat im Hafen nach seinem Sohn gesucht. Ihn hatte das Licht des Bahnhofes angelockt. Als er sein Wasser vor den Sträuchern am Bahndamm abschlug, hat er Sie gesehen und Sie für einen Penner gehalten.«

»Mutter, das mit Vater, das können sie dir nicht nachweisen, doch was ist ...?«

Wübbena lächelte zufrieden und stieß kalt nach. »Ihre Mutter ist, nachdem der Regen nachgelassen hatte, zu Fuß nach Norden gegangen und hat auf der Westerstraße ein Taxi genommen. Der Taxifahrer hat sie auf einem Foto aus der Ostfriesen-Post erkannt.«

»Mutter – Vater und nun ...«, stammelte Tammo überrascht.

Frau Componga fuhr hoch. »Tammo, du? Du hast die Fußmatte ...? Ich dachte, Roxana ...«, sagte sie verwirrt.

»Frau Componga, heraus mit der Sprache«, forderte der überraschte Tjarden sie auf.

Frau Componga strich mit ihren Händen über den teuren Trachtenrock. Sie schaute Tjarden haßerfüllt an. Das Blut war ihr in das Gesicht gestiegen. Ihr Atem ging schnell. »Das ist verrückt!« zischte sie.

Sie griff mit beiden Händen an ihren Hals und öffnete ihre Bluse ein wenig. »Ich bekomme keine Luft«, stöhnte sie.

»Frau Componga, wir warten auf Ihre Antwort!« sagte Wübbena.

»Die bekommen Sie ...«, sagte sie, eilte der Balkontür entgegen, riß sie auf, betrat den Balkon und stürzte sich über die Brüstung.

Tjarden und Tammo hasteten zur Wohnungstür. Franziska saß entsetzt auf der Couch und heulte drauflos.

Wübbena betrat den Balkon. Die Alte lag auf der Terrasse der Parterrewohnung. Aufgeschreckte Passanten kümmerten sich um sie. Wübbena ging zum Telefon, das im Korridor auf einem kleinen Ablageschränkchen stand. Er wählte die Notrufnummer und verließ die Wohnung.

Frau Componga war auf die Steinmauer der Terrassenumfriedung gefallen. Neugierige hatten sich eingefunden. Tammo kniete vor seiner Mutter. Er weinte. Wübbena hielt sich zurück. Ihm war übel. Er wartete, bis der Arzt kam, und beobachtete dann, wie er sich um das Opfer bemühte.

Tammo trat neben ihn. »Sie ist tot. Genickbruch!« sagte er und weinte.

»Herr Componga, ich muß mit Ihnen noch sprechen«, sagte Wübbena.

»Ich kümmere mich um Franziska«, sagte er.

Der Krankenwagen hielt mit Blaulicht vor dem Appartementhaus. Der Arzt bat die neugierigen Passanten, Platz zu machen.

Er näherte sich Wübbena. »Schwarting, vom Krankenhaus«, sagte er.

»Wübbena«, stellte sich der Kommissar vor.

»Da kam jede Hilfe zu spät«, sagte Dr. Schwarting.

»Herr Doktor, für uns bleiben da keine Fragen«, sagte Wübbena.

Der Arzt ging zu den Sanitätern, die wartend vor der Leiche standen. »Tragen Sie die Tote in die Wohnung«, ordnete er an.

Sie legten das Opfer auf die Bahre und hoben sie über die Mauer. Wübbena sah, wie Tammo vor ihnen her schritt. Auch Tjarden folgte ihnen in das Haus zur Wohnung.

Die Sanitäter legten die Tote im Schlafzimmer auf das Bett. Franziska saß auf der Couch. Sie sah entsetzt zu und weinte. Die Sanitäter verließen die Wohnung. Tammo ließ sich neben Franziska auf der Couch nieder.

Als Wübbena das Zimmer betrat, unterbrach Franziska für Sekunden das Weinen. Sie sah sehr bleich aus. Tammo bemühte sich um Haltung.

»Herr Componga, wir haben eine Menge Fragen. Angesichts des schrecklichen Ereignisses sind wir gerne bereit, diese später an Sie zu richten.«

»Nein, bleiben Sie. Auch ich will endlich Klarheit. Es ist einfach zu viel«, sagte Tammo. Er blickte auf die Tür, hinter der die tote Mutter lag.

Die Beamten nahmen in den Sesseln Platz. Die Balkontür stand noch offen.

»Vielleicht nahm sich Ihre Mutter das Leben, um Sie zu decken. Sie litt unter einem Schuldkomplex«, sagte Tjarden.

Franziska schaute böse auf. »Tammo hat seinen Vater nicht umgebracht, das meinen Sie doch«, sagte sie empört und wischte sich die Tränen aus den Augen.

»Herr Kommissar, lassen Sie mich dazu etwas sagen. Wir waren nach Norddeich gefahren. Franziska und ich hatten uns am Nachmittag Schlafzimmer für unsere Norderneyer Wohnung angeschaut. Es sollte im bayerischen Stil gefertigt werden. Schließlich kauften wir bei der Firma Egger in Norden. Am Abend saßen wir im Reichshof. So in der Vorfreude auf unsere Wohnung auf Norderney entschlossen wir uns, Mutter einen Besuch abzustatten. Es dämmerte bereits. Ein kräftiges Gewitter kündigte sich an. Der Wind war aufgebrist. Ich parkte den Wagen am Straßenrand. Es begann zu regnen. Wir rannten in das Haus. Mutter war nicht zu Hause. Ich besaß einen Wohnungsschlüssel und öffnete die Tür. Wir betraten die Wohnung. Franziska und ich haben auf Mutter gewartet. Wir hatten uns im Hotel »Regina« in Norddeich einquartiert. Ich war ein wenig beunruhigt. So gegen dreiundzwanzig Uhr haben wir die Wohnung verlassen und sind zum Hotel gefahren. Am Morgen sind wir noch einmal zum Block gefahren und haben ein paar Süßigkeiten und hundert Mark hinterlassen und sind nach Stuttgart abgereist.«

»Und Ihre Mutter hat Ihnen dann irgendwann eine Story aufgetischt, die Sie uns jetzt erzählen wollen?« sagte Tjarden gelangweilt.

»Das war so«, sagte Franziska, »Mutter hat gesagt, Sie hätte in Emden einen Termin mit einem Journalisten gehabt, der über Helgas Schicksal einen Bericht für eine Illustrierte schreiben wollte und ihr viel Geld dafür angeboten habe. Mutter hat das Geld empört zurückgewiesen. Da es spät geworden sei, habe sie in Emden in einem Hotel übernachtet.«

»Herr Componga, es erübrigt sich, diesen Angaben nachzugehen. Ihre Mutter hat in Norddeich auf der Rampe auf das Ende des Unwetters gewartet«, sagte Wübbena.

Tammo entschuldigte sich und suchte die Toilette auf.

»Herr Kommissar, Tammo muß erst damit fertig werden«, sagte Franziska. »In wenigen Tagen geht es für ihn wieder um Punkte und Tore. Wir müssen uns um die Beisetzung seiner Mutter kümmern.«

Tammo kam zurück und setzte sich wieder auf die Couch.

»Es war Häßling, der das Schicksal Ihrer Schwester vermarkten wollte, um bei einer Illustrierten abzusahnen?« fragte Tjarden.

Tammo rang mit sich.

»Das ist die Wahrheit«, sagte Franziska. »Und nun ist Mutter tot.« Sie schluchzte.

»Herr Componga, Sie haben Ihrer Mutter geglaubt?« fragte Tjarden.

»Sie haßte den Reporter!« sagte Tammo.

»Ihr Vater war aus dem Fenster gefallen«, sagte Wübbena. »Die Albaner hatten die Polizei benachrichtigt. Als ich mit Wachtmeisterin de Boer die Wohnung betrat, stand Ihre Mutter unter einem Schock und hatte zusätzlich getrunken. Da wir von einem Unfall ausgingen, haben wir die Wohnung nicht weiterhin untersucht. Mir fiel nur eine Fußmatte auf, die vor dem Tisch auf dem Boden lag und bei späteren Besuchen fehlte. Wir ließen den Teppichboden im Labor untersuchen. Das Ergebnis brachte Blutspuren zutage. Alles weitere ist bis zur Genüge bekannt. Schildern Sie mir bitte, wie Ihr Vater ums Leben gekommen ist!«

Tammo sackte in sich zusammen. »Nicht Roxana, wie Mutter glaubte, hat die Fußmatte, die draußen vor der Tür lag, auf den blutverschmierten Teppich gelegt. Ich war zum Zeugen geworden, als Mutter dem verhaßten Vater die leere Geldkassette auf den Kopf schlug. Es ging mal wieder um das leidige Geld. Ich war wie von Sinnen. Hätte ich Mutter anzeigen sollen? Ich haßte meinen Vater. Mutter hat den Boden später irgendwie gereinigt oder von einer Nachbarin reinigen lassen.«

»Sie haben damit unsere Recherchen erschwert«, sagte Wübbena.

Tammo hob seine Schultern. »Sie war meine Mutter«, sagte er.

»Und sie hat auch das Schnipselwerk angefertigt«, sagte Tjarden.

»Sie las gerne Illustrierte«, sagte Franziska.

»Ich habe Vaters zerschlagene Brille eingesteckt. Mutters Fingerabdrücke befinden sich auf der Kassette. Ich habe sie in Stuttgart. Daß sie auch den Reporter umgebracht hat, konnte ich mir erst zusammenreimen, nachdem ich von Ihnen erfuhr, daß sie sich in Norddeich aufgehalten hat.«

»Haben Sie in der besagten Nacht, so gegen dreiundzwanzig Uhr dreißig, mit Ihrem Wagen in Norddeich den Hafen aufgesucht?« fragte Wübbena.

Tammo schaute Franziska fragend an.

»Ja, Herr Kommissar, bevor wir unser Hotel aufgesucht haben, sind wir noch einmal durch den Hafen gefahren und haben einen Blick auf die Lichter von Norderney geworfen«, antwortete Franziska.

»Und welche Farbe hat Ihr Wagen?« fragte Tjarden.

»Beige«, erwiderte Tammo.

»Der Zeuge, der Ihre Mutter für einen Penner gehalten hat, als er sie auf der Rampe des Güterbahnhofes entdeckt hatte, hat behauptet, im Licht des Fährhauses ein Taxi gesehen zu haben. Er hat Ihren Mercedes verwechselt«, sagte Wübbena.

Franziska und Tammo waren geschafft, das sah man.

»Wir müssen Ihre Angaben überprüfen und protokollieren«, sagte Wübbena. »Besuchen Sie morgen Herrn Meyers hier in der Dienststelle Norderney auf. Wir werden die Brillenreste und die Geldkassette durch unsere Stuttgarter Kollegen bei Ihnen zwecks Spurenüberprüfung abholen lassen.«

Die Beamten verabschiedeten sich und verließen die Wohnung.

Nachtrag

Onno Hayenna büßt zur Zeit in der Vollzugsanstalt Lingen/Ems seine Strafe ab und bereitet sich dort auf die Abschlußprüfung zum KfZ-Mechaniker vor.

Er folgt konsequent den Anordnungen des Gefängnisarztes, nimmt die Ersatzdroge Methadon und genießt ohne Hinterlist die Sympathie und das Vertrauen der Vollzugsbeamten.

Der Finanzbeamte Hajo Hayenna hatte mit der Verteidigung seines Sohnes einen erfahrenen Rechtsanwalt, der wie er Rotarier war, beauftragt.

Dem Oldenburger Juristen war es gelungen, den zur Gnade neigenden Richter davon zu überzeugen, das vom Staatsanwalt geforderte Strafmaß von sieben Jahren Freiheitsentzug wegen der Unzurechnungsfähigkeit seines Mandanten zur Tatzeit und des einsichtigen Verhaltens des Angeklagten auf vier Jahre zu beschränken.

Onnos Verhalten berechtigt seine Eltern zu der Hoffnung, daß er resozialisiert und clann mit einer Haftverkürzung rechnen kann. Eine erfreuliche Tatsache.

Auch Nina hat in der Entziehungsklinik in Osnabrück Fortschritte zu verzeichnen. Sie lebt streng nach den Vorschriften ihres Therapeuten und hat sich einer Selbsthilfegruppe angeschlossen. Ausgesöhnt mit ihren Eltern hat sie sich erneut in Emden an der Fachoberschule für Sozialwesen zur Fortsetzung ihrer Schullaufbahn für das Schuljahr 1992/93 angemeldet.

Auch Max hatte unerwartet Beistand gefunden. Ihm war sein Bruder zur Seite gesprungen, der in Paderborn lebt und nach dem Tode der Eltern die alteingesessene Metzgerei übernommen hatte. Ihn hatten die Recherchen der Kripo aufgeschreckt. Er hatte für Max einen Strafverteidiger aus Bielefeld engagiert. Der anerkannte Jurist hatte dem Gericht über einige Krisen im Leben des Max Köstlers berichtet, die mit entscheidend den Werdegang seines Mandanten bestimmt hatten. Max war ins Abseits geraten.

Die streng an dem katholischen Glauben orientierten Eltern

hatten sich von Max losgesagt, als er aus der Kirche ausgetreten war.

Sein Bruder hatte Max nach dem Tod der Eltern das ihm zustehende Erbe ausgezahlt und danach den Kontakt mit Max aufgegeben, als Max damit begonnen hatte, sich in der linken, radikalen Studentenszene der achtziger Jahre zu engagieren.

Max hatte Reue gezeigt, als er auf der Anklagebank gesessen hatte. Der Staatsanwalt hatte ihm grobe Verstöße gegen das Betäubungsgesetz zur Last gelegt und ihm unterstellt, beim nachgewiesenen Handel mit Rauschgift aus egoistischen Motiven, in der Absicht, sich zu bereichern, gehandelt zu haben.

Der Staatsanwalt forderte fünf Jahre Freiheitsentzug.

Dem Verteidiger gelang es, den Vorwurf der Bereicherung abzumildern, da Max sein Einkommen mit dem Handel von Schaffleisch bestritten hatte.

Er gab zu bedenken, daß Max den Lebensunterhalt der Clique mitgetragen und nur für den Eigenverbrauch das Dealergeschäft betrieben habe.

Der Richter ließ Milde walten.

Max erhielt drei Jahre Freiheitsentzug, die er in der Haftanstalt Oldenburg abzubüßen hatte.

Anfang Dezember 1993, kurz vor dem zweiten Advent, hatten der Gefängnisarzt, der Psychologe, der Pfarrer, der Vertreter der Vollzugsbeamten und die Gefängnisleitung während einer Besprechung Max, in Unkenntnis seiner vielen Beziehungen zu den harten Typen der Gefängnisinsassen, zum Freigänger erklärt.

Max durfte tagsüber während der Freistunden das Gefängnis verlassen und die Stadt aufsuchen.

Am Freitag, dem 17. 12. 1993, kehrte Max nach einem Stadtbesuch nicht zurück.

Die anschließende Fahndung blieb ohne Erfolg.

Am Montag, dem 03. 01. 94, fegte ein aufgebrister Wind mit Stärke sechs wirbelnde Schneeflocken gegen das Fenster des Reviers Norden. Die Beamten saßen an den Schreibtischen und arbeiteten Akten auf. Als das Telefon läutete, hob Wübbena den Hörer ab.

»Wübbena«, meldete er sich und blickte auf die Uhr. Es war sechzehn Uhr vierzig.

»In Halbemond, Slootpad, in der Kate liegt ein Toter!«

Wübbena vernahm den hastigen Atem des Anrufers. Der Mann hatte Hochdeutsch gesprochen.

»Ich habe verstanden. Ihren Namen bitte?« fragte er.

Er hörte das Knacken in der Leitung, der Anrufer hatte aufgelegt.

Tjarden blickte neugierig auf.

»Ein anonymer Informant, Wilko. Eine Leiche in Halbemond, Slootpad. Packe deine Tasche und besorge einen Wagen. Ich verständige einen Arzt und den Fotografen.« Wübbena langte nach dem Telefonhörer.

Danach verließ er das Dienstzimmer und stieg vor dem Revier zu Tjarden in den Wagen.

Sie fuhren los. Der Schnee klebte auf der Straße und behinderte den Verkehr. Am Lütetsburger Schloß waren auf glatter Straße zwei Fahrzeuge zusammengestoßen. Tjarden stieg aus, sprach mit dem Kollegen der Schutzpolizei, der sie an der Unfallstelle vorbeidirigierte.

Sie fuhren langsam. Der LKW der Straßenmeisterei war im Einsatz und streute Salz.

An der Ampel in Hage gab es einen weiteren Stau. Doch dann hatten sie freie Fahrt, an der Kirche und den Supermärkten entlang nach Halbemond. Der Slootpad führte an einigen Bungalows vorbei. Wübbena steuerte den Wagen mit eingeschalteten Scheinwerfern über den landwirtschaftlichen Versorgungsweg, an verschneiten Weiden vorbei, der Kate entgegen. Das ehemalige Landarbeiterhäuschen mit verwitterten Klinkern und kleinen Fenstern sah heruntergekommen aus. Schnee lag auf dem Zuweg und auf dem verwilderten Garten, wie sie im Scheinwerferlicht bemerkten.

Sie parkten auf der Einfahrt und verließen den Wagen. Zwei verwitterte Steinstufen führten zur Eingangstür, die unverschlossen war.

Die Beamten betraten das Haus und tasteten die Wände ab. Tjarden fand den Lichtschalter. Ihnen strömte ein muffiger, feuchter Geruch entgegen. Das Licht fiel auf die Wände des Korridors, von dem der Kalkputz abgebröckelt war. Wübbena öffnete vorsichtig eine Tür. Er fand den Lichtschalter. Das Licht war schummrig. Vierzig Watt, dachte er.

Sie betraten das Zimmer, das nicht nur verwohnt, sondern total ungepflegt wirkte. Der Fußboden war verdreckt. Plastikmüll lag herum. Sein Blick fiel auf einen Mann, der auf einer Matratze in einem halb geöffneten Schlafsack lag. Wübbena stieg Kotgeruch entgegen.

Tjarden richtete den Strahl der Stablampe auf das Gesicht des Mannes. Er blickte überrascht auf. »Das ist Max«, sagte er und lenkte den Strahl der Lampe an dem ausgestreckten Arm entlang.

Sie bemerkten die Spritze, die im Fleisch saß.

»Mein Gott, wie die Zeit vergeht! Den hatte ich bereits vergessen«, sagte Wübbena.

»Das tragische Ende eines Aussteigers!« sagte Tjarden.

»Warten wir auf den Arzt und den Fotografen. Ein Opfer mehr für die Statistik!« antwortete Wübbena angewidert.

ENDE